畢璞全集・小說・二

明日
又天涯

【推薦序一】

老樹春深更著花

封德屏

一九八六年四月，畢璞應《文訊》雜誌「筆墨生涯」專欄邀稿，發表〈三種境界〉一文，她在文末寫道：

這種職業很適合我這類沉默、內向、不善逢迎、不擅交際的書呆子型人物，我很高興我當年選擇了它。我既沒有後悔自己走上寫作這條路，又說過它是一種永遠不必退休的行業；那麼，看樣子，我是注定了此生還是要與筆墨為伍了。

畢璞自知甚深，更有定力付之行動，近三十年來她持續創作，陸續出版了數本散文、小說、自選集；三年前，為了迎接將臨的「九十大壽」，她整理近年發表的文章，出版了散文集

《老來可喜》。年過九十後，創作速度放緩，但不曾停筆。二〇〇九年元月《文訊》創辦的「銀光副刊」，至今刊登畢璞十二篇文章，上個月（二〇一四年十一月），她在「銀光副刊」發表了短篇小說〈生日快樂〉，此外，也仍偶有文章發表於《中華日報》副刊。畢璞用堅毅無悔的態度和纍纍的創作成果，結下她一生和筆墨的不解之緣。

一九四三年畢璞就發表了第一篇作品，五〇年代持續創作，創作出版的高峰集中在六〇、七〇年代。一九六八年到一九七九年是她作品的豐收期，這段時間有時一年出版三、四本，甚至五本。早些年，她是編寫雙棲的女作家，曾主編《大華晚報》家庭版、《公論報》副刊、《徵信新聞報》家庭版，並擔任《婦友月刊》總編輯，八〇年代退休後，算是全心歸回到自適自在的寫作生涯。

真摯與坦誠是畢璞作品的一貫風格。散文以抒情為主，用樸實無華的筆調去謳歌自然，讚頌生命；小說題材則著重家庭倫理、婚姻愛情。中年以後作品也側重理性思考與社會現象觀察。畢璞曾自言寫作不喜譁眾取寵、不造新僻字眼，強調要「有感而發」，絕不勉強造作。

畢璞生性恬淡，除了抗戰時逃難的日子，以及一九四九年渡海來台的一段艱苦歲月外，自認大半生風平浪靜。「淡泊名利，寧靜無為」是她的人生觀，讓她看待一切都怡然自得。雖然前後在報紙雜誌社等媒體工作多年，一九五五年也參加了「中國婦女寫作協會」，可能如她自己所言「個性沉默、內向，不擅交際」，多年來很少現身文壇活動。像她這樣一心執著於創作的人和其作品，在重視個人包裝、形象塑造，充斥各種行銷手法的出版紅海中，很容易會被湮沒遺忘。

然而，這位創作廣跨小說、散文、傳記、翻譯、兒童文學各領域，筆耕不輟達七十餘年的資深作家，冷月孤星，懸長空夜幕，環視今之文壇，可說是鳳毛麟角，珍稀罕見。在人們華服高軒、闊論清議之際，九三高齡的她，老樹春深更著花，一如往昔，正俯首案頭，筆尖不斷流淌出款款深情，如涓涓流水，在源遠流長的廣域，點點滴滴灌溉著每一寸土地。

感謝秀威資訊科技股份有限公司，在文學出版業益顯艱辛的此刻，奮力完成「畢璞全集」二十七冊的巨大工程。不但讓老讀者有「喜見故人」的驚奇感動，也讓年輕一代的讀者，有機會可以在快樂賞讀中，認識畢璞及其作品全貌。我們也希望透過文學經典這樣的再現與傳承，向這位永遠堅持創作的作家，表達我們由衷的尊崇與感謝之意。

民國一〇三年十二月

（封德屏：現任文訊雜誌社社長兼總編輯、臺灣文學發展基金會執行長、紀州庵文學森林館長。）

【推薦序二】

老來可喜話畢璞

吳宏一

一

上星期二（十月七日），我有事到《文訊》辦公室去。事畢，封德屏社長邀我去參觀她們蒐集珍藏的期刊。看到很多民國五、六十年前後風行文壇的文藝刊物，目前多已停刊，不勝嗟嘆。《暢流》、《自由青年》、《文星》等我投過搞、發表過創作的刊物不說，連一些當時發行不廣的小刊物，她們也多有蒐集。其用心之專、致力之勤，實在不能不令人讚嘆。於是我向她提起我高中以迄大學時期文學起步的一些往事，中間提到若干文藝刊物和若干文壇前輩對我的鼓勵和影響。其中特別提到我大學一年級，民國五十年的秋天，剛進入台大中文系讀書時所認識的一些前輩先進。像當時住在濟南路的紀弦，住在廈門街的余光中，住在南昌街菸酒公賣局宿舍的羅悟緣，住在安東市場旁的羅門、蓉子……我都曾經一一去走訪，謝謝他們採用或推薦過我的作品。過程歷歷在目，至今仍記憶猶新。比較特別的是，去新生南路夜訪覃子豪時，還遇見過魏子雲；去峨嵋街救國團舊址見程抱南、鄧禹平時，還順道去《公論報》探訪副刊主編畢璞……。

一提到畢璞，德屏立即接了話，說「畢璞全集」目前正編印中，問我願不願意為她「全集」寫個序言。我答：寫序不敢，但對我文學起步時曾經鼓勵或提攜過我的前輩，我非常樂意寫紀念性的文字。不過，我也同時表示，我與畢璞五十多年來，畢竟才見過兩三次面，她的作品我讀得並不多，要寫也得再讀讀她的生平著作，而且也要她還記得我，對往事有些共同的記憶才好。所以我建議，請德屏代問畢璞兩件事：一是她記不記得在我大一下學期（民國五十一年春），她和另一位女作家到台大校園參觀之事；二是她在主編《婦友》月刊期間，記不記得曾經約我寫過詩歌專欄。

德屏說好。第二日早上十點左右，畢璞來了電話，客氣寒暄之後，告訴我：她記得她和鍾麗珠早年曾到台大校園和我見過面，但對於《婦友》約我寫專欄之事，則毫無印象。她知道我沒有讀過她的作品集，說要寄兩三本來，又知道我怕她年老行動不便，改口說，要不然，幾天內如果我能抽空，就煩請德屏陪我去內湖看她，由她當面交給我，同時可以敘敘舊、聊聊天。

我當然贊成。我已退休，時間容易調配，只不知德屏事務繁忙，能不能抽出空暇。想不到與德屏聯絡後，當天下午，就由《文訊》編輯吳穎萍小姐聯絡好，約定十月十日下午三點一起去見畢璞。

二

十月十日國慶節，下午三點不到，我就如約搭文湖線捷運到葫洲站一號出口等。不久，德屏與穎萍來了。德屏領先，走幾分鐘路，到康寧老人安養中心去見畢璞。途中德屏說，畢璞雖然年逾九旬，行動有些不便，但能以歡樂的心情迎接老年，不與兒孫合住公寓，怕給家人帶來不便，所以獨居於此，雇請菲傭照顧，生活非常安適。我聽了，心裡也開始安適起來，覺得她是一個慈藹安詳而有智慧的長者。

見面之後，我更覺安適了。記得我第一次見到畢璞，是民國五十年的秋冬之際，在西門町附近康定路的一棟木造宿舍裡，居室比較狹窄；畢璞當時雖然親切招待，但總顯得態度拘謹。相隔五十三年，畢璞現在看起來，腰背有點彎駝，耳目有些不濟，但行動尚稱自如，面容聲音卻似乎數十年如一日，沒有什麼明顯的變化。如果要說有變化，那就是變得更樸實自然，沒有絲毫的窘迫拘謹之感。

由於德屏的善於營造氣氛、穿針引線，由於穎萍的沉默嫻靜，只做一個忠實的旁聽者，那天下午，我和畢璞有說有笑，談了不少往事，讓我恍如回到五十三年前的青春年代。那時候，我才十八歲，剛考上台大中文系，剛到陌生而充滿新鮮感的臺北，常投稿報刊雜誌，常拜訪前輩作家。有一天，我到西門町峨嵋街救國團去領新詩比賽得獎的獎金，順道去附近的《聯合報》和《公論報》社。我到《公論報》社問起副刊主編畢璞，說明我常有作品發表，就有人給了我她家的住址。距離報社不遠，在成都路、西門國小附近。那時候我年輕不懂事，大家也少用電話，所以就直接登門造訪了。見面時談話不多，記憶中，畢璞說過她先生也在《公論報》上班，她如何編副刊，還有她兒子正讀師大附中，希望將來也能考上台大等。辭別時，畢璞說了一句，聽說台大校園春天杜鵑花開得很盛很好看。我謹記這句話，所以第二年的春天，投稿信中附帶留言，歡迎她跟朋友來台大校園玩。就因為這樣，畢璞和鍾麗珠在民國五十一年的春季，相偕來參觀台大校園。

確切的日期記不得了。畢璞說連哪一年她都不能確定。我翻開我隨身帶來送她的光啟版散文集《微波集》，指著一篇〈鄉愁〉後面標明的出處，民國五十一年四月二十七日發表於《公論副刊》。經此指認，畢璞稱讚我的記性和細心，而且她竟然也記起了當天逛傅園後，我請她們到福利社吃牛奶雪糕的往事。

很多人都說我記憶力強，但其實也常有模糊或疏忽之處。例如那一天下午談話當中，我提起雨中路過杭州南路巧遇《自由青年》主編呂天行，以及多年後我在西門町日新歌廳前再遇見他，聽他告訴我「驚天大祕密」的時候，確實的街道名稱，我就說得不清不楚，更糟糕的是，畢璞再次提起她主編《婦友》月刊的期間，真不記得邀我寫過專欄。一時間，我真無辭以對。當事人都這麼說了，我該怎麼解釋才好呢？好在我們在談話間，曾提及王璞、呼嘯等人，似乎又給了我重拾記憶的契機。

我私下告訴德屏，《婦友》確實有我寫過的詩歌專欄，雖然事忙只寫了幾期，但這些文章後來都曾收入我的《先秦文學導讀‧詩辭歌賦》和《從詩歌史的觀點選讀古詩》等書中，白紙黑字，騙不了人的。會不會畢璞記錯，或如她所言不在她主編的期間別人約的稿呢？

那天晚上回家後，我開始查檢我舊書堆中的期刊，找不到《婦友》，卻找到了王璞主編的《新文藝》和呼嘯主編的《青年日報》副刊剪報。他們都曾約我寫過詩詞欣賞專欄，印象中有一個與《婦友》大約同時。尋檢結果，查出連載的時間，《新文藝》是民國七十一年，《青年日報》則是民國七十七年。到了十月十二日，再比對資料，我已經可以推定《婦友》刊登我詩歌專欄的時間，應該是在民國七十七年七、八月間。

十月十三日星期一中午，我打電話到《文訊》找德屏，她出差不在。我轉請秀卿代查，傍晚她回覆，已在《婦友》民國七十七年七月至十一月號，找到我所寫的〈古歌謠選講〉，當時的總編輯就是畢璞。事情至此告一段落。記憶中，是一次作家酒會邂逅時畢璞約我寫的。寫了幾期，因為事忙，又遇畢璞調離編務，所以專欄就停掉了。這本來就是小事一樁，無關宏旨，豁達的畢璞不會在乎這個的，只不過可以證明我也「老來可喜」，記憶尚可而已。

三

「老來可喜」，是畢璞當天送給我看的兩本書，其中一本散文集的書名，語出宋代詞人朱敦儒的〈念奴嬌〉詞。另外一本是短篇小說集，書名《有情世界》。根據書後所附的作品目錄，原來畢璞的作品集，已出三、四十本。她挑選這兩本送我看，應該有其用意吧。看《老來可喜》這本散文集，可知她的生平大概；看《有情世界》這本短篇小說集，則可知她的小說特色所在。初讀的印象，她的作品，無論是散文或小說，從來都不以技巧取勝，就像她的筆名一樣，是未經琢磨的玉石，內蘊光輝，表面卻樸實無華，然而在樸實無華之中，卻又表現出一個共同的主題。一言以蔽之，那就是「有情世界」。其中有親情、愛情、人情味以及生活中的情趣。因此，讀來特別溫馨感人，難怪我那罕讀文藝創作的妻子，也自稱是她的忠實讀者。

讀畢璞《老來可喜》這本散文集，可以從中窺見她早年生涯的若干側影，以及她自民國三十八年渡海來台以後的生活經歷。其中寫親情與友情，敘事中寓真情，雋永有味，誠摯而動人。寫懷才不遇的父親，寫遭逢離亂的家人，寫志趣相投的文友，娓娓道來，真是扣人心弦。

其中〈西門懷舊〉一篇，寫她康定路舊居的一些生活點滴，更讓我玩味再三。即使寫她身邊瑣事的小小感觸，寫愛書成癡，愛樂成癡，寫愛花愛樹，看山看天，也都能使我們讀者體會到「生命中偶得的美」，享受到「小小改變，大大歡樂」。「生命中偶得的美」和「小小改變，大大歡樂」，正是她文集中的篇名。我們還可以發現，身經離亂的畢璞，涉及對日抗戰、國共內戰的部分，著墨不多，多的是「此身雖在堪驚」，「老來可喜，是歷遍人間，諳知物外」。這也正是畢璞同一時代大多婦女作家的共同特色。

讀《有情世界》這本小說集，則可發現：畢璞散文中寫得比較少的愛情題材，都寫進小說裡了。畢璞說過，小說是她的最愛，因為可以滿足她的想像力。讀完這十六篇短篇小說，我們確實可以發現，她的小說採用寫實的手法，勾勒一些時代背景之外，重在探討人性，敘寫一些有情有義的故事。特別是愛情與親情之間的矛盾、衝突與和諧。小說中的人物和故事，有真有假，「真」的往往是根據她親身的經歷，「假」的是虛構，是運用想像，無中生有塑造出來的。她把它們揉合在一起，而且讓自己脫離現實世界，置身其中，成為小說中人。

因此，我讀畢璞的短篇小說，覺得有的近乎散文。尤其她寫的書中人物，大都是我們城鎮小市民日常身邊所見的男女老少，故事題材也大都是我們城鎮小市民幾十年來所共同面對的移民、出國、旅遊、探親等話題。或許可以這樣說，較之同時渡海來台的作家，畢璞寫的小說，罕有激情奇遇，缺少波瀾壯闊的場景，也沒有異乎尋常的角色，既沒有朱西甯、司馬中原筆下的鄉野氣息，也沒有白先勇筆下的沒落貴族，一切平平淡淡的，可是就在平淡之中，卻能給人親近溫馨之感。表面上看，她似乎不講求寫作技巧，但仔細觀察，她其實是寓絢爛於平淡。像〈生命共同體〉一篇，寫范士丹夫婦這對青梅竹馬的患難夫妻，到了老年還為要不要移民美國而引起衝突，高潮迭起，正不知作者要如何收場，這時卻見作者藉描寫范士丹的一些心理活動，利用廚房下麵一個小情節，就使小說有個圓滿的結局，而留有餘味。〈春夢無痕〉一篇，寫梅湘退休後，到香港旅遊，在半島酒店前香港文化中心，竟然遇見四十多年前四川求學時代的舊情人冠倫。四十多年來，由於人事變遷，兩岸隔絕，二人各自男婚女嫁，都已另組家庭，正不知作者要如何安排後來的情節發展，這時卻見作者利用梅湘的一段心理描寫，也就使小說有個出人意外而又合乎自然的結尾，不會予人突兀之感。這些例子，說明了作者並非不講表現藝術，只是她運用寫作技巧時，合乎自然，不見鑿痕而已。所以她的平淡自然，不只是平淡自然，而是別有繫人心處。

四

畢璞同時的新文藝作家，有三種人給我的印象特別深刻。一是軍中作家，以寫新詩和小說為主，強調創新和現代感；二是婦女作家，以寫散文為主，多藉身邊瑣事寫人間溫情；三是鄉土作家，以寫小說和遊記為主，反映鄉土意識與家國情懷。這是二十世紀五、六十年代前後臺灣新文藝發展史上的一大特色。這三類作家的風格，或宏壯，或優美，雖然成就不同，但套用王國維的話說，都自成高格，自有名句，境界雖有大小，卻不以是分優劣。因此有人嘲笑婦女作家多只能寫身邊瑣事和生活點滴，那是學文學的人不該有的外行話。

畢璞當然是所謂婦女作家，她寫的散文、小說，攏總說來，也果然多寫身邊瑣事，或者說，多藉身邊瑣事寫溫暖人間和有情世界。但她的眼中充滿愛，她的心中沒有恨，所以她的筆端流露出來的，每一篇作品都像春暉薰風，令人陶然欲醉；情感是真摯的，思想是健康的，真的適合所有不同階層的讀者。

一般而言，人老了，容易趨於保守，失之孤僻，可是畢璞到了老年，卻更開朗隨和，更為豁達，就像玉石，愈磨愈亮，愈有光輝。她特別欣賞宋代詞人朱敦儒的「老來可喜」那首〈念奴嬌〉詞。她很少全引，現在補錄如下：

老來可喜，是歷遍人間，諳知物外。
看透虛空，將恨海愁山，一時挼碎。
免被花迷，不為酒困，到處惺惺地。
飽來覓睡，睡起逢場作戲。

休說古往今來，乃翁心裡，沒許多般事。
也不蘄仙不佞佛，不學栖栖孔子。
懶共賢爭，從教他笑，如此只如此。
雜劇打了，戲衫脫與獃底。

朱敦儒由北宋入南宋，身經變亂，歷盡滄桑，到了晚年，勘破世態人情，不但主張不學栖栖皇皇的孔子，說什麼經世濟物，而且也認為道家說的成仙不死，佛家說的輪迴無生，都是虛妄的空談，不可採信。所以他自稱「乃翁」，說你老子懶與人爭，管它什麼古今是非，說人生在世，就像扮演一齣戲一樣，各演各的角色，逢場作戲可矣，何必惺惺作態，說什麼愁呀恨呀。一旦自己的戲份演完了，戲衫也就可以脫給別的傻瓜繼續去演了。這首詞表現的人生觀，雖然豁達，卻有些消極。這與畢璞的樂觀進取，對「有情世界」處處充滿關懷，是不相契的。我想畢璞喜愛它，應該只愛前面的幾句，所以她總不會引用全文，有斷章取義的意思吧。

畢璞《老來可喜》的自序中，說西方人把老年分成三個階段：從六十五歲到七十五歲是「初老」，從七十六歲到八十五歲是「老」，八十六歲以上是「老老」；又說「初老」的十年是人生最美好的黃金時期，不必每天按時上班，兒女都已長大離家，內外都沒有負擔，沒有工作壓力，智慧已經成熟，人生已有閱歷，身體健康也還可以，不妨與老伴去遊山玩水，或抽空去學習一些新知，以趕上時代。想做什麼就做什麼，豈非神仙一般。畢璞說得真好，我與內子現在正處於「初老」的神仙階段，也同樣覺得人間有情，處處充滿溫暖，這幾天讀畢璞的書，益發覺得「老來可喜」，可喜者三：老來讀畢璞《老來可喜》，一也；不久之後，可與老伴共讀「畢璞全集」，二也；從今立志寫自己不像傳記的傳記，彷彿回到自己的青春時期，三也。

民國一〇三年十月十五日初稿

（吳宏一：學者，作家，曾任臺灣大學中文系教授、香港中文大學中文系、香港城市大學中文、翻譯及語言學系講座教授，著有詩、散文、學術論著數十種。）

【自序】

長溝流月去無聲——七十年筆墨生涯回顧

畢璞

「文書來生」這句話語意含糊，我始終不太明瞭它的真義。不過這卻是七十多年前一個相命師送給我的一句話。那次是母親找了一位相命師到家裡為全家人算命。我從小就反對迷信，痛恨怪力亂神，怎會相信相士的胡言呢？當時也許我年輕不懂，但他說我「文書來生」卻是貼切極了。果然，不久之後，我就開始走上爬格子之路，與書本筆墨結了不解緣，迄今七十年，此志不渝，也還不想放棄。

從童年開始我就是個小書迷。我的愛書，首先要感謝父親，他經常買書給我，從童話、兒童讀物到舊詩詞、新文藝等，讓我很早就從文字中認識這個花花世界。父親除了買書給我，還教我讀詩詞、對對聯、猜字謎等，可說是我在文學方面的啟蒙人。小學五年級時年輕的國文老師選了很多五四時代作家的作品給我們閱讀，欣賞多了，我對文學的愛好之心頓生，我的作文成績日進，得以經常「貼堂」（按：「貼堂」為粵語，即是把學生優良的作文、圖畫、勞作等掛在教室的牆壁上供同學們觀摩，以示鼓勵）。六年級時的國文老師是一位老學究，選了很多古文做教材，使我有機會汲取到不少古人的智慧與辭藻；這兩年的薰陶，我在不知不覺中變成了文學的死忠信徒。

上了初中，可以自己去逛書店了，當然大多數時間是看白書，有時也利用僅有的一點點零用錢去買書，以滿足自己的書癮。我看新文藝的散文、小說、翻譯小說、章回小說……簡直是博覽群書，卻生吞活剝，一知半解。初一下學期，學校舉行全校各年級作文比賽，小書迷的我得到了初一組的冠軍，獎品是一本書。同學們也送給我一個新綽號「大文豪」。上面提到高小時作文「貼堂」以及初一作文比賽第一名的事，無非是證明「小時了了，大未必佳」，更彰顯自己的不才。

高三時我曾經醞釀要寫一篇長篇小說，是關於浪子回頭的故事，可惜只開了個頭，後來便因戰亂而中斷，這是我除了繳交作文作業外，首次自己創作。

第一次正式對外投稿是民國三十二年在桂林。我把我們一家從澳門輾轉逃到粵西都城的艱辛歷程寫成一文，投寄《旅行雜誌》前身的《旅行便覽》，獲得刊出，信心大增，從此奠定了我一輩子的筆耕生涯。

來台以後，一則是為了興趣，一則也是為稻粱謀，我開始了我的爬格子歲月。早期以寫小說為主。那時年輕，喜歡幻想，想像力也豐富，覺得把一些虛構的人物（其實其中也有自己和身邊的人的影子）編出一則則不同的故事是一件很有趣的事。在這股原動力的推動下，從民國四十年左右寫到八十六年，除了不曾寫過長篇外（唉！宿願未償），我出版了兩本中篇小說、十四本短篇小說、兩本兒童故事。另外，我也寫散文、雜文、傳記，還翻譯過幾本英文小說。到民國一〇一年，我總共出版過四十種單行本，其中散文只有十二本，這當然是因為散文字數少，不容易結集成書之故。至於為什麼從民國八十六年之後我就沒有再寫小說，那是自覺年齡大了，想像力漸漸缺乏，對世間一切也逐漸看淡，心如止水，失去了編故事的浪漫情懷，就洗手不幹了。至於散文，是以我筆寫我心，心有所感，形之於筆墨，抒情遣性，樂事一樁也，為什麼放棄？因而不揣譾陋，堅持至今。慚愧的是，自始至終未能寫出一篇令自己滿意的作品。

為了全集的出版，我曾經花了不少時間把這批從民國四十五年到一百年間所出版的單行本四十種約略瀏覽了一遍，超過半世紀的時光，社會的變化何其的大：先看書本的外貌，從粗陋的印刷、拙劣的封面設計、錯誤百出的排字；到近年精美的包裝、新穎的編排，簡直是天淵之別。由此也可以看得出臺灣出版業的長足進步。再看書的內容：來台早期的懷鄉、對陌生土地的神奇感、言語不通的尷尬等；中期的孩子成長問題、留學潮、出國探親；到近期的移民、空巢期、第三代出生、親友相繼凋零……在在可以看得到歷史的脈絡，也等於半部臺灣現代史了。

坐在書桌前，看看案頭成堆成疊或新或舊的自己的作品，為之百感交集，真的是「長溝流月去無聲」，怎麼倏忽之間，七十年的「文書來生」歲月就像一把把細沙從我的指間偷偷溜走了呢？

本全集能夠順利出版，我首先要感謝秀威資訊科技股份有限公司宋政坤先生的玉成。特別感謝前台大中文系教授吳宏一先生、《文訊》雜誌社長兼總編輯封德屏女士慨允作序。更期待著讀者們不吝批評指教。

民國一〇三年十二月

目次

明日又天涯

豪華的遊覽車一駛離華埠燈火輝煌的街道，進入兩旁一片漆黑的高速公路，駱斐英立刻感到一陣茫然以及焦灼的恐懼。在這部車子上，她是個徹頭徹尾的陌生人，全車的人她一個也不認識，而且又是在異國的土地上。這樣的孤寂之旅，到底會不會帶來樂趣呢？她有點後悔聽她弟弟斐華的話。斐華從明天起要到佛州出席一個三天的學術性會議，擔心她在家裡無聊，便好意的安排姊姊來參加這個華埠的旅行團。其實，斐英倒是寧願在家裡陪著弟媳跟兩個小姪女玩玩的。可是斐華不答應，他說姊姊好不容易出來一趟，怎可以白白待在家裡而不多出去看看呢？於是他硬是作主替姊姊報名參加了這個以前往尼加拉瀑布觀光為主的旅行團。當然，斐英自己也想多看幾個地方，不過她希望弟弟能夠同行。想不到，住在美國的人真是這樣忙，雖然是在暑假裡，她弟弟也難得有幾天空閒，沒有辦法陪她離城旅行，只能偶而帶她在紐約當地的名勝逛逛。好吧！獨自去就獨自去，自己又不是土包子，在語文方面也可以應付裕如，怕甚麼呢？何況，全團都是自己的同胞？

說是這麼說，斐華把她送到集合的地點，她上了車，他就回去了，這時，斐英便像個第一次到外地求學的小女孩那樣感到孤單無助。她的鄰座是個上了年紀的男士，板著臉，始終不開口，她也懶得跟他搭訕。其餘的人多數是一家人或者朋友幾個結伴而來的，大家都有說有笑，國語、粵語、閩南語、英語一起在車廂內迴響著，熱鬧非常，只有她，無人可語。

旅行團今夜的「節目」是睡覺，整夜開車，明天早上便可以到達第一個目的地——美加邊境的千島。遊覽車四平八穩地在紐約州的公路上進行著，在幽暗的光線和輕微的搖晃中，旅客們一個個都靠在椅背上睡著了。斐英也閉著眼，可是卻遲遲不能入睡。她的鄰座發出了沉重的鼻息聲，更使她無法成眠。

她終於由於疲倦而朦朧入睡，彷彿才睡了五分鐘，一陣刺骨的寒冷又使得她醒過來。她睜開眼睛，發現遊覽車已經停下來，而車窗外面已是黎明。原來他們來到了一處河畔，路旁有一間小小的餐室，同車的旅伴們已紛紛下車進去吃早餐。

斐英把蓋在身上的薄毛衣穿上，仍然感到寒冷，不禁輕輕喊了一聲：「好冷！」

「可不是？這裡是寒帶，跟亞熱帶的臺灣可不同啊！多穿一件衣服吧！」鄰座的老先生這時忽然開了口。

「老先生，您也是臺灣來的？一個人來旅行？」斐英轉過身去，驚喜地問。

「是呀！不過我不是一個人，我是跟兒子和媳婦一起來的，他們坐在後面。」老先生笑吟吟地說著，經過了一夜的酣睡，他不再板著臉，相反地卻是滿臉慈祥之色。斐英不禁感到一陣溫暖，還是祖國的同胞有人情味，這位老人多麼親切，她真想跟他作伴，可是人家有兒子媳婦同行，自己又怎方便插進去？

正想著，老人的兒子媳婦便從後面走過來招呼老父下車吃早餐去了。斐英一個人訕訕地也跟著走進路旁的小餐室去，隨便吃了一些簡單的早點，導遊小姐便通知大家到碼頭集合，準備乘船遊河。

跟大夥兒站在碼頭上等船，河上吹來陣陣晨風，斐英把單薄的毛衣緊緊裹著身體，還是冷得發抖。同行的人，有些帶備風衣或夾克的，都紛紛披上。原來北美夏天的清晨竟是冷得像臺灣的初冬一樣，可真是少見多怪了。

斐英瑟縮在冷風中，咬著牙忍受寒氣，只希望載他們去玩的船快點來。正在這個時候，忽然有一個小男孩走到她身邊，抬起頭用國語對她說：

「阿姨，妳是不是很冷？我爸爸說這件夾克借給妳穿。」小男孩一面說著，一面就要把手中的一件男裝呢夾克遞給她。

斐英一時間又驚喜又錯愕，正考慮著要不要接過那件夾克時，一個高大壯碩的中年男人就走了過來。

「我們也是從臺灣來的。我身上已穿了厚毛衣，這件暫時用不著，妳先穿上沒有關係嘛！」他用誠懇的聲調對斐英說。

「那就謝謝您了！真沒想到會這麼冷。先生貴姓？」斐英說著就把夾克套在自己的薄毛衣外面，頓時渾身舒泰。

「敝姓張名石，石頭的石。這是我的兒子小傑。我該怎樣稱呼您呢？」男人躊躇著問。斐英知道，以她的年齡，他不知道稱她為太太或小姐好，這是她經常遇到的場面。

「我是駱小姐，馬各駱。」她大大方方地說。

說到這裡，遊河的小輪船開到了，大家魚貫上船覓座，張石招呼斐英坐在小傑旁邊。太陽已升得很高，開船後，迎著河面的風，隔著一道玻璃窗，船艙內仍然很冷，斐英真感謝張石的好心，否則她一定會凍壞的。

作為美加邊界的聖勞倫斯河非常寬闊，河裡分布著大大小小上千個島嶼，看來就像個大湖。那些島嶼都是私產，大都是富豪們買來在那裡蓋別墅，也有些是旅館或餐廳。遠遠望去，房屋都玲瓏小巧，花園裡的花卉更是彩色鮮妍，有如織錦；而整個河面，就像童話中的仙境。

斐英一面欣賞著船窗外的異國美景，一面也跟張石父子兩人閒聊著。從談話中，她知道張石，是個鰥夫，妻子在兩年前因癌症去世，九歲的小傑是他的獨子。他在臺北經營汽車代理生意，這次是趁暑假帶小傑出來玩，順便也處理業務。父子兩人已玩遍了半個美國，他們就要到西海岸去。

跟自己相比，他們的旅行多輕鬆多愉快啊！彷彿除了自己，住在臺灣的人都是無憂無慮的百萬富翁。同團的旅伴中，從臺灣來的人並不少，而且都帶著家人，由此可以看出他們的富裕。而她，到美國來的機票以及這次旅行的費用都是弟弟供應的；固然，她是個有固定收入的中學教員，這筆錢她也拿得出，但是弟弟知道她這些年為了母親的病已花光了每一分錢的積蓄。

張石也不能算是快樂的人，他的妻子跟我的母親一樣被癌症奪去了生命，想來他跟我一樣也是抑制著滿懷的創痛想出來散散心的。不同的是，他有兒子作伴，而我形單影隻。

她沒有把自己的身世告訴他，只告訴他她的職業。陌路相逢，沒有這種必要嘛！交淺何必言深呢？

離開了仙境似的千島，遊覽車就駛過一座大橋進入加拿大國境，直往多倫多市。上了車，斐英就要把夾克還給張石，但是張石說，加拿大的夏天也是挺涼爽的，說不定還有需要。假使她嫌男裝夾克不好看，到了多倫多，他可以陪她去買一件毛衣。

下午，遊覽車抵達多倫多，旅行社為了省汽油和省事，規定這半天是自由活動時間，給團員分配了旅館房間以後就解散了。張石知道斐英沒有伴，就約她一起去逛多倫多市區。父子倆跟她一起先去附近的唐人街吃了午飯然後就去百貨公司，為斐英選購禦寒衣服。這裡的物價很貴，斐英看來看去都買不下手，後來，發現有一批毛衣只要三元加幣一件，而且式樣也不錯，拿起來一看，原來正是臺灣的外銷貨。她喜不自勝，立刻買了一件穿在身上，把夾克鄭重還給張石，連聲稱謝不已。走到街上，看見街頭電動的報時和報氣溫的裝置，竟然只有十七度，等於臺灣的初冬。北國炎夏時的「涼快」，令她咋舌。

多倫多是個很美麗的大都市；整齊、清潔，到處都是青蔥的行道樹和彩色繽紛的花壇。張石和斐英一人牽著小傑的一隻手在街頭漫步著，悠閒地欣賞異國風情。最開心的要算小傑了，一路上不停地問東問西，而且都是向阿姨發問而不是向爸爸。斐英一點也不嫌煩，每次都耐心地為他解說。她很高興有這對父子作伴，假使不認識他們，這個下午她豈不是要孤獨地在異國的街頭流浪？不然的話，就只好關在旅館的房間裡了。

逛到市政府的面前時，張石讓斐英和小傑站在噴水池旁邊拍了一張照片，還要給斐英單獨拍，但是她沒有答應。

晚上，他們還是到唐人街去吃飯。不知怎的，在國內時，國人大都喜歡偶而吃吃西餐；然而，一到了國外，大家便覺得似乎只有中餐才合口味，這大概也是屬於鄉愁的一種吧？

吃過晚飯，斐英覺得有點累了，就對張石說她要自己先回旅館去。

「我們一起回去吧！小傑上床的時間是八點，回去洗過澡就差不多了。小傑，你說是不是？」張石微笑的對兒子說。

「是的，爸爸。」小傑順從地回答。

看著這對相依為命的父子一個慈愛一個乖巧，斐英感動得不得了。她自己從小就失去了父親也從來不曾嚐過做母親的滋味，然而卻異常嚮往家庭的溫暖，也特別喜愛兒童。小傑有著一雙黑黑的大眼睛，身體長得很結實，皮膚黑裡透紅，一張小嘴又能言善道，雖然才認識了一天，斐英已愛煞這個孩子。

在旅館的電梯口，斐英伸手和張石相握，先謝他陪她逛街，又再謝他借夾克給她。然後，彎下腰去，在小傑胖嘟嘟的臉頰上親了一下說：

「小傑，乖乖的去睡覺，明天見！」

「阿姨，明天見！」小傑可愛地向她揮著手。

張石父子的房間在六樓，她在十樓。同房的一名香港少女出去玩樂，到深夜才回，斐英洗過澡以後，一個人就站在窗前欣賞多倫多的夜景。大都市的摩天樓以及五光十色的霓虹燈，似乎到處都一樣，她一點也不感興趣。扭開電視看了一會兒，也覺得沒有甚麼，就上床去睡。她想：張石是否這麼早就陪兒子上床呢？還是自己又出去逛夜都市？我是一個寂寞慣了的女子，也習慣早睡；他是個活躍的男人，能夠這樣早睡嗎？後來又罵自己：管他那麼多幹嘛？萍水相逢的旅伴，也值得妳去關懷？神經病！

第二天早上，斐英幾乎是第一個到旅館樓下大廳去集合的人。等了好一會兒，才陸續有其他的團員下來。女士們個個換了新裝，臉上也化了妝，顯得容光煥發。而斐英仍然穿著昨天的襯衫和長褲。她出門旅行，喜歡方便簡單，而且今天要去看尼加拉大瀑布，要坐船，一定會冷的，所以也沒有換上洋裝，當然更沒有塗脂抹粉。在她眼中，那些在旅途中爭妍鬥麗，似乎是要跟別的女性作時裝競賽的太太小姐們實在是幼稚而膚淺得可笑。

遊覽車還有五分鐘就開車了，而張石父子還沒有下來，斐英急得幾乎想打電話去叫他們，但又覺得太過冒昧。她焦急地盯著電梯的門，終於在最後一分鐘時，張石父子才雙雙出現。小傑一看見斐英，就連奔帶跑地走過來牽著她的手，連喊阿姨。

「我們兩個人都睡過頭了，一睜開眼睛就已八點半，我還怕遊覽車不等我們哩！」張石微笑著說。

斐英瞥了他一眼，只見他眼眶發黑，眼球上布滿紅絲，似乎是一夜沒有睡好的樣子。心想：你昨晚果然是出去玩得忘記回來吧？

「大概是因為昨天玩得太累了。來，小傑，我們上車吧！」斐英不知道怎樣答腔，就笑笑地牽著小傑的手，領先上了車。

遊覽車先載大夥到多倫多新唐人街一家布置得頗為豪華的粵菜館，讓他們享受了早茶才出發。這個旅行團是不包吃的，每餐只負責送團員到飯館，隨便各人喜愛，自己點吃。假如沒有遇到張石父子，斐英可能每頓都孤零零地一個人進食，認識了張石之後，張石每餐都邀她一道吃，而且不讓她付帳。

「彼此是同胞，在國外遇到，難道請吃幾頓便飯都要計較？況且，我們兩個人，我又是男士，怎能讓妳一個單身女子付帳？小傑跟妳有緣，他很喜歡妳，就算是小傑請阿姨不就行了嗎？」斐英拗他不過，這次，又讓他請吃了一頓很美味的廣東點心。這一家的廣東點心比臺北任何一家茶樓都道地，這使得斐英不由得不佩服華僑的偉大，他們無論到了什麼地方都能夠把家鄉的一切保留起來甚至發揚光大。在北美洲而可以吃到道地的廣東點心，不就是等於在傳播中華文化嗎？斐英聽張石說他們父子在八月中也要回臺北去，她暗暗記在心裡，回到臺北要好好回請他們。

吃過早點，又在新唐人街逗留了一會兒，遊覽車就向尼加拉瀑布駛去，在路上經過四五個鐘頭，到下午才到達。一進入瀑布遊樂區，遠遠望見那匹像是黃河之水天上來的巨瀑，全車的人都歡呼起來。但是，他們得先去旅館安頓好才有空出來玩。

昨晚，他們在多倫多住的是高級的觀光旅館；今夜在尼加拉瀑布遊樂區，住的卻是簡陋的汽車旅館。這是旅行社所打的如意算盤，既然已經上路了，大家也就只好任導遊安排，奈何不得。

這個下午，遊覽車帶大家遊過了玫瑰花園、發電廠，又乘坐了吊山車之後，折騰到將近五時，才帶他們去吃午飯。斐英還是跟張石父子一道，這時，大家都已經餓過了頭，沒甚麼胃口了。

飯後的節目，是這次旅行的最高潮——大家要坐船去觀瀑。導遊小姐領著大家穿過尼加拉瀑布遊樂區的熱鬧大街走向碼頭。大街上有出售紀念品的商店、飯館、電影院、蠟像館等等，熱鬧是很熱鬧，可是卻相當庸俗而太過商業化，似乎跟雄偉的瀑布勝景不怎麼調和。

到了乘船的地方，要先坐一種纜車下去，大家排隊上車，秩序井然。張石讓斐英和小傑站在他前面，以便三個人行動一致。纜車把大家運送到河邊，還得排隊等船。兩艘外貌平平、黃色的小輪船，卻有一個美麗的名字「霧中少女」。它們不停地在兩道瀑布之間來回行駛，讓成千上萬從世界各地前來觀光的旅客得以與瀑布親近，看清它們的廬山真面目。一走到船上，每名乘客都要披上一件厚重的黑色雨衣，一則防止被水花噴到，二則也可以禦寒。果然，即使在盛夏，上了船就立刻感到寒氣侵人。

這時，除了一張臉以外，每個人都變成了黑衣怪客。小傑也穿了一件特為兒童準備的小雨衣，他緊緊抓住父親的手，連呼「好好玩喲！」，可是，不一會兒，輪船駛近瀑布，他的聲音便被雷鳴般的水聲淹沒了。

尼加拉瀑布一共兩個，靠近美國國境的比較小，名「新娘瀑」，因為它形似新娘面紗而得名。加拿大境內的較大，名叫「馬蹄瀑」，因為這個瀑布為U字形。「霧中少女」載著一船興奮而又好奇的乘客在湍急的河水中先駛向對岸的新娘瀑，然後折回來駛向馬蹄瀑。越接近瀑布，那恍若萬馬奔騰的飛瀑聲就更像是驚雷巨響，聽得使人心悸，也令人對大自然的神力興起了一種畏懼和敬服之感。而瀑布附近挾著雨點的風力之強，又彷彿是遇到了強度的颱風，颳得船上的人都蹌蹌踉踉地站不住，大家紛紛一手扶著欄杆，一手抓緊了雨衣的領口。還好，輪船在瀑布前面只是緩緩地駛過，讓大家可以近看，而沒有停留，大家「驚魂甫定」，就是駛向歸程，前後還不到半個鐘頭。

他們又坐剛才的纜車離開碼頭。小傑意猶未盡，不斷叫著「好好玩喲！我還要坐船。」張石卻是溫柔的注視著斐英，親切地問：

「不會暈船吧？駱小姐。」

「不，我精神好得很哩！」斐英含笑回答。

遊覽車把他們送回汽車旅館，又是晚飯時刻了。

「這兩天我們每頓都吃中國餐，今夜，換換胃口，吃西餐好嗎？」張石徵求斐英的意見。

「我無所謂，吃甚麼都可以。」斐英說。

事實上，她也是個不怎麼講究飲食的人，年輕時艱辛的歲月已把她磨練得很能吃苦，對甚麼都不挑剔。可是，這種觀光勝地的餐飲卻使她稱讚不出口。鄉村濃湯淡而無味，魚排一點鮮味也沒有，蔬菜沙拉酸得可怕，甚至咖啡也不香濃；然而，三個人簡單的晚餐卻花了將近五十美元。

「敲竹槓！觀光區的商人真是天下烏鴉一般黑！」斐英心疼張石的荷包，不禁憤憤地這樣說。

「我們是觀光客嘛！觀光也者，就是觀而光之，叫你把口袋掏得光光的意思。外國人到臺灣觀光，我們的商人把他們當作財神爺和冤大頭；如今我們也被別國的商人敲竹槓，這叫惡性循環嘛！」張石哈哈大笑的說。「我倒認為這點錢花得很值得，因為起碼讓他們知道我們中華民國的人有自由，也有能力出國觀光。在這一方面，中共起碼輸給我們了，妳說是不是？」

他的幽默感和愛國情操使得她暗暗有點欽佩：此公雖然只是一名商人，但是思想一點也不俗呀！不過，在表面上，她只是含笑點首，作矜持狀。她從少女時代起就是個保守而拘謹的分子，隨著年齡的增長，這份保守與拘謹也是日益加深。

他們在大街上閒逛著。出售紀念品的商店有許多吸引人的小玩意，可是，一看價錢，又折算一下臺幣，斐英便嚇得縮了手。她是個節省慣了的人，如今雖然已經沒有甚麼負擔，她還是捨不得亂花錢，保持著節儉的美德。她看見張石買了好些玩具給小傑，自己不好意思一毛不拔，就買了兩副裝在小電視機裡的尼加拉瀑布幻燈片給她弟弟的兩個女兒，又為自己買了一套風景明信片。

逛到快八點的時候，張石說小傑該睡覺了，斐英也有點累，三個人就回汽車旅館，各自回房間去休息。

洗過了澡，斐英一個人無聊地坐在房間裡一張張地欣賞買回來的明信片，正要考慮要不要獨自出去走走還是提早上床時，跟她同房的兩個香港來的女孩像一陣風似地衝進來，放下手中大包小包採購回來的東西，便一邊洗臉整妝一邊問斐英：

「遊覽車司機大發慈悲，要載我們去看瀑布夜景，妳去不去呀？」

斐英正在發愁如何去度過這睡前的一段時光，一聽她們這樣說，大喜過望，立刻披上毛衣，就跟那兩個女孩一起出去。這次夜遊，不在旅行團的節目內，所以不是集體行動，並沒有通知每一個人，只不過由於幾個年輕男女的起鬨，而司機也反正沒事，就額外服務一次罷了。

斐英跟著兩個女孩上了車，只見車上空空洞洞的沒有幾個人，張石也沒有在內，心中有點失望，又不便打退堂鼓。不過，想想獨個兒呆在那間簡陋的汽車旅館的房間裡也不是滋味，問明了司機是否送他們回旅館，也就決心跟那些比她年輕二十歲以上的大孩子們一起去玩。

那群年輕人在車上又唱又鬧，好不快樂。斐英跟他們格格不入，未免顯得有點孤單。張石到那裡去了？難道這麼早就睡了？她是多麼渴望他能夠跟她在一起，他體貼入微、溫文有禮而又幽默風趣，是個非常難得的遊伴，像這樣的一個人，她一輩子都不曾遇到過。可惜，萍水相逢，三天的旅遊只剩下一天，明天晚上便得分手，大家又是各自天涯了。

她正在癡癡呆呆、又愁又苦地這樣想著，遊覽車已停了下來。從車窗往外望，只見路旁一個廣場，燈火輝煌、人如潮湧。廣場中央有一個大大的噴泉，此刻，無數水柱正隨著擴音機播出來的音樂聲翩翩起舞，加上彩色燈光的照射，只見或紅或綠或黃的水柱各以矯健而美妙的姿勢忽上忽下，忽而像萬道金蛇、忽而像百花競放，變化無窮，煞是好看。

「瀑布在那裡呀？」有人這樣問。

「就在這下面，廣場下面有路可以走到河邊。」司機告訴大家。這裡的觀光客太多了，到處都是萬頭攢動，到了廣場後面那條小路，才走了幾步，就失去了同伴的蹤影。斐英倒也不怕，找不到他們，自己一樣可以走，萬一真的找不到路，大不了回到遊覽車上去就是。她把心一橫，就混在人叢中，向河的方向走去。還好，不久就聽見了瀑布的聲音，再往前行，就居高臨下的望到了對岸的新娘瀑。那道在白天裡飛珠濺玉，猶如萬馬奔騰的瀑布，在黑夜中遠遠望去，卻像是靜止的。彩色的燈光照在上面，不時的在變幻，它便變成了一幅時紅時綠時黃時紫的錦緞。也許有人覺得加上燈光未免太人工化，不過，製造出如此奇景，也可以說得上是匠心獨運哩！

斐英靠在一處比較人少的鐵欄杆上，遠眺著錦緞般的瀑布，不覺也嘆為觀止，現在，她已忘記了她的同伴，也忘記了自己的寂寞，只是一心一意去欣賞風景。看完了新娘瀑，她繼續往前走，想換個角度再看看這邊的馬蹄瀑，忽然聽見了一聲熟悉的呼喚：「駱小姐！」

驚喜地抬頭一望，張石正笑盈盈地站在眼前。

「咦？你怎會在這裡？」她眉開眼笑地問，遮掩不住內心的喜悅。

「小傑睡了，我一個人出來逛，就逛到這兒來了。那麼，妳呢？」

「我是跟同房的女孩子出來的，一下了車，大家就散失了。」她心中有點幽怨，你出來逛，為甚麼不找我一道呢？

「早知如此，我就找妳一起出來了。我怕妳累，所以不敢。」他彷彿看穿了她的心事。

「出來旅行，一早就窩在房間裡多沒意思！」

「嗯！有志一同，幸虧我們終於遇到了。妳準備到那裡去？」

「我想看看馬蹄瀑。」

「我剛剛看過了，陪妳再看一次吧！」

「你不嫌煩？」

「世界著名的勝景，百看不厭呀！」他哈哈的笑著轉過身，就往前帶路。

他領她走到一個地形較高的所在，再回頭遠眺，又看到了更為壯觀的馬蹄瀑。在黑夜中，在強力彩色燈光的照射下，它像是一塊巨型無比的寶石雕成的瀑布，掛在那裡靜靜地發出炫目的光芒。時而是紅寶石，時而是綠寶石，時而是藍寶石，時而是黃寶石，有時更是五色雜陳；不知道世界上有沒有一個富豪能夠擁有這麼巨大的幾塊玉石。

「很美吧？」他站在她身後問。

「當然。」

「我們的旅行只剩下一天了。」

「可不是？」

「妳準備在紐約停留多久？」

「我已經來了半個月，再過半個月就要回去了。你呢？」

「後天我們就要到西海岸，我在洛杉磯有些業務要處理，然後，再過三四天就要回臺北。」

斐英望著遠處疑真似幻的彩色巨瀑沒有說話。

張石卻從口袋中掏出一張名片交給她說：「這上面有我在臺北的地址和電話號碼，回去以後我們再聯絡好嗎？駱小姐的電話號碼可否告訴我呢？」

她把自己的電話號碼說了出來，聲音僵硬而不自然。他拿出一枝筆，就著路燈的光線，在一本小本子上記了下來。

明日又天涯，人生的聚合多麼無常，人生的際遇又是多麼無奈。她在心底深深的嘆息著，咬一咬嘴唇，恢復了泰然自若的樣子。然而，一陣晚風吹來，卻使她打了一個寒噤。

「妳冷不冷？」張石立刻關懷地問。

「不冷。你看，我不是穿著毛衣嗎？」她說著，不自覺把毛衣攏緊一點。

「要是妳已經看夠了，我建議我們離開這裡，找個地方坐坐。」

「無所謂夠不夠，只要看過，也就不虛此行了。」

「那麼我們走吧！這裡人太多了，我有點受不了。」

「那我得先去跟遊覽車司機交待一下，是他帶我們來的，否則他會以為我失了蹤。」

他們一起走回遊覽車停車的地方，發現車門已經鎖上，全車空無一人，司機大概也下車遊樂去了。

「這是司機好心帶你們來，他又沒有點數人數，回去時不會等妳或者找妳的。我們只要早一點回旅館，讓妳同房的人知道妳沒有失蹤，不就行了嗎？」張石說。

她一想也有道理，這時，才開始後悔不該跟那些年輕人出來。要是沒有遇到張石，她豈不是要站在遊覽車旁邊空等？那些年輕人，包括司機在內，說不定去喝酒或者跳舞去了，天曉得他們要玩到甚麼時候。

「好吧！我們到那裡去好呢？」她問。

「隨便走走，累了就去喝咖啡，同意嗎？」

「好呀！一切都聽你的。」她爽快地說。

他們開始走向大街。尼加拉瀑布遊樂區是一座不夜城，五光十色的霓虹燈和川流不息的遊人，把這座城的夜生活點綴得多彩多姿。而那座高聳入雲的瞭望塔，又像是這座城的守護神，高高地俯瞰著它的子民，無論你走到那裡，你都可以看到它。

斐英對購買紀念品沒有興趣，對喧鬧的夜總會或者其他遊樂場所更是不屑一顧。走了幾條街道，張石看得出她的興致闌珊，便邀她進入一間比較清靜的咖啡室。

他點了咖啡，不加糖也不加奶，她卻要了一杯冰牛奶。才啜了一口黑咖啡，他就說：「妳知道嗎？昨天晚上我在多倫多，一個人逛到十二點才回旅館，真無聊！」

「啊？」她隨便應了一聲。心想：我果然猜中了。

「我告訴妳，是因為我後悔沒有約妳一起出去逛，白白錯過一次機會。」他鼓起勇氣，望進她的雙眸深處。

「我習慣早睡，而且昨天也很累。」她卻垂著眼皮，語意不清地回答。

「要是能夠睡得著，我也喜歡早點上床，不幸我卻是個失眠者。」

「那你還在睡前喝咖啡？」

「喝不喝對我都一樣，我這毛病是三年前發生的，我的妻子得了病，我每晚都要在醫院裡陪她，聽著她整夜痛苦呻吟，你叫我怎睡得著？不久，我就養成失眠的惡習了。」

「那你怎能出門旅行？」

「出門旅行，玩得累了，我反而容易入睡；而且，在車上偶而也可以打打瞌睡。」張石呷了一口咖啡，又說：「來點點心好嗎？妳也許餓了。」

「不，謝謝你了，我晚上一向不吃消夜的。」

「妳真是一位規行矩步、律己甚嚴的君子。請恕我交淺言深，妳從來不曾放任過自己一次嗎？」

「可以這樣說。」在她的語氣中帶著一點驕傲的成分。

「妳為甚麼要這樣做？」他不好意思說出「這樣的人生有何樂趣」這句話。

「這是我從小的習慣，」頓了一頓她又補充一句：「當然這也是環境使然。」

他不便問她是甚麼樣的環境使然的，就說：「妳的家人都像妳一樣嗎？」

「不一定。」她簡單地回答；覺得沒有多告訴他的必要。

「我相信你們是可敬的一家，也是幸福的一家。」他由衷地說。

可敬？幸福？我們可敬？我們幸福？不，我們只是卑微的小人物，也可以說是一個不幸的家庭啊！遺忘了的往事又一幕一幕地在斐英的眼前升起：童年時父親的去世；母親的長年臥病；身為長女的她不得不挑起了一家生活的重擔，每天上學之前把全部家務料理好，下課後還得去賣愛國獎券。在極度困難的情形下她唸完了中學，考上了師大，仍然一面做家教一面上學。畢業後去當英文教員，把她的妹妹斐芝、弟弟斐華也都栽培到大學畢了業。斐華申請到美國的獎學金，還放洋深造去。母親在斐英三十五歲的時候終於病逝。這時，斐芝早已出嫁，家中只剩下斐英一個。太多的苦難，太多的變故，幾乎把她壓垮了，形貌越來越瘦削，已顯出衰老的樣子。轉眼，母親棄養又已八年，斐英解除了精神和經濟上的負擔，一個人過著安靜而有規律的生活，慢慢又把自己養得比較豐盈一點，她要好的女同事都說她現在比三十幾歲的時候還年輕。

斐華去國九年，如今已經有了一份很好的工作，不但已娶妻生子，最近還買了房子。他覺得姊姊辛苦多年，現在責任已了，就邀她出國散散心。

「駱小姐，妳不是不舒服吧？」張石看見斐英雙眉緊蹙，兩眼發直，就關懷地問。

「啊！沒甚麼，沒甚麼。」斐英彷彿從一個夢中醒轉過來，不禁為自己的失態而感到不好意思。「已經不早了，我們還是回去吧！」

張石一直是很尊重她的意見的，就付了帳陪她回去。站在店門口，他問：「要坐車呢？還是走路？」

「走路有多遠？」

「我想不會超過二十分鐘。」

「那我們走路算了。」她說。

他可能是個天生特別有方向感的人，同是第一次來到這個地方，她東西南北都分不清楚，他卻像識途老馬似地駕輕就熟的帶她穿過大街小巷，走向他們所住的汽車旅館。一路上他很少說話，她當然也沉默著。

在距離旅館還有一個路口時，他放慢了腳步，忽然喃喃地說：「真快！只剩下一天了。」

「甚麼只剩下一天？」她起初有點不明白他的意思，後來才想起他這句話已說過一次。

「我們的旅程呀！」

「哦！可不是？」

「事實上只有半天，因為明天下午就開始踏上歸途。我們的座位隔得那麼遠，那就等於一上了車就分手了。小傑是那麼喜歡妳，他一定很難過的。」

「我們回到臺北還是可以見面呀！是不是？」斐英坦然地回答。這一生除了跟一兩個年紀較長的男同事有時會聊聊天之外，她不曾跟任何一個男人交往過。張石對她的表示好感，她是有點吃驚。不過，她又認為自己年紀已經這麼大，在男女交際方面，必須落落大方，否則別人還以為妳自作多情哩！

「但是，我們這兩天一直在一起，回到臺北，妳忙妳的，我忙我的，情形就不一樣了。」

「不過我們也不能一直在旅行在度假嘛！人生本來就不是這樣輕鬆的。」

「駱小姐真不愧是一位老師，可說一言驚醒夢中人。只要妳答應了回到臺北讓我們父子來拜訪，我就十分滿足了。」張石本來非常落寞的神情變得開朗起來。

回到旅館，他伸手和斐英緊緊相握，互道晚安，她感覺到從他那隻厚實的大手中傳過來一股暖流與情意。

這一夜，斐英不知道張石是否失眠，她自己在那張彈簧已經鬆弛而又太軟的客床上卻是輾轉反側，直到下半夜才睡著，她想得很多很多，很遠很遠。

第二天早上，大夥兒在汽車旅館對面一家餐室吃過簡單的早點，遊覽車就載著他們，跨過那道有名的霓虹橋，離開加拿大，回到美國去。在橋上，遠遠可以看到兩道巨瀑在河面斜斜地相對奔流著。斐英更是目不轉睛地注視著它們，直至失去了蹤影。她知道，自己再來的機會不多，而這裡卻是一處使她刻骨銘心、難以忘懷的地點。

遊覽車經過水牛城，沿著安大略湖，一路向東飛駛。沿途風景絕佳，可惜公路離開湖濱還有一大段距離，遠遠只看到湖上的波光瀲灩。過了中午，他們來到一處名叫瓦肯斯幽谷的地方，這就是他們這處旅程的最後一站了。這裡是一個國家公園，導遊小姐請團員中年紀較大的坐在車上，讓車子從大路載送他們下去。比較年輕、能夠走路的，就由她帶領，沿著石階走向谷底。她一面走一面告訴大家，這個幽谷是千萬年前由於地震而裂開的，大約有七百深，兩英里長，裡面有著無數洞穴和八個大大小小的瀑布，是紐約州著名的觀光勝地之一。

斐英和張石一人牽著小傑的一隻手，跟在隊伍最後面，一步步踏著石階往下走。這是一道狹谷，兩旁是石壁，而這些石壁又非常奇特，雖然是天然的，竟似是人工把一片片扁平的石塊疊成。石縫間長著一些小樹和蕨類植物，下望谷底，是一道淺淺的溪流，溪水從亂石上淙淙流過。除了石壁相當奇異以外，這種景色，在臺灣多的是，斐英起初不免有著「有啥稀奇」的感覺。然而，他們越往下走，也越感到這個狹谷的幽深。走了半個鐘頭，每次以為要到底了，可是谷底仍然在下面，這便引起了她的興趣。

有的時候，他們得從一個山洞裡鑽出去；有時，瀑布從山上流下來，把窄窄的山徑濺得又溼又滑，他們便不得不扶著欄杆，踮著腳步步為營。峽谷裡，除了石階和窄徑，有時還有小橋；因此，大家雖然覺得這個峽谷深得似乎走不完，不過也不至感到厭倦。體力好、永不疲勞的小傑還一路上蹦蹦跳跳地走在前面哩！

就在斐英走得雙膝發軟的時候、他們已經走到平地上來了。好開闊的一片廣場，兩旁盡是青蔥的樹木。前面有人揮動雙手催他們快走，他們趕到前面一看，原來這裡正是瓦肯斯峽谷國家公園的大門，他們是從後面走過來的。

先到的人已在路旁一家賣炸雞的小店裡吃午飯。走了一個多鐘頭的路，他們也累了、餓了。張石叫斐英和小傑先找座位，他去買了一隻炸雞、三個麵包、三份炸薯條、三杯飲料，三個人就用手撕著雞肉，開懷大嚼起來。這是他們旅途中最後一餐，斐英和張石心中都有著無限的離愁別緒，不過他們都沒有表露出來。才吃完，導遊小姐就催著大家上車，因為得在晚上九時趕回紐約的華埠。經過了三夜三日的同遊，全團的人都混熟了，在回去的車上，大家多少也感到有點惜別依依。坐在斐英旁邊、不苟言笑的老先生也跟她說了好些話。張石父子坐在最後排，跟她距離很遠，反而沒有機會跟他交談。一路上她思潮起伏，她已無心欣賞路旁的風景；不久，天已入黑，她就打起盹來，等到她醒過來，遊覽車已回到到摩天樓的燈火彷彿滿天彩色星星的紐約市了。

遊覽車在華埠的孔子像下的廣場停了下來，旅客便紛紛離座下車。斐英坐在中間，她比張石父子早下車。她一下車，就看見弟弟斐華站在廣場上等她。她開心地走向弟弟，斐華接過她的行李包，說：

「姊，我們走吧！我的車子停車的時限恐怕到了。」

「啊！好的，讓我跟一位朋友打個招呼。」斐英說，她本來想等張石下車的，現在，只好向正在遊覽車廂的通道慢慢跟在別人後面走著的父子兩人招手大叫：

「小傑，我先走一步，再見！」

「阿姨！再見！」小傑也向著窗外大聲的叫。

而張石，只是用一雙炯炯有光的眼睛凝視著她，微笑揮手，同時也不忘向斐華飛快地瞥了一眼。

斐華一面帶姊姊走向停車的地方，一面問：

「想不到妳在旅途中倒交了朋友了，他是甚麼人？」

「這父子倆也是臺北來的，因為那孩子很可愛，我們就認識了。」她含糊地回答，不知怎的兩頰也緋紅起來。幸而在黑夜中斐華沒有注意，也沒有繼續問下去，他只是隨便問了幾句旅途中的情形。

斐英的紐約假期轉瞬屆滿。她到加拿大旅行回來後，斐華夫婦也不時的抽空陪她到處觀光。親情固然可貴，可是她的心似乎已被相識才三日的父子偷去了一部分，她時時都顯得恍恍惚惚的，有點心神不屬的樣子。任何名勝美景，在她眼中都比不上曾和張石同遊的尼加拉瀑布了。

她如期在八月廿五日回到臺北，由於東半球和西半球晝夜顛倒的關係，回來後昏昏沉沉地幾乎睡了二三天。二十八日晚，她接到了張石的電話。

「好呀！妳回來了都不給我一個電話，幸虧給我逮到了。」電話那頭，張石朗爽地大笑著，像是個老朋友一樣。

「我也才不過回來了兩三天，還沒睡夠哩，你怎會想到我回來的？」她說話也就不那麼拘謹了。

「妳不是說過月底回來嗎？小傑一天到晚在問阿姨甚麼時候回來，所以我就打過來試試看。」張石的聲音顯得很愉快。

「啊！小傑在你旁邊嗎？讓我跟他說幾句話。」她一想起小傑那雙圓圓的大眼睛和一張伶俐的小嘴就開心得不得了。

「是阿姨嗎？我是小傑，我好想妳啊！」電話裡已換過了一陣稚嫩的童音。

「小傑，阿姨也想你。甚麼時候阿姨再跟你去旅行好嗎？」斐英用溫柔無比的聲音說。

電話裡靜寂了一會兒，然後又是張石的聲音：「駱小姐，妳剛回來，多休息兩天吧！後天星期日，我上午到臺中去有點事，下午就回來。然後，我帶著小傑開車到府上去接妳，我們一同到外面吃飯。」

「這次該我請你和小傑了。」她說。

「下次妳再請吧！這次我和小傑給妳接風。」兩人在電話裡爭了半天，她還是拗不過他。星期日上午，她就出門到書店裡選了一套兒童讀物又買了一盒點心，準備見面時送給小傑。

到了下午，她開始緊張地在等待。他沒有說明幾點到，不過她想當然是晚飯前。三點半，她就打扮停妥。今天她刻意修飾了一下，穿上一套淡紫色的絲質衣裙，臉上也稍稍化了妝，看起來便顯得年輕了許多。四點，她泡了一壺好茶，擺出幾碟零食，就坐在沙發上等候門鈴響。等到快五點，還沒有動靜，她有點不安。六點，人還沒有到，她開始沉不住氣。七時，仍然一點消息也沒有，她不免有點生氣，就算臨時有事不能來，也應打個電話通知啊！是臺中那邊有事就擱嗎？她想打電話去問小傑，又怕接電話的是他？他就一定看出了自己心急，那樣多失自尊啊！七點半，她無聊地打開電視機收看新聞，眼睛盯在螢光幕上，卻是視而不見，聽而不聞。似乎過了很久，她忽然聽見播音員說出了「高速公路發生車禍」這幾個字，不禁驚惶得渾身發抖。她集中注意力望向螢光幕，聽清楚了是今天午後一部大卡車在苗栗附近超速追撞上前面的一部小轎車，小轎車衝向路肩，翻到山溝裡，駕駛人當場死亡，已經查出死者名叫張石，住在臺北。

還沒聽完這段悲慘的新聞，斐英就昏倒在沙發上。也不知道過了多久，她才悠悠醒轉。電視機還在播放節目，她那裡還有心情去欣賞，就支撐著站起來，搖搖曳曳地走過去把它關了。她跌跌撞撞地回到沙發上，默默地流著淚。為甚麼？為甚麼？老天為甚麼老是跟我作對？先是奪去我的父親，然後是母親；如今，又奪去我唯一對他發生好感的朋友，難道我命中註定要永遠孤獨？旅途中和張石相處的情景又一一湧現心頭：聖勞倫斯河畔的自動借她夾克禦寒；多倫多市上的一同逛街；一次又一次的一同進餐；尼加拉瀑布下的遊船；兩人單獨在尼加拉瀑布遊樂區逛夜街；瓦肯斯峽谷的同遊……。他所說過的每一句話，他親切的微笑，他穩重的動作都深深鐫刻在她的心版上，彷彿她和他是生生世世的老朋友，而不是僅僅認識了三天，萍水相逢的遊伴。

在尼加拉瀑布的那個晚上，她曾經為了即將和張石父子分離而傷懷，雖然同住臺北，仍有偶然的邂逅、明日又天涯之感。怎想得到，短短同遊，竟成永訣，如今幽明永隔，又何止天涯啊！她就在沙發上度過了漫漫長夜，她的心已碎、腸已斷、淚已乾，到了天明，整個人彷彿變成了一具真空的殼子，她覺得自己的內在似乎都已經由於悲痛而抽空了。這時，她忽然間又大澈大悟起來。死者已矣！悲傷又有何用？小傑今後怎麼辦？他有親人撫育嗎？她決定不顧冒昧，到張石家裡去一趟，探視探視小傑。假使有親人撫養他，她當然就可以安心。萬一沒有的話，她就要收養他作義子。兩個無告的人相依為命，那將是張石在九泉之下所最感安慰的一件事吧？

俞老太太和她的義女們

俞老太太把所有應徵者的來信和照片一一攤開放在桌子上，戴起老花眼鏡，一份一份的拿起來審視著。噢！應徵的人真多！一共十九個。還好只登了一天報，否則的話，她將會忙壞哩！

這一個，陳明珠，本省人，十六歲，國校肄業，現在是美容院的學徒。唔！樣子還乖巧，就是眼睛小了一點。這個，蔡月英，十八歲，也是本省人，初中畢業，曾任車掌。不要，照片中的她太裝模作樣了，不像個正派的少女。邱菊妹，苗栗人，十六歲，初級農業學校肄業。唔！還是個學生哪！可惜，樣子太醜，一點也不討人歡喜。伍珍珍，十八歲，上海人，××中學高中年級學生。咦！這個女孩子學歷倒不錯，臉孔也夠甜美。可是，她這頭超短髮，身上的奇異服裝，卻是大有問題。聽說××中學專門出不良少年少女。還是算了吧！

俞老太太把這四個應徵者的來信和照片收起來，放進信封裡，在信封上打了一個×號，表示這幾個不在考慮之列；然後，又開始繼續做她的甄選工作。

三天前，她在報上登了一個小廣告：「誠徵義女，某太太年老獨居，擬徵求十六－十八父母雙亡之孤女為義女，無條件供給全部生活及教育費用。附照片學履歷函洽二三二〇號信箱」。

這個廣告她是秘密去登的，除了她自己，沒有第二個人知道。為了保密，為了怕給她的兒女知道，她還特地到郵局去租了一個信箱。

而現在，回音來了，十九個，說不定明後天還陸續會來。不過，她不想再等了，能夠今天決定最好，孤獨的日子受夠啦！

其餘的十五個應徵者的來信和照片她也都完全過目了一遍。她們之中，有當店員的，有當洋裁店學徒的，也有當女工、女傭的。俞老太太喜歡以貌取人，心裡也還存有著濃重的士大夫階級觀念。「審查」的結果，她把那些貌陋的、身分較低的一律剔除，只留下三個，準備在這三個女孩子中選出一個幸運者。

這三個全是學生。麥春文，十六歲，福建人，初商三年級。這女孩有一張很可愛的臉蛋。趙秋瑜，十八歲，浙江人，高二肄業。這是個玉女型的少女，大大的眼睛，尖尖的下頦，一看就知道她必定秀外慧中。林婷婷，十八歲，臺北人，高中畢業，現在在學打字。五官端端正正，鼻樑上架著副黑框眼鏡，頗有女學士的派頭！而且她的學歷還是十九個人裡面最高的哩！

怎麼決定好呢？老太太把老花眼鏡扶了扶，再把那三張照片和應徵信又看了一遍。麥春文的學歷平平，信上的字跡既劣，文句又不通，必定是個壞學生，還是把她否決算了。至於趙秋瑜和林婷婷兩個，外形既合我意，學歷又不相上下，怎樣決定好呢？可惜沒有人可以跟我商量，魚與熊掌，真難取捨啊？

終於，在地域觀念的自私心理驅使下，俞老太太錄取了趙秋瑜，林婷婷則作為備取。急性子的她，並且立刻就寫信給她們兩個。不過，她在給趙秋瑜的信上聲明先試一個星期再作決定。這是一件很重要的事情呀！我可不敢太冒險。俞老太太這樣想。

親自把兩封信拿去投了郵，然後，她就開始為她的義女準備房間。學校配給她的宿舍有一廳二房，現在空著的一間本來是她的小兒子住的，自從去年他出國去了以後，偌大一層樓就剩下她一個人住了。

明天以後，我就不再是個孤老太婆啦！她一面在她小兒子原來睡過的床上鋪上嶄新的印花床單，一面得意地在想。明天以後，我這幢小樓上就將會有少女的嬌笑聲出現，有人陪我吃飯、聊天、上街，就像蘊璧還沒有出嫁前一樣。啊！但願趙秋瑜一試就合！

真是的，日子怎麼會過得這樣快？蘊璧在身邊撒嬌的那些時光好像還在目前，一下子她已經是個三十幾歲的婦人，而她的身邊也纏著三個淘氣的小傢夥了。唉！女兒出嫁以後，再好也跟在家時有點不同，她怎麼把我像客人一般對待啦？每次我上她家，她總是忙不迭地雙手敬茶，然後把三個小傢夥一一像獻寶般送到我面前：「還不快點喊姥姥？」等我把帶給小傢夥的食物拿出來時，她又跟我客氣了：「媽，您這是何必呢？每次都要給他們帶吃的，您要把他們慣壞啦！」一會兒，我那個女婿回來了，兩個人就忙忙碌碌地商量加菜買酒買水果，飯後，又不辭勞苦的一定要全家浩浩蕩蕩地去看電影。他們固然很孝敬我，可是，這怎像一家人呢？

老太太把床單鋪好，又給枕頭換上一副新的套子，在書桌上鋪上一塊白色的鉤花桌巾，擺上一個小花瓶、一個鬧鐘和一個瓷製的小玩偶。然後，又急忙忙地把放在床底下的一個書箱吃力地拉出來，找出她小兒子上中學時用過的一本英文字典、一本國音字典，以及幾本翻譯小說，也一併的擺在桌上。這才像樣一點嘛！明天，我再去買點花來插上。對了，還得買一面鏡子掛在牆上，否則，怎像一間小姐的香閨呢？

一面整理著，自己也覺得好笑，我是怎麼了？對一個沒有見過面的女孩子這樣無微不至，當年，對自己那三個兒女都沒有這樣好哩！難道這是下意識的一種報復心理嗎？想到這裡，這位已經做了外婆的老教師的鼻管裡不自覺的就湧起了一股辛酸的味道。她頹然地坐在書桌前，撫摸著那幾本她兒子留下來的書本，幽幽地嘆了一口氣。唉！當年千辛萬苦的獨力把他們姊弟三個撫養成人，如今，他們的羽毛豐滿了，就一個個的飛掉啦！女兒變成了客客氣氣的陌生人；兒子遠在異國，用以維繫母子之間的聯絡的，僅是一個月一張的淡藍色的郵簡。

想認一個義女的念頭她已醞釀了好久了，她實在熬不住獨居一層樓的孤寂，每天下課回來，要找個說話的人都沒有。誰叫她的老伴兒死得那麼早呢？假使老伴兒還在，她就用不著這樣做了。這兩年，她女兒老是要母親搬到她那兒去住，兩個兒子在信上也這樣勸她。但是，俞老太太不喜歡去「做客人」，她知道兩代之間不容易長久融洽相處，尤其是不願意去做一個討人嫌的丈母娘。

她今年六十二歲，還不太老，還可以教三年書哩！她擔心的只是退休以後更寂寞的歲月。現在嘛！在學校裡還有學生吵吵鬧鬧，回到家裡也可以改改卷子；將來退休了怎麼辦？豈不是更完全無所憑藉了嗎？她想到，也許有那麼一天她病倒了，連個服侍的人都沒有，就不覺不寒而慄。有一天，她在學校教務室的窗前眺望，看見在操場上活潑蹦跳的女學生，心中不禁暗暗嘆口氣：我要是有個這樣的小女兒多好！

於是，她心中那個「古怪」的念頭萌生了：這些能夠入學的當然都是幸福的孩子，那些被擯棄校門外的又如何？我手邊還有點積蓄，為什麼不用來栽培一個不幸的孩子，供她入學，同時讓她陪伴我渡過寂寞的晚年呢？

俞老太太是個急性子的人，當她一作了這個決定之後，便希望馬上實行，甚至馬上實現；於是她偷偷去登了那則小廣告。

現在，她的願望果然快要得償了；然而，她又覺得這樣瞞著女兒不好。這是光明正大的事，她遲早要知道的，何必隱瞞呢？我要去告訴她，還要寫信告訴在美國的那兩個孩子。

第二天，俞老太太果然到了蘊璧家裡。不知是不是因為心中有「鬼」，在女兒面前，竟覺得渾身不自在，還好蘊璧正忙著做家務，並沒有注意到母親的不安。

「蘊璧呀！妳看這小傢夥多像妳小的時候！」俞老太太抱著最小的、滿七個月的外孫女跟在身邊搭訕著。

「是嗎？我還以為她像她父親哩！」女兒心不在焉的回答。

「不，她不像她爸爸，像妳！蘊璧，妳不知道我多懷念你們小時候的那些日子。現在，看見了這小傢夥，使我又想起從前了。」俞老太太用她多皺的臉偎著孩兒的嫩頰。

「媽，您搬過來住吧！跟我們住在一起，不就整天可以抱小傢夥了嗎？」蘊璧誤會了母親的意思，以為她老人家是在想念去世了的丈夫。

「蘊璧，我——我做了一件事，說出來妳不會笑我吧？」老太太把臉低下去，表面上是要親孫兒，其實是要遮蓋自己尷尬的表情。

「媽，什麼事嘛？」蘊璧平平淡淡地問，完全沒有驚奇的意思。

「我——我因為太寂寞了，認了一個義女。蘊璧，妳不會怪我事先不跟妳商量吧？」俞老太太結結巴巴地，像個做了錯事的小學生似的在向女兒「自首」。

「媽，真是嗎？」一向冷靜的蘊璧忽然跳了起來，一把就把老母親摟住。

「您認了一個義女？那真是太好了！這是個好主意，我怎會怪妳？現在，我的義妹在那裡？怎麼不帶她一道來呢？」

於是，俞老太太心上的一塊石頭落下來了。她眉開眼笑，卻又帶點靦腆的，一五一十地把登報和應徵的情形通通告了女兒。

蘊璧一直微笑著聆聽母親的話，露出很有興趣的樣子，最後，她說：「媽，等我這位義妹來了，您一定要帶她來我這裡吃頓飯見見面呀！」

終於，那隆重而緊張的日子來到了。趙秋瑜事先回了俞老太太一封信，說她要在十點鐘左右到達。俞老太太打從九點半開始，就坐立不安。她一會兒到門前張望，一會兒跑到廚裡去看看那鍋蓮子鷄煨爛了沒有。

十點五分的時候，門鈴響了。她匆匆跑出去開門，門外站著一個修長的少女，一雙黑亮的大眼睛不斷地眨呀眨的望著她。不用那少女開口，翁老太太就知道這是誰。她笑咪咪地問：「妳是趙秋瑜吧？跟照片簡直是一模一樣啊！來，請進來吧！」

少女提著個小小的旅行包走了進來。俞老太太立刻就問：「咦！妳的行李呢？」

「老太太在信上不是說明了先試一個星期嗎？我不知道試的結果怎樣，所以暫時沒有帶來。」趙秋瑜振振有辭的回答。

看這女孩子的外表跟照片上完全一樣，而且態度大方、伶牙俐齒的，心中就暗自歡喜。此刻，她不禁埋怨自己，當初何必那麼多疑，那麼慎重，我是徵求義女，又不是聘請職員，試什麼呢？不過，為了維持尊嚴，她並沒有說出來，她只是笑笑的說：「啊！是嗎？我忘了。來，來看看妳的房間。」說著，她就在前面領路。

趙秋瑜進了房間，四面張望了一眼，臉上露出了滿意的表情，但是卻沒有說話。俞老太太看得出她是個沉默的人，就更加歡喜，因為她不喜歡多嘴的女孩子。她坐在床沿上，示意叫趙秋瑜坐在她旁邊，就開始打聽她的身世。從趙秋瑜的應徵信中，她雖然已略知這個少女的情形，但是，她還想知道得清楚一點。

「妳說妳住在舅父母家裡，妳舅父是做什麼工作的？」俞老太太開始問。

「做生意。」趙秋瑜簡短地回答。

「妳舅父母待妳好嗎？妳為什麼不繼續唸書呢？」

「無所謂好不好，是我自己不願意讀下去的。」少女冷淡地回答，面上還帶著一種頑強與不屑的表情，這與她玉女型的臉很不相襯；同時；她說話的時候眼睛並沒有望著俞老太太。

俞老太太心裡有點不高興。我是妳未來的乾媽，是扶養妳的人呀！幹嗎這麼大剌剌的呢？後來她又想了：她剛來，也許是害羞和不慣吧？我觀察觀察再說。於是，她忍耐著，又問：

「那麼妳在家裡做些什麼事呢？」

「沒什麼，只是幫幫舅母做家務。」眼睛仍然望著別的地方。

「妳來應徵，妳舅父母同意嗎？」

「我不是在信上寫明已徵得他們同意了嗎？」美麗的嘴唇一撇，有點不屑的意思。

算了，不要問了，再問也不會問出要領的。俞老太太嘆了一口氣，不再說什麼，就叫趙秋瑜休息。她一己走進廚房，開始為午餐而忙碌。

吃飯的時候，她拼命地逗秋瑜說話，慇懃地挾菜給她吃；然而，秋瑜始終像個木頭人似的，還是難得開一次口。

下午老太太有課，要到學校去。她吩咐秋瑜看家時，一直沉默著的少女忽然閃動著兩隻大眼睛問她：「您什麼時候回來？要我先燒晚飯嗎？」

「不用了，中午還剩了很多飯菜，妳好好的休息看書吧！我大概是在晚飯前回來。」俞老太太頗為秋瑜的突然變得乖巧而高興。她想：我不應該隨便猜疑別人的。剛才，她一定是因為害羞和陌生的關係嘛。

今天下午，俞老太太只有第一節有課。她上完課，趕到女兒家，喜孜孜地把這個好消息告訴蘊璧，極力誇讚秋瑜的長處，卻一句也沒有提到秋瑜的倨傲行為。蘊璧聽了也很高興，立刻就要母親明天晚上帶秋瑜到她家裡去吃飯，俞老太太一口就答應了。

她剛才跟秋瑜說晚飯前回來，原來是想利用下午的空檔上街買點零星什物。但是，當她離開蘊璧的家後，天忽地下起驟雨，於是，她打消了購物的計畫而匆匆趕回家裡。當她用鑰匙打開了自家的大門時，眼前的景象真是把她嚇呆了。她心目中的玉女秋瑜，正和一個年輕的男人互相擁抱著偎坐在客廳裡的一張長沙發上。許是他們都太沉醉在情慾中吧？她用鑰匙開門的聲音並沒有驚動他們，直到她走進屋裡，他們才倉皇失措地分開。

秋瑜的頭髮和衣衫都零亂不堪，看見了翁老太太，只是又羞不怕的直低著頭不聲不響。那個男的，梳著個油光光的大包頭，穿著一件大紅色的襯衫和一條窄得不能再窄的牛仔褲。他雙手插在褲袋裡，一雙不正經的眼睛直瞟著俞老太太，滿臉不在乎的樣子。

俞老太太氣得渾身發抖。她氣吁吁地指著秋瑜問：「秋瑜，這到底是怎麼一回事？這個人是誰？」

秋瑜還是低著頭，悶聲不響。

「說呀！妳！難道妳變成啞巴了？」俞老太太提高了聲音。她火了。

「老太婆，妳用不著大聲嚷。這根本不是什麼了不得的事。我是秋瑜的男朋友，妳既然要認她做義女，總不能禁止她交男朋友吧？」秋瑜始終不開口，男的卻說話了。

「你是誰？我沒有跟你說話，你給我客氣一點。」俞老太太狠狠地瞪住那個人，然後又對秋瑜說：「秋瑜，我不想在妳剛來的第一天就教訓妳。不過，以後我希望妳不要招一些不三不四的朋友到我家裡來，尤其是當我不在家的時候。現在，妳請妳的朋友回去吧！」

俞老太太的話才說完，秋瑜還沒有回答，那個大太保似的青年就衝到俞老太太面前，聲勢洶洶地指著她說：「老太婆，妳說話得小心一點，什麼叫不三不四的朋友？假使不是看在秋瑜的面上，我不一拳把妳揍扁才怪。我警告妳，我是秋瑜的男朋友，我愛她。以後我高興來就來，妳少囉嗦，小心我叫我的兄弟們整妳。」說著，他又轉向秋瑜說：「我現在先走了，明天再來。」說完了。就搖搖擺擺的吹著口哨下樓去。

「秋瑜，妳……」俞老太太氣得軟癱在張沙發上，指著秋瑜，說不出話來。

秋瑜雖然仍然低著頭，但是卻始終不屑地撇著嘴，一臉頑強之色。俞老太太癱坐了一會兒，明白了朽木不可雕，於是，她坐直了身子，嘆了一口氣說：「秋瑜，為了妳這位男朋友，我不敢收留妳了，妳還是回家去吧！」

說著，她打開皮包，拿出一張五百元的鈔票塞在秋瑜手裡說：「這給妳做車錢，妳就回去吧！我很累，我想休息了。」

秋瑜嘟著小嘴，還是不說話。她扭著身子走進自己的房間裡，把那個小小的旅行包拿出來，不但沒有跟俞老太太說一聲再見，甚至連看也沒有看她一眼，就開門走了。

望著那扇被砰的一聲關上的門，俞老太太不禁又重重地嘆了一口氣。我還沒有看過對人這樣冷酷無情的女孩子哩！還好發覺得早，否則還不知道會有什麼後果啊！

晚上，她到女兒家裡去，告訴蘊璧說，秋瑜的舅父母不同意外甥女這樣做，已經把她接回去了。

「多可惜！我又沒有義妹了。」蘊璧說。

「且慢嘆息，蘊璧，我還有候補人哩！」翁老太太笑笑的說。

當晚，她就寫信給林婷婷，說第一名的人因故不能來應徵，所以把她補上了。當然，她也寫上了「先試一個星期」這句話。

由於趙秋瑜給予她的經驗，俞老太太這一次不像上次那麼緊張和興奮。不過，她仍然抱著很大的希望，這個孩子比較不漂亮，大概不會發生這種問題吧！「失之東隅，收之桑榆」，塞翁失馬，又焉知非福呢？

林婷婷如約依時的來到。她那張甜甜的臉上始終帶著笑容，一見面就乾媽長乾媽短的，首先就贏得了俞老太太的歡心。

吃晚飯的時候，這「母女倆」真是開心得很。翁老太太慇懃地為婷婷挾菜，一邊也盤問著她的身世。婷婷有問必答，而且答得很詳細，跟趙秋瑜的一問三不知，完全是兩回事。俞老太太心裡想：這回大概篤定了吧；她是個很正常的孩子呀！

「婷婷，妳說妳現在是在做打字員，生活大概還安定吧？妳為什麼還要來應徵呢？」翁老太太這樣問。

「喲！乾媽，您這樣問不是存心要回絕我嗎？人家是因為需要母愛的溫暖才來應徵的，您以為我是貪圖經濟上的支援嗎？」婷婷半撒嬌地為自己辯白著。

「啊！對不起，婷婷。我不應該這樣問的。」這使得俞老太太自覺失言。

飯後，婷婷搶著去洗碗和收拾廚房。但是，當俞老太太洗完澡，想跟她好好地聊天時，她卻說要出去一下。

「去會男朋友嗎？」盯著婷婷紅撲撲的臉，俞老太太不由得不存著戒心。

「沒有，乾媽不要亂講嘛！」婷婷愛嬌地搖著頭。

「妳有沒有男朋友，我目前還管不著。不過妳早點回來好嗎？」老太太無可奈何地說。

「好的，乾媽再見！」婷婷向她揮著手，跳躍著出門去。

俞老太太輕輕嘆了一口氣，坐到書桌前開始批改簿子。學生們的作文笑話百出，別字連篇，改了十來本，她就覺得很疲倦、想睡。她打著哈欠，伸了伸懶腰，抬頭望了望牆上的電鐘，已是十點多。平常，她總是在十點就上床的。婷婷還沒有回來，怎麼辦？她想多改幾本簿子，但是眼皮卻實在撐不開；沒辦法，只好先躺在長沙發上打個盹再說。

一躺下去就睡著了，睡得很香甜；當她被門鈴聲驚醒時，正夢到自己在下雪天沒有穿大衣，冷得要死。她迷迷糊糊地爬起身來，抬起惺忪的睡眼看看鐘，原來已是十二點五分。窗外吹進來一陣夜風，她不由得就打了個噴嚏。怪不得剛才夢到下雪，原來真的有點涼意哩！她跌跌撞撞地去開了門。睏意使她無暇去察看婷婷眼鏡後面的歉意是真是假，在婷婷一連串「乾媽，對不起！」聲中，又跌跌撞撞的回到自己房間裡，倒頭便睡。

第二天，她一早起來，想起昨晚的事很想訓婷婷一番，可是，婷婷的機靈與乖巧，竟使得她不忍開口。

婷婷起得很早，不待吩咐的就自動掃地、抹桌椅、洗茶杯。見了俞老太太，又自動的向她解釋：「乾媽，昨晚您沒有生我的氣吧？我回到原來住的地方去，同住的小姊妹們起哄硬要我請客，又不放我走。我怕你耽罣，真是急死了。」

「我當然急哪！以後妳再這樣我可要生氣啦！」俞老太太只得半認真半開玩笑的說。

「乾媽，我以後不敢了，好不好？」婷婷嬉皮笑臉的說，一面打扮著，準備去上班。

下午，俞老太太在學校裡的時候，婷婷打電話給她說：「乾媽，我晚上不回來吃飯了。我同住的那些小姊妹說要替我慶祝，請我上館子。」

「那妳幾點鐘回來？」一想到她昨晚的遲歸，俞老太太就緊張起來。

「我會盡量早回來的，乾媽，您放心！」電話那頭婷婷的聲音顯得特別嬌特別甜。

晚上，翁老太太孤獨地吃完了晚飯，又孤獨地坐在燈下改簿子。快到十點鐘的時候，她已呵欠連連，但是婷婷還沒有影子。

這個死丫頭！俞老太太不禁恨恨的罵了一聲。說過要早回來的，又忘記了，不回來拉倒，看我還等不等她？於是，她心安理得地正式上了床，呼呼大睡。當她好夢正酣時，又被門鈴驚醒了。她曉得是婷婷翻個身不去理她。然而，門鈴連續的響個不停，使得她睡意全消，怎樣也再睡不著。沒辦法，她只好怒沖沖地起床去開門，她看見壁上的電鐘正指著十一點五十分。

門外站著滿面惶恐的婷婷。她一看見俞老太太，就用帶哭的聲音說：「乾媽，我不是故意這樣晚的。她們不讓我走。」

「妳的理由真多！我天天晚上要起來給妳開門，不成了自討苦吃嗎？」俞老太太冷冷地說。

「乾媽，我以後再也不會這樣的，請您原諒我。」婷婷用美麗的大眼睛盯住俞老大太，又委屈又愛嬌的說。於是老太太又心軟了。她想：年輕的孩子誰不愛玩？也許她真的不是故意要遲歸的哩！我再觀察她一夜看看。

誰知道，第二夜婷婷又沒有回來吃飯，而且事先也沒有通知她。俞老太太等到十點半還沒有看見她回來，心裡就有了一個決定。她倚在沙發上看小說，半睡半醒的決心等婷婷回來問個明白。

偶然，她到窗前去站了一會兒，忽然發現在她樓下的大門前正依偎著一對男女，藉著微明的路燈，她看清了那個女的正是婷婷，眼鏡片還兀自在黑暗中閃著光。

好傢夥！還騙我說沒有男朋友，原來跟那個趙秋瑜完全是一丘之貉。我被她們美好的外表所迷惑，還以為她們是多麼純潔的玉女哩！本來，交交男朋友也無所謂，為什麼要這樣鬼鬼祟祟，見不得人？更何況，每夜要我起來開門，正是我所不能忍受的？

俞老太太氣虎虎的，雙手叉腰坐在門邊等候。等了差不多有半個鐘頭，才聽見門鈴響，這時，已過了十一點了。她很快的開了門，鐵青著臉，一言不發的讓婷婷走進來。

也許是因為自己做了虧心事的緣故吧？婷婷也不像前兩夜的一張油嘴，振振有辭了。她囁嚅著說：「乾媽，我－我下班時遇——遇到一個同學，她硬把我拉到她家去吃飯，吃完飯又去看了一場電影。」

「妳不用多說了，我們明天再講！」俞老太太不耐煩地向她搖搖手，制止她繼續說下去。然後，就撇下那個愛撒謊的少女，自己逕自進房去睡。

第二天一大清早，俞老太太就正式對婷婷說：「婷婷，我很抱歉，我想我們不必再試下去了；妳今天就回去吧！」

「乾媽，您就不讓我有改過自新的機會嗎？」婷婷哭喪著臉說。

「我沒有這種能耐，我怎能相信一個專門從事欺騙的人的話呢？」俞老太太冷冷的說。她不敢望著婷婷，她怕自己又會被那張美麗的臉孔所軟化。

「我什麼時候欺騙過您嘛？乾媽。」

「妳不要再叫我乾媽了，妳昨天晚上在樓下做什麼？」

「我——我……」婷婷雙頰泛紅，低著頭久久不能回答。後來，卻突然勇敢地抬起頭來，定定地望著俞老太太，反唇相譏：「妳既然已經看到了，又何必問？交男朋友有什麼不對？妳又不是我的父母，管得著嗎？」

俞老太太一時被問得沒有話說。她喘著氣說：「當然，我現在管不著了，所以，妳還是快點走吧！」

「走就走！我有一份很安定的工作，妳以為我會餓死嗎？」婷婷悻悻地說著，就走進房間去收拾行李。

「林小姐！」俞老太太也跟著走進去，改換了稱呼叫著她。

「嗯！」婷婷有點愕然地應了一聲。

「在妳離去以前，回答我一個問題好嗎？」老太太疲乏地坐在床邊。

「妳問吧！」婷婷頭也不回的說。

「那天妳說是為了需要母愛的溫暖才來應徵的，但是，從妳這三天來早出晚歸的情形看來，妳顯然不是。妳能夠告訴我，妳到底是為了什麼而來的嗎？」俞老太太極力使自己心平氣和。

「哼！母愛的溫暖？我才不稀罕哩！誰甘願受束縛？那天我是騙妳的，妳別得意！妳在報上不是登著說要無條件的供給生活費和教育費嗎？這才是我所求的。我本來還想弄張夜間部的學生證來騙妳一筆學費；但是，可惜這幾晚因為跟男朋友太親熱，回來得太晚，所以白白失去了良機，如今只好走路了。」婷婷一面整理著行李，一面侃侃而言。等她收拾好了，就頑皮地揮著手對俞老太太說：「老太太，拜拜！謝謝妳三天來的招待。我祝福妳下一次能找到一個整天不出門的、沒有男朋友的義女！」

這一次，俞老太太又是氣得整個人軟癱在床上，久久不能動彈。她默默地流下了自憐的眼淚；一面，又為目下年輕人的現實與及對老年人的不尊敬而悲哀。

我錯了！完全的錯了！父母子女之間的親情與生俱來的，怎可以向陌生人去尋求？「無條件的供給生活費和教育費」，適足以招來一批貪財的少女而已。幸應這兩個女孩子的缺點都能及早發現，否則，我不知要被矇騙到什麼程度啊！算了！算了！別再找麻煩吧，還好，這件事還沒給兩個在美國的兒子知道；要不然，真會被他們笑死的。至於蘊璧那裡，她也不知道詳細情形，我可以想辦法瞞過她的。

她這樣想著，蘊璧當天晚上就抱著最小的女兒回娘家來了。一進門，她就大呼小叫的：

「媽，我的乾妹妹呢？」

「妳沒有福氣，第二個又吹了！」俞老太太滿臉堆著笑容，故作輕鬆的說。

「為什麼嘛？」

「這女孩子有狐臭。妳知道，我是最怕這種氣味的。」俞老太太笑嘻嘻地說，一副若無其事的樣子。

「啊！多可惜！」蘊璧說著就走進那間俞老太太加意布置過的房間裡。「媽，您看多偏心！替我們的乾妹妹把房間布置得這麼好！」她一屁股就坐在床上。「說真的，媽，您是不是還要繼續物色下去呢？要不然，實在太辜負這個房間了。」

俞老太太在女兒身邊坐了下來，搖搖頭。「暫時我不想再徵求了，也怪麻煩的。」說著，她的笑容收斂了，一種說不上來的疲乏感覺無端地襲擊著她的整副身心。

有一天，俞老太太患了感冒。起初，她並不以為意，過了一兩天以後，病況突然嚴重起來，她發著燒，而且熱度始終不退。她頭暈、心悸、氣喘、咳嗽，使得她不得不請了假在家休息。

這時，她真正嚐到了孤苦零丁的苦況。整天，她虛脫無力地躺在床上；要喝水，要吃藥，都得自己爬起來。三餐，更是得辛辛苦苦地走到廚房去弄；有時雖則只不過想吃幾口稀飯，也不得不付出相當的勞力。幸虧在她的冰箱裡還剩有一些蔬菜魚肉和水果，奶粉也還沒有吃完；否則，她真有斷炊之虞哩！她又認為這是小病，一兩天便會好的，不想去驚動蘊璧（她自己拖男帶女，也夠忙的了），於是，就這樣拖下去。

懨懨地躺了幾天，病勢還沒有好轉，而冰箱中的存糧已所剩無幾。生病頭一天買回來的藥也吃光了。這時，俞老太太不由得不恐慌起來，我可不要像外國那些老太婆們一樣，在公寓中病死了都沒有人知道啊！要是這裡有電話就好了，我可以打電話到女兒家裡，叫蘊璧來一趟。現在，看情形只有拼老命起來給蘊璧寫信，然後托鄰居的女孩替我去寄一寄了。

她掙扎著爬起來寫信，才寫了幾個字，就感頭暈眼花，支持不住。當她正伏在書桌上喘氣時，忽地門鈴響了。她大喜過望，又掙扎著一步一步的扶著牆壁去開門。只要有人來她就有救，不論來人是誰，請他替她打個電話和買藥，總不至於被拒吧？

打開了幾天沒有開啟過的大門，出乎她意外的，門外站著的是她的學生馮惟儀。馮惟儀看見了她，立刻站得筆直，給她行了一個鞠躬禮。「老師，您好些了沒有？」

「還沒有哪！」俞老太太一手扶著門沿，一手撫著胸口在喘氣。她的聲音也是細弱的。

「老師，您怎麼啦？您的臉色好蒼白！」馮惟儀駭然地問。

「沒什麼。妳扶我進房間去吧！」俞老太太喘著氣說。

馮惟儀立刻懂事地攙扶著俞老太太的手臂，扶她走進房間，服侍她上了床。馮惟儀拿起熱水瓶要給老師倒開水，卻發現只剩下一些混濁的餘水，倒出來還不到半杯。不待俞老太太開口，她就逕自到廚房裡點起煤氣爐，把一滿壺的水擱了上去。從廚房裡出來，她就交給俞老太太一個牛皮紙信封說：「老師，我把您的薪水送來了。」

俞老太太接過薪水袋，詫訝地問：「他們怎會要妳送來的？」

「老師，我是個工讀生，我在教務處工作。」馮惟儀回答說。

「哦！馮惟儀，辛苦妳了。」俞老太太注視著面前這個個子矮矮的女學生，她那張黝黑的、扁平的臉看來一點也不動人，但是她那雙單眼皮的小眼睛卻流露出善良的人性的光輝。

「沒什麼，這是我分內的工作。」馮惟儀立正站在床前，她進來以後就沒有坐過。

「妳坐下來吧！馮惟儀，告訴我，妳們高二的功課已經夠忙了，還要去做工，會不會太累呢？」俞老太太緩緩地說。有一個人陪伴著她，她在心理上有了安全感，現在，整個人都好過得多了。

「老師，我做慣了，我不累。」馮惟儀規規矩矩地坐在一張椅子的邊沿上。

「哦！妳工讀生做了很久了？」

「是的，老師，我從初一就開始半工半讀。因為我沒有父母供養，不得不自己想辦法。」

馮惟儀低著頭說。

「為什麼呢？妳的父母——」翁老太太緊張地問。

「我很小的時候爸爸就死了，母親再嫁，沒有把我帶去，我是在我叔叔家中長大的。叔叔的負擔也很重，我要唸書，所以只好自己想法子了。」

馮惟儀很平靜地述說著，但是聽的人卻感動得眼眶濕潤起來。俞老太太激動地叫著：「真的嗎？馮惟儀，妳真是個可敬的孩子啊！」

「這算不了什麼，老師。」說著，馮惟儀站了起來：「您一個人住著，沒有人服侍，怎麼行呢？您現在需要我替您做些什麼事呢？以後，我還可以每天來一次的。」

「那麼，馮惟儀，妳替我去買藥，還買幾個鷄蛋回來吧！」俞老太太這才想起了自己需要吃藥的事，她抱了錢交給馮惟儀，本來還想叫她去打個電話給她女兒的，後來一想，要是惟儀肯每天來一趟，也就不必驚動蘊璧他們了。

馮惟儀很快就買了藥和鷄蛋回來。這時，廚房中的水也開了。她沖好了開水，服侍俞老太太吃藥。俞老太太問明了她沒有別的事，就乾脆請她把稀飯也燒好。她做事乾淨利落，俞老太太看了心裡暗暗高興。

當一切做妥，馮惟儀要離去的時候，俞老太太便問她：「馮惟儀，我一個人住著，寂寞得很。我這裡有一間空著的房間，假使我叫妳搬來住，幫幫我做事，陪陪我，妳願意不願意？妳叔叔和嬸母又會不會答應呢？」

「真的嗎？老師，我怎會不願意？叔叔家裡擠得很，我搬出來，也好讓他們住得舒服一點。老師，我什麼事都會做，我會好好服侍您的。」馮惟儀的小眼睛裡閃著亮光，顯得非常快樂。

「那太好了，馮惟儀，妳明天就搬過來吧！」俞老太太微笑著，她的病似乎已好了一大半。於是，馮惟儀鞠躬離去。

俞老太太歡然的望著矮小的馮惟儀踏著輕快的步子走出去，她忽然覺得：這個面貌不揚的女孩子正是上帝送給她的救苦救難觀世音。看她對老人的尊敬態度！看她工作時的靈巧熟練！不正完全符合了我的要求嗎？我為什麼愚昧得以貌取人？為什麼愚昧得要登報到外面去尋找而不會在自己的學生中去發掘？像馮惟儀這樣好的女孩子，假使不是我生病，豈不就錯過了嗎？

想著自己快將可以脫離孤寂的生涯，想著馮惟儀這個可憐的女孩子將可以得到自己母愛的關注，俞老太太簡直快樂得想哭了。

她的畫像

沛沛坐在鏡前的手中捧著一幅自己的速寫像，一面對比著，嘴角不由得就露出了得意的微笑。

他把我畫得比本人美，是在他的眼中覺得我美，還是故意討好我呢？他又為甚麼要討好我？她這樣想。

沛沛的美在於她那雙又黑又大的眼睛。雖然她已經二十六歲了，可是那雙大眼睛在看著人的時候還會露出天真無邪的表情。現在，畫裡的她就是這個樣子。她的鼻子不夠挺，不過，在速寫中一點也看不出來。最開心的是她那下唇略厚而又嫌太闊的嘴巴在畫裡變小了！這就顯得兩眼更大更可愛，速寫像在右下角簽著龍蛇飛舞的「宋朗」兩個字，她輕輕地唸著，不由得就想起了那兩天裡在南臺灣跟他同遊的情景。

春假裡，她跟好友若雯參加了一個旅行團所舉辦的南臺灣之旅。臨出發的那個大清早，若雯給她一個電話，說是昨天晚上開始鬧肚子，到現在還沒好，不能去了，抱歉！怎麼辦？不去？兩千多元白白泡湯；去嗎？形單影隻，多沒意思！這時，她已經準備出門，不去實在掃興，就鼓起勇氣獨自前往，勇敢地上了車。

她和若雯所訂的遊覽車座位是三號和四號，是相當理想的位置。若雯不來，她就坐在靠窗的位子上。儘管全車都坐滿人，喧鬧不堪，但是因為她的鄰座是空的，所以她還是一副與世無爭的樣子，怡然自得。

遊覽車沿著高速公路南下，不久就離開了陰雨的北部，進入晴朗溫暖、公路兩旁一片碧綠的中部。

遊覽車停下來讓旅客休息十分鐘，再開車時，沛沛正偏著頭在欣賞窗外的景色，忽然聽見有人在問：

「小姐，對不起！請問這個座位有沒有人坐？」

她轉過頭，發現是一個外表十分瀟灑的中年男子站在她的座位旁邊跟她說話。

這個人個子高高的，有著一副藝術家的神態。頭髮略長，雙目炯炯地閃爍在瘦削的臉上；身上穿著一件白色的運動衫和一條褪色的牛仔褲，脖子上繫著一條紅綢圍巾，看起來頗有點飄逸不群。

沛沛的一雙大眼睛也睜得圓圓地瞪著他，既欣賞他的儀表，也訝異他的冒昧。她眼睛裡的表情是：這個座位有沒有人關你甚麼事？

那個人似乎馬上就明白了她的意思，就苦笑著補充了幾句：「我那個座位旁邊是一位抱著孩子的太太，那孩子老是伸手過來要抓我的圍巾，實在沒辦法。我看這裡一直沒人坐，假使小姐不反對，我可以坐在這裡嗎？」

「這個座位原來是我朋友的，她臨時有事不能來。我想我沒有權不讓別人來坐。」沛沛心裡暗笑：誰叫你繫紅圍巾呢？不過表面上卻這樣說，一面就把她放在那個空座位上的薄外套和皮包拿起來。

「那就謝謝妳囉！小姐。」那個人說著就在她身旁坐下。

沛沛風度優美地微笑點頭，然後把頭別轉再去看窗外的景色。可是，一顆心卻由於那個突然的闖入者而不能平靜。

過了一會兒，她偶然回過頭來，發現那個人正拿著一枝鉛筆在一本簿子上速寫人像。她好奇地跟著他的視線望過去，原來他是在畫那位坐在司機旁邊的導遊小姐的側影哩！淡淡的幾筆勾勒，倒也相當神似。「你是位畫家？」她驚喜地悄聲的問。

「不敢！不過，畫畫正是我的職業。」他向她微微一點頭，同時也綻開一個笑容，露出了一口整齊潔白的牙齒。

「我可以知道你的大名嗎？」

「這就是小名。」他在那張速寫上龍蛇飛舞地寫下「宋朗」兩個字。

「哦！原來就是大畫家宋朗！幸應我沒有拒絕你坐這個位子。」她笑著吐了吐舌頭。

「謝謝！那麼我可以知道小姐的芳名嗎？」宋朗把畫本闔上，笑眯眯地問。

「我叫馮沛沛。」她大大方方地回答。

「馮小姐，幸會！」他禮貌地伸手和她相握。

從此以後，馮沛沛一路上不但不愁寂寞，而且簡直耳根不得清靜。宋朗除了畫得一手好畫，一張嘴也能言善道；他為人又很風趣，不論甚麼話題，從他口中說出來的都會引得她發笑。還好她也是個愛熱鬧的人，倒也不嫌他在耳邊聒絮。

中午，遊覽車在高雄市一家飯館前面停下來，導遊小姐請大家進去吃午飯，聲明十二人一桌，人滿就開動。於是一車的人就像蝗蟲似地一湧而入，每個人都想去搶一個舒適有利的位置。沛沛生平最恨一般人爭先恐後的那副沒有風度相，要不是宋朗替她佔了一個位置，等到她以最後一名的身分入座時，恐怕就只有吃別人殘羹的份兒了。我這次可是出門遇貴人哩！當時她就那樣想。

那天下午他們的行程是逛澄清湖。全團裡面，只有她和宋朗是單獨旅行的，其他的人都各自有伴，因此他們很自然地就走在一起。事實上，他們自從吃中飯那時開始，就已形影不離了。在澄清湖畔，宋朗就主動替她畫了這幅速寫。他在畫她的時候，那雙炯炯的眼睛蘊含著讚美與柔情，幾乎看進了她的靈魂深處，使得她為之心悸，為之顫慄。她想起了她的男友岳騏從來不曾這樣看過她，假使他會用宋朗這種眼神來看她，說不定她早就答應嫁給他。二十六歲的生日快到了，女人的青春那樣短暫，即使岳騏是個木訥的、不解風情的書呆子，她也會選擇他的。唉！真是的！

可能她在無意中嘆出了一口氣。宋朗立刻就抬頭關切地問：「怎麼？坐累了？馬上就好了，再笑一笑呀！」其實，他畫得很快，大概不到十分鐘就完成了。在他粗獷而熟練的筆觸下，她那雙大眼睛宜嗔亦宜喜，嘴角一絲淡至欲無的微笑，又彷彿是現代東方的蒙娜莉莎。

「你把我畫得太美了。」當他把那幅速寫交到她手中時，她既感激而又有點不好意思地說。

「不，是我的筆拙，我沒有能力把妳的美表達出來。」

他向她歉然一笑，她對他秋波流轉。於是，說不盡的情意就在他們這一展顏一流盼之間互相傳達。雖則他們只認識了幾個鐘頭，此刻卻已像多年的老朋友。

那天下午，他們逛完了澄清湖，遊覽車便開往墾丁公園。等到領隊手忙腳亂地分配好賓館的房間時，又是吃晚飯的時候，大夥兒依然是亂哄哄地一陣搶，使得一向不喜歡與人爭的沛沛看了直搖頭。假使不是有宋朗作伴，她很可能會放棄這頓飯，而寧願以餅乾充饑的。

那個墾丁海濱之夜，沛沛現在想起來還是覺得甜蜜無比。她和宋朗兩個人在海灘上漫步，海濤在低低吟嘯著，腳下的細砂柔軟如地毯。暮春之夜的海風還微有涼意，她用手環抱著肩膀，宋朗便立刻脫下身上的夾克，為她披上。他問她為甚麼一個人來旅行，把男友冷落？她也俏皮地反問：那麼你呢？為甚麼把太太丟在家裡？

「太太？我還不知道我的太太姓甚名誰呢？」他聽了哈哈大笑起來。

「你還沒有結婚？」她的聲調聽來十分清脆。

「窮畫家一個，沒有人要呀！」他又發出了一陣朗朗的笑聲。

他的情形她在報上的報導中約略知道：他是個職業畫家，成名已多年，在國外已開過畫展，作品頗受歡迎。他怎會窮？不會的，大概是自謙之辭吧？

「你幹嗎這樣客氣？我又不會向你借錢。」她微微嬌嗔著。

「哈哈！要借錢的恐怕是我啊！」宋朗側過頭，在微光中注視著她。「馮小姐，我第一眼看到妳的時候，就直覺到妳是一位出身豪門的大家閨秀，妳像是鳥群中的鳳凰。」

「對不起！你猜錯了！我只不過是個窮教書匠而已。那裡是甚麼名門閨秀和鳳凰呀？」她故意把「窮」字拖得長長的。其實，她也私心竊喜，她的父母都是大學教授，這樣的家世，豈不比「出身豪門」更足以自豪？

「馮小姐，妳也別客氣了。憑我這個從事繪畫的人的眼光，妳的美是無與倫比的。妳的男朋友真福氣，我相信他必定也是一位英俊瀟灑的青年吧？」

「才不是！」她不自覺地從齒縫中迸出了這幾個字來。岳騏比她大兩歲，她們是從小一起長大的，兩人之間的兄妹之情似乎比男女之情成分要多一點。可是因為兩人太接近了，外圍的男士總認定他們是一對情侶，即使暗暗愛慕著沛沛，也不敢輕易表示。而岳騏也儼然以沛沛的未婚夫自居，雖然他的木訥、內向和不夠風趣，常常使得沛沛不滿。憑良心說，他中等身材的外型還不錯，端正的五官，方方的臉，看起來就像個學工程的人。只是，他太沒有個性了，他溫和的作風，使得喜歡刺激的沛沛覺得很乏味。

宋朗從沛沛口中聽出了她內心的怨懟，便以長輩的口吻來勸慰她。沛沛也覺得這種傾訴十分痛快，兩人不知不覺就開始了長夜之談。他們緩緩地在沙灘上漫步，海風的、海濤的喧聒以及細沙的礫礫聲，似乎都在為他們的私語呢喃作伴奏。直到夜寒侵袂，人也走累了，他這才用手臂輕攏著她，走回賓館，各自歸寢。這一夜，沛沛那裡睡得著？宋朗的音容笑貌已充塞在她的魂夢中。

第二天他們玩過了鵝鑾鼻和四重溪就北返。一路上，兩人寸步不離、喁喁細語；雖然沒有山盟海誓，但是卻已有訴不盡的衷情，相逢恨晚，難捨難分。遊覽車回到臺北，大家在旅行社門前下了車之後，宋朗緊緊地握著沛沛的小手，他那雙眼炯炯地看著她說：「再見了，我的小美人（從他們認識後的第二天開始，他就這樣稱呼她）！」然後，他又壓低了聲音：「我會打電話給妳的。」說著，瀟灑地握握手走了。那是昨天晚上的事，但是他到現在還沒有電話給她。才不過二十四個小時的別離，她已嚐到了相思之苦。

也許他太忙了，也許他不好意思太快打給我。她這樣安慰自己，兩隻眼睛還盯在自己的畫像上。這位才氣橫溢的中年畫家，太富有男性魅力了，她覺得自己已經深深陷在他的情網裡，不能自拔。無論如何，她要先甩掉岳騏。這個書呆子，她本來就看不順眼，這種不懂情趣的人，怎可以共同生活一輩子？倒是宋朗實在可人，兩日同遊的種種柔情蜜意，真是足以使她咀嚼一生哩！今晚只有她一個人在家，雙親都去吃喜酒了。客廳裡的電話忽然響了起來，她像觸電般從椅子上跳起，衝出房間，一個箭步衝過去抓起話筒，一顆心也砰砰地跳個不停，她那「喂」的一聲也是發抖的。

「沛沛，妳回來了？」話筒裡傳來一陣平板的聲音，原來是岳騏打來的。

「嗯！」她的希望幻滅了，不免因為洩氣而遷怒到岳騏身上。「有甚麼事嘛？」她不耐煩地問。

「到南部好不好玩呀？」岳騏根本不知道若雯臨陣退縮的事。

「當然好玩嘛！」她得意地對自己一笑。心想：你要是曉得我和宋朗同遊，不氣死才怪。

「沛沛，明天晚上有沒有空？我到學校來接妳，一起去吃晚飯好嗎？」

「沒有空。」

「那麼後天呢？」

「也沒有空。」她斬釘截鐵地說。「我很累，有點頭痛，我要掛斷了。」說完了，也不顧岳騏焦急地在叫著她的名字，啪的一聲就把話筒放下。

九點了，她的父母還沒有回來，長夜寂寥，她希望電話會響，結果卻是徒然。第二夜，也是如此。她有宋朗的電話號碼，想打過去，又怕冒昧。第三夜，她用顫抖的手撥了他的電話號碼，一顆心在狂跳著，然而卻沒有人接。岳騏又打電話來約她外出，她還是拒絕了他。

幾天以後，她的一個同事過生日，大夥兒下課後到一家西餐廳去聚餐。飯吃到一半，大家正在笑鬧的時候，她忽然看見一對男女從樓梯走上來。男的戴著副太陽鏡，個子高高的，穿著一套淺灰色的時髦西裝，頗有點電影明星的派頭，看來有點面熟。女的穿著一件淡紫色的低胸洋裝，蓬鬆著一頭凌亂的長髮，臉上化妝很濃，腳上一雙細跟高跟鞋似乎不勝負荷，她整個人都是吊在男人的手臂上走上來的。

當沛沛看清了那個男人原來正是她日夜相思的宋朗時，那種震驚、那份失望，使得她整個人都呆住了。她本能地把身體往後縮，不想讓他看見。事實上，宋朗正低頭跟那個女人軟語溫存，也不會去注意到別的人。沛沛聽見坐在身邊的同事小聲地對她說：

「看！那個就是名畫家宋朗，聽說他身邊的女人天天不同的。」

「今天這個女的就是名舞女露露嘛！」另外一個男同事說。

「現在時代不同了，畫畫的人有名就有錢，有了錢就可以作怪呀！」一個人這樣說。

「他不只有錢，人也長得帥，而且又風流自賞，聽說他到處留情，名聲不怎麼好哩！」又是另一個人的話。

「他有沒有太太？」有人在問。

「他結過婚的，後來把妻子拋棄了。」

「聽說他跟女明星曼妮也有一手。」

「……」

宋朗和那個舞女早已上了三樓，那些人還在興致沖沖地談論著他的風流韻事。夠了夠了，沛沛頭痛欲裂，簡直聽不下去，就站了起來，向壽星告罪，先行回家。怪只怪自己孤陋寡聞，為甚麼別人都知道他的事而自己不知道？真是瞎了眼睛，居然為了這樣一個「亂愛」能手而意亂情迷了好幾天，豈不是三十老娘倒繃孩兒？遲好今夜親眼看清了他的醜態，否則還不知會陷得多深呢？

想到這裡，她把那幅珍同拱璧的畫像（她本來準備去配一個漂亮的鏡框的），咬著牙，狠狠地撕成粉碎。這一撕，把她編織了好幾天的粉紅色美夢撕碎了，碎得她好心疼，忍不住低低地哭泣起來。

她連續拒絕了岳騏兩次，他已有好幾天沒有打電話來。今夜，他忽然心血來潮，他一定要再找她一次。他撥了沛沛家的電話，很意外地，從話筒裡傳出來的沛沛的聲音卻異樣的溫柔。

「沛沛，我們很久沒在一起了，明天是週末，我來找妳好嗎？」他懷著一顆忐忑不安的心在問。

想不到，她竟然一口答應。他以為多難的事，竟然一下子解決了。

明月照溝渠

每天晚上，在妻子和兒子都已歸寢以後，獨自一個人躲在那間小小的書房裡看書、看報、聽唱片，是余聞道多年來唯一的嗜好。白天，他是一位盡職的國文老師、體貼的丈夫和慈愛的父親，他的時間都被學生、妻子和兩個孩子佔去了；只有在夜闌人靜的時候，他才能夠擁有屬於自己的時間，享有一兩小時心靈上的漫遊。

現在，巴哈的賦格曲的音符正流瀉在裝有隔音設備的小小書房裡，莊嚴而雄偉的旋律，使人為之肅然、穆然。余聞道今天還沒有把一份報紙看完，早餐時匆匆看了一下大標題就到學校；現在，他一面欣賞音樂，一面細細閱讀報紙。雖然報上偶然也會出現一些令他憂心的社會新聞，不過在大多數的這個時間裡，他的心情總是輕鬆愉快的。他一直希望有一間完全屬於自己的書房，而不必和妻子兩人共用臥室中唯一的書桌。目前這幢二十九坪的公寓，是前年校方代辦貸款買的。三房兩廳，麻雀雖小而五臟俱全。他夫妻倆睡主臥室，兩個孩子睡另外一間臥室，剩下一間最小的就給他做書房。三面到頂的書櫥、全套音響和隔音設備，就幾乎花光了他的全部積蓄。妻子知道讀書和聽音樂是他僅有的嗜好，倒也鼓勵他完成心願。自從有了自己的書房，多年的宿願得償，余聞道便覺得生命異常充實，彷彿人生到此已別無他求了。

驀地，藝文版上一張只有一欄高的照片獲住了他的視線。照中人是一位年輕女性，長長的披肩直髮，一雙秋波欲流的大眼睛，一張下顏尖尖而十分靈秀的小臉。這不是她——林雪玫嗎？她的照片怎會在報上出現？他平靜的心開始砰砰地跳著，一面用目光在報上搜索跟照片有關的新聞。他看見了這樣一個標題：「旅美女鋼琴家林雪玫明返國」，消息的內容說：林雪玫去國十五年，專攻鋼琴，以優異的成績畢業於紐約茱莉亞音樂學院，後來留校執教，並曾在美國、加拿大及歐州各大城市舉行多次演奏會，甚獲好評。這是她離臺後第一次回國，將在臺北和高雄各舉行一場演奏會。

報紙從手中滑落地上，巴哈的音樂他已充耳不聞。她回來了，他十八年前初戀的愛人在去國十五年之後回來了。她的影子雖然早已不再在他的腦海中出現，當年的往事也已漸漸淡忘；但是，為甚麼一看見她的照片和名字，知道了她的消息，心靈便感到震撼呢？難道我對她還未能忘情？

他在書房待不下去了，站起來把報紙疊好，把唱片收起來，關了燈，就回房間去。他的妻子季苓還沒有上床，正坐在燈下為孩子的衣服縫鈕釦。

「怎麼啦？今晚這麼早就睡？」看見他進來，季苓有點意外地抬起了頭。

「嗯！有點睏，想早點睡。」他懶懶地回答著，一面還哈欠連連的。

「那就早點睡吧！我看你是累了。」季苓說著，就趕緊站起來替他拉開床罩。

他沒有答腔，立刻躺到床上，用背對著她，緊閉雙目裝睡，心中卻兀自叨念著林雪玫為甚麼這時才回來？她結婚了沒有？照片中的她又為甚麼還是那樣年輕？而他自己，卻早已有了微近中年那種心情。

季苓看見他果然馬上睡下，怕燈光妨礙了他，就匆匆地把手中的針線收拾好，熄了燈，躡手躡腳的在他身邊躺下。而他，表面似乎睡著，一縷思維卻已穿越時光的隧道，回到十八年前去。

那時，余聞道還是T大中文系的學生，在高中時因受了一位老師的影響而醉心於西洋古典音樂，常在校內的學生刊物上發表一些談音樂的文章，因而小有名氣。林雪玫則在C學院的音樂系主修鋼琴，她的一位好友王玉是余聞道的同班同學，在王玉的介紹下，兩人一見如故，談得非常投契，往來了幾次，便發展成男女間的愛情。不過，他總覺得自己配不上她，因此始終克制著自己，不敢付出全部的感情。他深怕過多熱情的火花會引燃成熊熊烈焰，不可收拾。

雪玫的父親是臺北的望族，家境富裕，而她既是獨女，又生得漂亮，從小就被家人像眾星捧月似的當公主侍奉，所以多少有點任性。而他，卻是個孤兒，靠著寡母開洋裁店把他撫養成人。

他考取大學後曾經休學做了兩年泥水工才註冊入學，所以他的年齡也比一般同班同學大了兩三歲。

他第一次約會林雪玫，請她去吃牛肉麵，在他看來，這已是相當豪華之舉了。但是她卻皺起眉頭，從皮包中抽出衛生紙把筷子和湯匙擦了又擦；然後又擦桌面，等到牛肉麵端上來，她又嫌辣又嫌鹹的挑剔個不休，使他感到很不是味道。以後，他就不敢再約她出去吃飯。她看出了他的心事，主動約他到一家很考究的西餐廳去吃牛排，他卻斷然拒絕了她。為了這一類的事，他們經常鬧彆扭；不過，他們也有過無數快樂的時光，那是當他們一起去聽音樂會或者在她家裡欣賞唱片時。

她在家裡自己可以獨自享用一房一客廳，客廳裡擺著鋼琴、柚木玻璃書櫥、柚木書桌、沙發、電唱機、地毯，是她練琴和做功課的地方；但是她卻常常用來招待她的同學。他第一次是跟其他的同學一起來的，後來，就常常單獨來。林雪玫擁有許多原版的古典音樂唱片，那是她叔叔從美國寄給她的，幾乎包括了全部他所喜愛的音樂，每次都聽得他如癡如醉。

她常常問他：「你這麼喜歡音樂，為甚麼不讀音樂系？」

「除非我天生一副好嗓子，有資格去學聲樂；否則，我們這些窮措大又怎麼買得起樂器呢？」他也總是這樣回答。

不要說學音樂，他那個時候真是窮得連一張唱片都買不起。現在，他買得起音響和原版唱片了；然而，想學習卻已太遲。他是註定這一輩子只能當一個愛樂者而不能當音樂家的，人生就是這樣無奈。

他到林雪玫家裡去聽唱片的好運也並沒有維持多久。因為他去的次數太多，而且又單獨去，就引起了她父母的注意。他們下意識地不喜歡這個衣著寒酸、貌不出眾的青年人。「讀中文系的最沒出息了，這窮小子會不會是貪圖我們的財產呢？我們可是個有名望的人家，找女婿得要門當戶對才行啊！」她的父母向她這樣嘟嚷。

上一代的勢利與淺見使她反感，這樣一來，反而使她產生了反抗的力量。好吧，你們不喜歡他，我偏要跟他好，看你們怎麼辨？

當然，她從此不再邀他回家聽唱片，但是卻經常主動約他外出。現在，她變得隨和一點了，對小吃店不再挑剔。因為他絕對不肯讓她請客，所以她只好委屈自己。這使得他很感動，他想：假使她將來嫁給自己，他一定要努力去賺錢，讓她過得舒舒服服。可惜十七八年過去了，今天他雖然生活得不錯，但是距離她娘家的水準還是十萬八千里。也還好他們之間並無結果，否則人間豈不是又增加一對怨偶？

她現在嫁給了誰呢？婚姻幸福嗎？照片中的她還是那麼年輕，應該是生活得很幸福才對。何況，她早已成名利就，大概沒有甚麼煩惱了吧？只是她何以一去十五年都沒有回來過？是為了我嗎？

在黑暗中，他的面頰一陣發燙。是的，我對不起她；不過，這也是為了她好。同時，我也有我的苦衷呀！

那個時候，出國留學的潮流已經相當洶湧，身為國立一流大學的學生，余聞道的同學們更是摩拳擦掌的大量發出申請書向美國各大學的研究所申請入學或獎學金，有很多女生甚至在三年級時就開始申請。林雪玫當然也不例外，她家有的是錢，又是那麼急於望女成鳳，即使她不想出國，她父母也會逼她去的。

他卻是從來沒有這個意思，第一他沒有錢，即使申請到獎學金也籌不出旅費；第二，他不願意把母親一個人丟下（也幸虧他沒有去，否則真會終身遺憾，因為他母親在他大學畢業後的第三年就因胃癌去世了）。

他永遠忘不了當他拒絕隨她出國的建議時，她臉上那種失望、傷心而又羞憤的表情。那一天，他們正在圓山上面一處隱蔽的樹叢中偎依坐在一塊石頭上。他看得出她似乎有點心不在焉的樣子，雙眼一直注視著山下基隆河在陽光下閃耀的波光。

過了許久許久，她才回過頭來幽幽地囁嚅著對他說：「聞道，我有一件事要跟你商量。」

「說呀！是甚麼事？」

「我們一起到紐約去。」

「到紐約去？做甚麼？」他的腦子一時還轉不過來。

「去留學呀！」她低著頭說，聲音裡也帶著一點怯意。

「我不去！」他的回答卻是斬釘截鐵的。

「可是，我的爸媽要我去，他們要我申請茱莉亞音樂學院，我已經把申請書寄出了。」她的頭俯得更低。

他霍地把她推開，站了起來，戟指著她大罵：「妳都已經申請了，還要假惺惺的跟我商量，這是甚麼意思？妳是有錢小姐，要去誰敢阻止妳？妳明知我是去不成的，還故意問我，這不是侮辱我是甚麼？妳說呀！妳！」

「聞道，你幹嘛發這麼大的脾氣？人家可是已經替你計畫好的，問問你都不行呀？」林雪玫也生氣了，小嘴噘得高高的，眼淚也已經在眼眶內打浪。

「都已經替我計畫好？你真是神通廣大呀！倒給我說說看。」他看了有點於心不忍，口氣也就緩和下來。

「人家本來是打算這樣的：我要求爸爸媽媽讓我把保證金存在紐約的銀行裡，以作不時之需，他們已經答應了。現在，只要你肯申請學校，而又申請到獎學金，我就把這筆錢寄給你，作為你的保證金。至於旅費，不成問題的，我自己有點私房錢。」林雪玫靠著一棵樹站著，一面說一面一揑著手帕，藉以遏止激動的情緒。

對於林雪玫對自己的體貼，他當然也很感動；可是，一種男性的自尊又使得他故意把林雪玫的好意抹殺。他先是面無表情地以誇張的姿勢向林雪玫一鞠躬，一面說著：「謝謝小姐的大恩！可是，假如我根本就不想去呢？」

「你，你，你這是甚麼意思？」她氣得都快哭出來了。

「意思明白得很：本人不接受任何救濟。」

「你把我的——」她氣得聲音發抖，也想不出用甚麼名詞來形容自己對他的幫助。「當作是救濟？」

「那有甚麼分別呢？反正是用別人的錢嘛！」

「余聞道，我到今天總算看清楚你了，原來你跟我只是玩玩而已，根本談不上有甚麼感情。我一番好意的安排你跟我一起出國，你卻當作是救濟。我本將心向明月，誰知明月照溝渠。跟你這種人做朋友，也算倒了八輩子的楣了。」林雪玫說話的聲音一向很小，現在卻大聲地叫嚷了起來。說完以後，就雙手掩著臉，用小碎步跑向下山的小徑。

辜負了林雪玫的一番真情與好意，余聞道當時就已經感到十分歉疚，到了十五年後的今天，他依然感到歉疚。他衷心地希望今日的她能夠婚姻美滿，家庭幸福；那麼，他內心的不安也可以稍減了。現在想起來，當時也真絕情、寡情，是因為太年少氣盛之故嗎？他眼看林雪玫哭著跑下山，居然不追上去安慰她，事後也不打電話去道歉；就那樣，兩人從此不再相見，兩三年的戀情也就因此而一筆勾消。他心裡固然很痛苦，在強烈的自尊心下，卻是怎樣也不肯再去找她。畢業後，從王玉口中知道她順利的出了國。他因為是獨子，不用服兵役，就開始了國文老師的生涯。幾年之後，遇到了季苓，她給予他那種溫柔的愛，遠遠勝過驕橫任性的林雪玫。兩人不久就築起他們的愛巢，在溫馨的家庭生活中，他漸漸就把林雪玫的影子淡忘。

然而，他今夜卻失眠了。林雪玫的倩影不斷地出現在他的腦海中，時而低鬢淺笑，時而雙眼含顰。她的淺笑，令他陶醉；而她那幽怨的眼神，卻使得他心痛不已。他在心底頻頻低喚：「雪玫，我對不起妳！」一夜轉側無眠。

第二天他強打精神在上課，下課後還特地去買了一隻道口燒鷄回家加菜。妻子的溫存、孩子的可愛，的確使他暫時忘卻心靈上的不安。飯後，季苓為他泡了一杯他所喜愛的凍頂烏龍茶，雙雙坐在電視機前看新聞播報。到新聞快播完時，他忽然聽見播音員說：「我旅美鋼琴家林雪玫小姐已在今天下午五時搭乘中華航空公司班機返國。林雪玫小姐這次將在臺北及高雄各舉行一次演奏會。現在，請收看本臺記者對林雪玫小姐的訪問。」

余聞道的心立刻又砰砰地跳個不停。螢光幕上出現了一個瘦小的、穿著白色衣裙的長髮女郎，遠看似乎只有二十幾歲；可是，等到鏡頭推近，就可以清楚地看到她瘦削的雙頰、下垂的眼角和嘴角，還有擱在沙發扶手上、青筋畢露的手背。林雪玫老了（報紙上那張照片大概是十幾年前的），她還不到四十歲，給人的印象卻有憔悴和遲暮之感。他的心不覺又是一陣絞痛。

記者問了她一些在美國的音樂生涯，他都因為心亂而聽不進去。他只聽得出她連音色都變了，她以前的聲音十分嬌柔，如今卻是有點乾澀瘖啞；而她眼神中那份掩蓋不住的落寞與憂鬱，更是令他心碎。他看不下去，藉口洗澡，逃離了客廳。從浴室出來以後，便關在他的書房裡，直到深夜。

在獨處的時候，他理智地譴責自己：他和林雪玫的一段情早已成為過去，如今自己已是個有家室的人，沒有必要為了她而自尋煩惱。她的憔悴和蒼老跟自己有甚麼關係？反正她的回來又不是為了自己。

然而，結果他還是按捺不住去買了一張她的演奏會──「拉哈曼尼諾夫之夜」的入場券。啊！拉哈曼尼諾夫的樂曲正是他和雪玫所共同最喜愛的（不過，他現在最喜愛的卻是巴哈的了，這也算是一種返璞歸真嗎？），她第一次回國公開演奏，就全部演奏拉哈曼尼諾夫的作品，是在無言地向他訴說甚麼嗎？他真怕自己在音樂會中會因為過度激動而忘形，幸而他的妻子季苓對音樂沒有甚麼興趣，從來不跟他一起去聽音樂會。否則他真擔心自己會露出馬腳。

在臺灣還是第一次聽到的「拉哈曼尼諾夫之夜」，擔任鋼琴獨奏的既是留美的名女鋼琴家，伴奏的又是一個頗負盛名的職業交響樂團。這一夜，國父紀念館的三千個座位居然有九成滿，大大小小的花籃從臺上、臺下一直擺到走廊。以一個音樂會而有這種盛況，在此間可說是極其難得的。余聞道的座位是在第十排的左側，這個位置，他可以相當清楚地看到坐在鋼琴後面的演奏者而演奏者卻不會看到他，可說極其理想。他到得很早，把節目單看了一遍又一遍。今夜的演奏會，以拉哈曼尼諾夫的E小調第二號鋼琴協奏曲為主；以他的第一號升C小調前奏曲作序曲，另外還選了他的帕格尼尼主題變奏狂想曲以及第三號鎮琴協奏曲的第三樂章，可說全都是拉哈曼尼諾夫鋼琴作品的精華，也都是余聞道和林雪玫當年在她家裡常聽的。看著節目單她的倩影（還是報上那張照片），他不禁又回憶起當年兩人耳鬢廝磨、心心相印的往事，而興起了無限惆悵之情。

聽眾越來越多，余聞道看見第一排的中間坐了好幾位名人和名音樂家。他發現：林雪玫的父母也坐在第一排，他們的背影似乎沒有變，不過，頭上已布滿了霜雪。這兩位老人啊！是你們破壞了我的初戀的。你們望女成鳳，如今不錯已達成願望；然而又得到了甚麼呢？愛女長年住在國外，雖然名成利就，於你們又有甚麼好處，還不是兩老寂寞相守，跟那些無兒無女的老人有甚麼分別？

鈴聲響處，紅絲絨幕冉冉升起，在如雷的掌聲中，林雪玫嬌小的身軀出現在三千聽眾的眼前。她穿著一件銀白色的曳地晚禮服，胸前戴著一朵紅玫瑰，長髮自然地披散在肩上，耳垂上閃耀著兩點鑽石的光芒。遠遠望去，在舞臺的燈光照耀下，她沒有螢光幕上的憔悴，雖然說不上風華絕代，倒也風姿綽約、嬌小可人。看得余聞道張大著嘴巴而不自覺。

她彎腰向臺下深深一轉躬，然後嬝嬝走向鋼琴後面坐下，低著頭，似乎是在培養情緒。幾秒鐘之後，她揚起塗著鮮紅蔻丹的纖指，然後又再落下，只見她低著頭，雙手在琴鍵上飛舞著，在一陣鏗鏘悅耳的琴韻中，這一場氣氛極其羅曼蒂克的「拉哈曼尼諾夫之夜」於焉開始。

今夜的每一首樂曲的每一個音符都是余聞道所熟悉的，拉哈曼尼諾夫的音樂固然淒美，但如詩如畫，而林雪玫的琴藝也確實高超，在將近兩個鐘頭的演奏會裡，他凝神聆聽，一面欣賞，一面沉緬於往事中，傷懷的熱淚竟情不自禁地爬滿了他的面頰。

一陣響似一陣的掌聲夾雜著「安可」的聲音把他從幻覺中喚醒，原來音樂會已到了尾聲。在群眾熱情的鼓動下，他也下意識地跟著大家一起鼓掌一起吆喊。一分鐘之後，林雪玫又娉娉婷婷地從後臺走出來，微笑著坐到鋼琴後，輕撫琴鍵，彈奏出一首大家都熟悉的現代曲子——《齊瓦哥醫生》的主題曲〈安娜頌〉。正因為這首歌曲既悅耳而又通俗，一曲告終以後，聽眾更是如癡如醉地狂喊「安可」。林雪玫拗不過觀眾的請求，又彈了一首《愛的故事》的電影插曲。（哈哈！垃圾車來了！不知是誰在這樣說，不過並無惡意的成分。）因為聽眾中絕大多數都是年輕人，這一類極受歡迎的現代音樂正是投他們之所好。這時，聽眾的情緒已到了沸騰的頂點，鼓掌與「安可」的響聲就像過年的鞭炮，連綿不斷，使得林雪玫欲罷不能。她第三度再從後臺出來，先站在臺前說了幾句話（因為四周太吵，余聞道聽不見），然後彈出那首家喻戶曉，連三歲小孩都會唱的〈中華民國頌〉。她出國多年，怎會知道這首歌，可見是有備而來的。她才彈了一句，就用手示意聽眾合唱；於是，全場就都站了起來，大家扯開喉嚨，來一次千人大合唱。到了第二段開始時，她讓交響樂團單獨伴奏，悄悄地退回後臺。

余聞道只有在音樂會節目告終之後鼓過掌，以後的「安可」曲他就感到不能苟同。並不是林雪玫彈得不好，而是他覺得在一個正式的音樂會怎能彈電影插曲和通俗歌曲呢？是在譁眾取寵嗎？也許她是個在國外多年的人，觀念比較不同，而自己又太冬烘吧？不知怎的，他對她的歉疚之情竟隨著這場空前成功的音樂會而漸漸消失了。今日的林雪玫已經是一流的鋼琴演奏家，她是屬於大眾的；假使當年她嫁給了自己，又怎會有今日的成就呢？

他很想到後臺向她恭賀一番，然後帶著平靜的心境回家，從此就把他和她之間的往事塵封起來。可是他又沒有面對她的勇氣，深怕場面尷尬，唐突了這位大鋼琴家，終於他決定不再見她，隨著聽眾的人潮，慢慢走出國父紀念館。但是，他一時還不想離去，就徘徊在館外的迴廊上，想等心情漸漸平復才回家。

聽眾一波又一波的離去，國父紀念館內外又恢復了原有的清靜。突然，他聽見一陣雜遝的腳步聲從裡面走出來，還傳來一陣談話聲，其中還夾著他曾相識的女音。是她出來了，他下意識地把自己藏在圓柱的陰影裡。接著，他看見館裡走出一群人。林雪玫，這位著名的女鋼琴家，依然像當年在家裡時一樣，在她的父母和親友的簇擁下，眾星拱月般走向臺階下的幾部高級轎車。

在朦朧的光線下，他沒有看清她的臉，不過，他看得出她是歡笑著（也好，讓我把她在螢光幕上的形象忘掉，永遠記著她在臺上的風姿吧）。當然，在音樂成功的喜悅中，她更做夢也沒想到有一個當年曾經和她相戀過的男子在黑暗中偷窺。她，也許已經忘記了他？也許偶然想起那個愛好拉哈曼尼諾夫的傻小子不知道會不會來聽這次音樂會吧？

目送那幾部高級轎車開走，余聞道也走出國父紀念館廊柱的陰影，跨下臺階，緩緩走向回家的路。今晚有月亮，清光灑滿了無人的馬路。夜色是如此之美，使得余聞道遲遲不想歸去。現在他的心境已很寧靜，他知道她已從她演奏生涯中獲得了幸福和滿足，那麼，是否也和一般女性那樣享有婚姻生活，對她似乎已不怎麼重要了。偶然抬頭看一看天上的圓月，他忽然想起她當年哭著說她是「明月照溝渠」那幾句話，不禁搖頭苦笑。也許他當時是太薄情了些，不過他現在知道自己還是做對了的。

青春組曲

做個淑女

自從接獲了道濟出版公司的錄取通知書以後，邵涓涓整個人都被快樂和興奮之情充溢著，一天到晚都眉開眼笑的。她想跳，想叫，甚至想飛，彷彿自己是世界上最幸運的人。

誰說不是呢？才畢業不到一個月，以一個唸歷史這種冷門科系的學生來說，她實在是十分幸運的了，班上其他的同學都還在徬徨之中哪！一想到這方面，她就暗暗為自己的懂得未雨綢繆而得意。若不是自己在這四年中曾下過苦功自修英文，她也不會考取這份靠英文吃飯的工作——編譯的。

她的中文文筆好，也是她能夠考取的主要原因。她對文學有偏愛，從高中起就開始投稿，到如今雖然還算不了是一個作家，但她已有了六七年寫文章的經驗，筆下自是不凡。

那天去應考，一篇英譯中，一篇中譯英，她都揮灑自如。看著別的應徵者個個咬筆苦思，她覺得好安慰。

當然，初試她是錄取了，從三百多人選出二十個，可真不容易。再來是面試，這二十個人，將刷掉十六個，機會是五分之一。

到了面試那天，邵涓涓隨隨便便穿了件T恤和一條牛仔褲就想出門。媽媽叫住了她。「涓涓，妳不能夠這樣去參加面試，太沒有禮貌了。」

「可是，我去參加筆試時也是穿這樣的服裝，妳並沒有說話呀！」涓涓不明白地問。

「那天不同，人多，沒有人會注意到妳。今天面試，人家除了要看妳的應對外，還要看妳的儀容呀！」媽媽說。

「那我穿甚麼好呢？我根本沒有一件正式的衣服嘛！」

「來，我有辦法！」媽媽拉著涓涓的手，把她帶到自己的房間裡，打開衣櫥，找出一件淺粉紅色上面印著白花的連身洋裝，叫涓涓穿上。

媽媽保養得好，身材仍然十分苗條。涓涓穿上那件洋裝，正好合身。走到鏡前一看，鏡裡出現一個端莊、大方而高雅的少女，使得她自己都吃了一驚，不敢相信。過去，她一直認為這種一件頭的洋裝是老女人穿的，想不到穿在自己身上竟也如此俏麗。

「涓涓，妳這樣去應試，別人就知道妳是個很有教養的淑女。假如妳穿著牛仔褲去，人家會認為妳太過隨便的。」媽媽這樣告訴她。

筆試成績好，應對流利，而又一副端莊的淑女模樣，當然，邵涓涓又錄取了。她很感謝媽媽的從旁協助。同時，她也這樣想：學生時代已經過去，馬上就是個社會青年，她今後要做個淑女了。

沒有不勞而獲的事

轉眼之間，邵娟娟已上了半個月的班。連她自己也感到一切都像在夢中一樣，兩個月前她還是個不折不扣的學生，怎麼一下子就變成「社會青年」、「職業婦女」啦？

不過，雖然如此，由於她所從事的是文化工作，她的辦公廳生涯倒也跟上學時沒有太大的差異。

道濟出版公司規模相當大，一共有四層樓。樓下是門市部，二樓是營業部，三樓是編輯部，四樓是老闆的辦公廳兼公館。邵涓涓在三樓辦公，擔任編譯的一共有十個人。第一天上班，她就跟一同考進去的兩女一男熟絡得像是認識了多年的；過了兩三天，跟那六個「老人」也要好得不得了。十個人中有七個是女生，只有三個是男生，全都是大學畢業了沒有多久的青年人，很自然地就相處得像老同學。每天，大家嘻嘻哈哈地互相開玩笑，邵涓涓覺得就像在學校裡一樣。

她上班後的第一件工作就是翻譯一本美國剛出版不久的暢銷書。編輯主任先把這本書的大意跟他們稍為說明一下，又把所有人名和地名譯出叫他們採用，然後把那本兩百多頁的書頁撕開，分成十份，叫十名編譯一人譯一份。

「請你們在第三天早上交卷，因為我們要搶時間。要是被別的出版社搶先出版，那我們就吃大虧了。」主任這樣說。

邵涓涓算了一下，一個人的分量大概有兩萬多字，兩天怎趕得完？於是，她只好帶回家裡去開夜車。當然不只她一個如此，其他九個人也如此。那幾個「老人」告訴她，這種情形經常有，以前他們人少，趕工趕得更辛苦。否則，老闆怎會一下子就招考四個編譯呢？以後有得忙的。

她伸了伸舌頭：原來如此！這麼容易就找到一份工作，還以為上天特別眷顧自己哪！那知道這碗飯也不容易吃的。天下沒有不勞而獲的事，大概這就是人生了吧！

那個晚上，她又恢復學生時代開夜車的生活，譯到十二點才上床，那本暢銷書的作者喜歡賣弄文才，用了很多冷僻的字，有時還夾有法文，直把邵涓涓譯得頭大，一本字典都快被她翻破了。有些字典裡查不到的以及法文的部分，只好等明天到公司再查了。

第二天中午，有些人以麵包充飢，有人打電話叫人送午餐飯盒來，所有的編譯都不休息，繼續趕工到了下班時間，邵涓涓還沒有譯好，只得又帶回家去繼續做，到了十點，總算大功告成。

第三天，把自己所譯的一份交給了主任以後，邵涓涓覺得好輕鬆。她不怕忙，她只急著看到這本書的出版。裡面有十分之一是自己譯的，那該多神氣呀！

留學狂潮

松山機場裡亂哄哄的，萬頭鑽動，人潮洶湧。邵涓涓向公司請了兩個鐘頭的假，來送她的好友林冰出國。

她到得晚了一點，在華航的櫃臺前找了半天，並沒有林冰的影子，也看不見其他送行同學，一打聽才知道她已辦好手續。急急的上了二樓，好不容易在人潮中找到了，只見林冰穿著一件最流行的寬寬鬆鬆的絲質洋裝，脖子上套著花環，正眉飛色舞地周旋在一群送行的親友之間。她的父母卻默默地坐在一旁，面色黯淡。邵涓涓上前跟林冰的父母招呼過，這才向林冰說：「林冰，打扮得這樣漂亮幹嗎嘛？妳不怕一上飛機就被色狼盯梢呀？」

「我才不怕！誰敢怎麼樣，就讓他試試老娘的中國功夫！」林冰學過一個時期的空手道，這時便擺起架勢的表演起來，引起大家哈哈大笑，似乎一點沒有離情別緒。

「邵涓涓，快點去申請學校，明年春季來美國好不好嘛？」這句話，林冰說過不只一百遍了，現在，又提了出來。

「我捨不得離開我的爸爸媽媽，過幾年再說吧！」這句話，邵涓涓也回答過一百遍。自從升上大三以後，她班上的同學便紛紛作出國的打算；一畢業，便走了一大半。但是，邵涓涓的想法卻跟大家不一樣。

「差勁！再過幾年老都老了，還念什麼書？我不管，妳明年一定要來嘛！」林冰在班上以善於撒嬌出了名，此刻，臨別贈言，又使出了她的殺手鐧。

大家正笑鬧著，擴音機已在催請林冰所搭的這一班機的乘客登機。於是，林冰笑嘻嘻地跟每一個人道別。大家擁著她走到出口，邵涓涓發現林冰的母親已盈盈欲淚，但是，林冰只是瀟瀟灑灑地向大家一揮手就走了進去。

邵涓涓很替林冰的母親難受，很想安慰她一番，然而又不知道該怎麼說才得體。

二十年來，留學的風氣像一道狂潮，每年都有成千成萬的青年拋下年邁的雙親遠渡重洋去追一個不可知的命運。固然，學成歸國，為桑梓服務的人不能說沒有；可是，大部分都是楚材晉用，演變成為人材外流。有些不幸的更是流落異鄉，以打零工度日，有家歸不得，無面目見江東父老。

為什麼每個大學畢業生都想「出去」呢？難道真的不去喝喝洋水就矮人一截了嗎？邵涓涓很慶幸自己沒有這種虛榮的心理。她目前的工作雖然不十分理想，不過卻可以學到很多東西，也等於在進修一樣。

當然，她也有自己的野心與夢想，她只希望有一天能夠成為蜚聲國際的作家。

別緻的婚禮

還在學校裡的時候，邵涓涓跟同學一起開玩笑，大家都認為：畢業以後，男生只有一條路可走——服役去，而女生卻起碼有四條路：讀研究所、出國留學、就業、結婚。男生聽了都氣呼呼的大叫「男女不平等」，女生卻是得意非凡，自認為天之驕女。

如今，她們都離開學校了，大部分果然出國留學去，小部分繼續深造或就業，結婚的只有一個，就是她們班上的大美人李如玉。

聽說：她的那位另一半是學美術設計的，所以喜帖也很別緻。一張四方圓角的雪白硬紙上印著燙金的字，左上角印著一對穿白衣的小天使，飛翔在淡淡的藍天上，吹著一個金色的喇叭。喜帖的文字採用語體文，不用「恭請闔府光臨」的俗套，而改為「請來替我倆祝福」。地點在男家住宅的庭園裡，時間是下午，宴客方式是茶點招待。

到了那一天，邵涓涓和幾個同學一起按照帖上地址到陽明山仰德大道一條巷內的一幢花園洋房裡。一進去，只見大門上掛著花環，草坪上擺著很多副桌椅，樹上張燈結綵，靠牆的地方一張長桌子放著食物和飲料，屋內的唱機播出柔和悅耳的音樂。李如玉穿著中庸長度的新娘裝，挽著新郎，正像穿花蝴蝶似地在那裡招呼到賀的親友。他們在上午已經到法院公證結婚過，現在是招待親友的時間，晚上，就乘坐夜車出發去度蜜月。

「李如玉，恭喜！恭喜！妳今天好美啊！」邵涓涓等幾個同學一看到了新娘子就包圍著她，齊聲道喜。

李如玉把新郎介紹給她們，其中有一個同學就問：「你們的婚禮好別緻好新穎，是誰設計的？」

「當然是我嘛！本人是專門學設計的，自己婚禮豈能不別出心裁？」做新郎的毫不客氣地的拍著胸膛自吹自擂一番。

才第一次見面，他就這樣爽快，可見他是個隨和而直性子的人，她們深信，李如玉的選擇是不會錯的。

邵涓涓很欣賞這種簡單而不落俗套的婚禮，她認為值得推廣。起碼，受過高等教育的知識青年實在不應該在飯店的禮堂中舉行那種俗不可耐、喧嘩雜亂、中西合璧的時下婚禮。她想：將來她結婚，也許也要採用這種方式，她才不要像木偶那樣站在臺上任人擺佈哩！

雙親的銀婚

今天是邵涓涓爸爸媽媽的銀婚紀念。往年，他們都在這一天帶著唯一的愛女到館子裡吃一頓好的，享受享受；看一場電影；再互相送一件禮物，作為紀念。今年邵涓涓已能夠賺錢，她就為她的雙親安排了另外一種紀念方式。

三個人下了班以後，在一家布置得很雅潔的西餐室裡會齊，坐下以後，涓涓就宣布今晚由她請客。她之所以選擇西餐，無非是時間可以控制得準確一點，因為飯後還有節目。說著，她從皮包裡拿出兩張音樂會的票子。七時半在國父紀念館演出，演奏的是從西德來的一位青年鋼琴家，今夜他彈奏的大部分是布拉姆斯的曲子，正是媽媽所喜歡聽的。

「為甚麼只有兩張票子？」媽媽感動地緊緊握著女兒的手。

「因為今天是你們的日子呀！」邵涓涓作了一個頑皮的笑容。

「不，妳跟媽媽去好了，反正我對音樂是外行。」爸爸在推辭，不知道是在跟女兒客氣，還是對音樂沒有興趣。

「不行，這是我特地送給你們的，爸爸一定要陪媽媽去。」邵涓涓故意不高興地噘起了嘴。

「那麼妳呢？」爸爸揚起一邊眉毛問。他雖然已是個「半百老頭」了，但是邵涓涓還是覺得他很英俊。

「我回去看家，做乖寶寶。」

邵涓涓的爸爸媽媽為了不想辜負女兒的好意，在飯後就雙雙去了音樂會。她回到家裡，泡了一杯好茶，也拿出一張布拉姆斯的鋼琴協奏曲放著。在華麗而悅耳的琴聲中，她覺得自己也彷彿坐在雙親的旁邊。

一個人靜靜地坐在家裡，邵涓涓又想起了她爸爸媽媽當年困厄的往事。這些往事，她的媽媽告訴過她無數次了，她還是百聽不厭。她的爸爸是個流亡學生，剛來臺灣的時候，曾經做過小工，後來，還是一面當工友一面完成學業的。他和媽媽剛結婚時，常常窮得沒有錢買米。後來，媽媽也出去工作，生活才漸漸好轉。而她，也是在他們結婚後第三年才出生的。

在邵涓涓的記憶中，她的爸爸媽媽從來不曾掙過嘴，兩個人始終相親相愛，永遠像一對戀人而不像夫妻。雖說他們兩人的脾氣都很好；但是，曾經一同經過患難，恐怕也是一個原因吧？十點多的時候，邵涓涓的雙親手牽手的回來了。她發現他們的臉上都煥發著幸福的微笑，眼裡也閃耀著快樂的光輝，看起來都年輕了十歲。

壽筵上

跟著爸爸媽媽去給舅公祝壽，是邵涓涓每年一次的大事。舅公是外婆的哥哥，外婆陷在大陸沒有出來，舅公是媽媽在臺唯一的長輩，今年已是八十高壽，所以邵涓涓一家都很尊敬他。他一年一度的壽辰，更是他老人家在臺親友藉以彼此見面的機會。

這一天，舅公的兒子在一家很豪華的觀光飯店裡為他的父親做大壽，宴請了幾十桌親友。邵涓涓本來很反對別人在婚喪喜慶上面過分鋪張；不過，以舅公的八十高齡，以表舅在商界的地位，用這樣的方式來為父親祝壽，也是他的一份孝思，未可厚非。因此，她也就興致勃勃的破例穿了一件紅色的襯衫，配一條白裙子去赴宴。

啊！場面可真熱鬧！紅色霓虹燈綴成的壽字高懸在當中的牆壁上，紅燭高燒，到處擺滿了鮮花。到賀的親友個個盛裝，花香、脂粉香和香煙的氣味混和著，笑語聲都被樂隊奏出的輕音樂聲掩蓋了。

爸爸媽媽率領邵涓涓去向老壽星拜壽。舅公的記性真好，還記得涓涓今年大學畢業，問她在那裡工作，又直誇她越長越漂亮。邵涓涓從來不曾見過自己的祖父母和外祖父母，對這位老人頗為依戀，正想跟他多說兩句話，但是前來祝壽的親友一波波的湧過來，他們一家只好退出。

他們一家跟一位表姨一家同坐一桌。這位表姨有個女兒名叫黛娜的，嫁給了一個美國人，此刻剛從美國前來臺灣度蜜月。邵涓涓小時候跟黛娜見過面，不過並沒有交情。黛娜介紹她的丈夫，說他會說國語，還有一個中國名字名叫白萊仁。於是，大家就用國語跟那位美國青年交談。

只有黛娜的妹妹黛莉，一直用道地的美國話跟白萊仁說話，而且聲調表情非常誇張，簡直就像在演戲。到後來，全桌人都不說話，只剩下她在表演，這使得白萊仁很難堪。她用英語問，他用國語回答，還是沒辦法使她住口。

大概是覺得唱獨腳戲沒甚麼意義吧，黛莉忽然轉移目標到邵涓涓身上，嗲聲嗲氣地說：

「涓涓姊姊（其實她跟涓涓是同年），聽說妳是外文系畢業的，妳的英語一定很好，為甚麼不表現一下嘛？人家Brian是美國人呀！」

「對不起！我的英語說得不夠好，就是很好我也不說。白萊仁先生國語說得很好，我為甚麼要用英語跟他說話？」邵涓涓冷冷地回答。

黛莉很不高興，噘起了嘴，就此鳴金收兵。她一停口，大家的國語就紛紛出籠，彼此舉杯互敬，在酒酣耳熱中，不一會兒，就都忘記了剛才那一幕。只有邵涓涓心裡一直在為黛莉的膚淺與崇洋感到悲哀。

一個活寶

「我是簡明仁，剛剛到本公司來服務，請多多指教！」一個西裝筆挺，頭髮梳得很光滑，滿臉都是世故的笑容的青年人走上道濟出版公司的三樓，逢人就打躬作揖，雙手遞上一張印刷得頗為精緻的名片。

由於每個人接到名片後有些和他交換一張，有些自報姓名，輪到邵涓涓時，她也就微微欠身，對他說了一聲「我叫邵涓涓」。

「邵涓涓，妳的字寫得真漂亮！」簡明仁深深地看了她一眼，也瞥了她桌上的稿子一眼，很得體地給予她一句讚美。

「那裡？」邵涓涓對他這種過分圓滑的外交辭令，覺得有點討厭。等他轉身，便偷偷把他的名片丟進字紙簍裡，因為她不喜歡這個人，也不喜歡他那日本式的名字。但是後來她又有點好奇：這個人是幹甚麼的？為啥這樣囂張？於是，她又把名片從字紙簍裡撿起來。她看見他名片的右上角印著一行小字：道濟出版公司總經理。

「哼！有甚麼了不起？這個頭銜一定是拿錢買的。」邵涓涓心裡想。不知怎的，她對這個人就是看不順眼。

可是，坐在她旁邊的王萍卻悄悄地對她說：「真看不出，這麼年輕就當總經理。樣子也蠻帥的嘛！倒有點電影明星的味道哩！」

邵涓涓沒有回答。她很奇怪：彼此教育程度相當，王萍的眼光為甚麼這樣不夠水準。

以後，這位「一表人才，年輕有為」的簡總經理便經常出現在道濟出版公司三樓的編輯部。有時，他跟在老闆後面，一副跟班相。有時，在跟總編輯密談，作要人狀。假使只有他一個人，就穿梭在女孩子群中，談笑風生，以情聖自居。他常常買些糖果或牛肉乾之類到三樓來請客，很博得女孩子們的好感。男孩子也不討厭他，因為他說：「我為甚麼喜歡到三樓來跟你們聊天，因為你們都是大學畢業生，氣質好、程度高，彼此比較談得來。」說到這裡，他還掩著嘴低聲說：「二樓我那些手下呀！個個不學無術，俗不可耐，我跟他們沒有甚麼可談的。」

邵涓涓冷眼旁觀，她發覺這個自稱某某大學工商管理系畢業的簡明仁除了會吹牛以外，程度也不見得高。他在說話的時候喜歡夾著一兩個英文單子（是在向他們這些編譯炫耀嗎？）但是，發音都帶著濃重的地方音，令人噴飯，而他還自以為很得意。邵涓涓覺得他簡直是一個活寶。

中午何處去

每天中午十一點半，邵涓涓班上的女同事開始一個個到一號去報到。有人在那裡梳頭補妝；有人在聊天；有人在商議中午到那裡去玩。

十一點五十分，大家紛紛整理桌子上的東西，準備收攤。

十二點正，下班鈴一響，大家紛紛離座，作鳥獸散。

邵涓涓知道，她的女同事們常常利用中午的時間去看一場電影；有時就無目的地去進百貨公司、服裝店、鞋店和商場。看電影的人，下午上班一定遲到，而且不一會兒就開始打瞌睡。逛街的人總是忍不住買回一兩件廉價品：今天一條二百元的長褲，明天一雙一九九元的涼鞋。有時，買回來發現不合穿，又得千方百計的想轉讓給別人，讓不出去就變成了廢物。而且，便宜東西買多了，根本派不上用場，日久也是一件負擔。

邵涓涓雖然也愛看電影，但是她不在中午去看，她都是在星期日跟爸爸媽媽一起去。她對逛街沒有多大興趣，更不像一般女孩子那麼喜歡買衣服、鞋子和飾物。她有她自己的看法：衣服鞋子夠穿就行，太多了就成為衣服鞋子的奴隸了，何必呢？

她在辦公廳的中午是這樣安排的：有時，她帶飯盒來上班，中午就不出去。吃過飯以後，看看報紙，看看書，然後趴在辦公桌上小睡，醒來洗一把臉，就精神煥發，又有足能夠精力來應付下午的工作。比起那些去逛街逛得累死而又無法午睡的人，她覺得自己是聰明得多。尤其是在大熱天或者氣候惡劣的日子，她整天足不出大樓，既曬不到太陽，又不必遭受風吹雨打，她更認為自己的「不好動」簡直是一種福氣。

當然，她有時還是會出去的。

譬如說：甚麼地方有畫展、攝影展、花展之類，她就會約同她目前最要好的朋友易明英一同去欣賞。易明英和邵涓涓一起考進道濟出版公司，她是外文系畢業的，不但英文好，中文也好，對文學、藝術和音樂的愛好都跟邵涓涓志同道合，兩個人無話不談，早已感情融洽得勝過姊妹。她們同出同入，中午邵涓涓不出去，易明英也不出去。而一起去看畫展，則是她們認為最愜意的享受，看完以後，大家交換意見，更是有談不完的話題。

坐辦公廳的女孩為甚麼要在中午去看電影來消耗精神、「妨礙公務」？為甚麼要在中午去逛街亂買東西浪費金錢呢？就算你不愛看畫展，那麼，到公園走走，到附近的河邊或綠地散散步，不也是可以調劑身心、消除疲勞的嗎？

少女的煩惱

有一天中午，「活寶」簡明仁很慷慨地請編輯部的十位編譯各吃一碗牛肉麵外加一個滷蛋；另外一個中午，又請留在辦公廳的三位小姐到附近的一家廣東茶樓飲茶。邵涓涓是三個人中的一個，她本來不想去的，她實在有點討厭簡明仁，但是拗不過其餘兩個女孩子的死活拖，只好勉強答應。在飲茶的時候，簡明仁很明顯地特別向邵涓涓獻慇勤。他不斷地逗她說話，拼命勸她吃東西，不自覺地冷落了其他兩個女孩。邵涓涓就開始對他懷有戒心。

過了兩天，簡明仁到編輯部的時候，有意無意地經過邵涓涓的座位，偷偷放了一張紙條在她的桌上。邵涓涓打開一看，上面寫著：「邵小姐：妳是我所看見過最美麗的女孩子，妳使得我神魂顛倒。今天下午下班以後，我在門口等妳，我請妳到花都西餐廳去吃牛排好嗎？妳的崇拜者簡明仁上。」

看完了這張似通非通的便條，邵涓涓氣得臉都發白了，她覺得這個活寶竟敢貿然約會她，簡直是一種侮辱。

早在高中的時候，她的許多同學就遭受到異性的追逐。有些是別的學校的男生寫情書寄到學校，害得她們平白地受到訓導主任的申斥；有些是在放學時被色狼盯梢；有些則常常接到一些無聊男子的電話。邵涓涓很幸運，她一直沒有遇到這一類的困擾。但是，如今她也面臨這種煩惱了，怎麼辦呢？

她把紙條撕得粉碎，扔進字紙簍裡，心中覺得很惶亂。當然，她可以不理他，使他知難而退。可是，萬一他鍥而不捨呢？同在一棟樓房裡辦公，天天見面，實在夠傷腦筋的啊！顧不了那麼多了，假使他敢怎樣的話，大不了辭職不幹就是。

主意已定，邵涓涓就安心了許多。到了下班的時候，她跟易明英一起下樓。到了門口，果然發現簡明仁含笑站在行人道上等候著。她看也不看他一眼，緊緊挽著易明英的手臂，兩人急步離去。她聽見簡明仁從後面追過來叫了兩聲「邵小姐」，她不理他，他也就沒有追下去。

以後，簡明仁跟邵涓涓碰了面也不打招呼，跟以前的熱絡勁，簡直相差了十萬八千里。還好，他雖然是總經理，但是管不到編輯部；他對邵涓涓也就無可奈何。

不久之後，邵涓涓看見他常來找她鄰座的王萍。王萍本來就對他具有好感，他約會她，她馬上答應，很快的，兩人便出雙入對，成為公開的情侶。邵涓涓心頭上的負擔，總算因之而解除。

安慰失戀者

「我恨他！我好恨他！」吳玲閉著眼睛，不斷地這樣喃喃地說。她的臉和嘴唇都很蒼白，她一面說一面還用她那細小的拳頭輕輕搥著床。

邵涓涓坐在床側，和跟她一起去探病的另外一個同學錢玉梅面面相覷，不知怎麼去安慰吳玲。

吳玲是她們大學同學，人既長得好看，又很有才氣。她有一個男朋友，在一年前出國去了。這位男朋友是香港來的僑生，學工的，長得很帥，有點像「妙賊」勞勃韋納。他和吳玲相戀了兩年多，雖然沒有訂婚，但是也已到了非卿不娶非君不嫁的地步。

他——陳祥光在出國前答應兩年後學成回來便跟吳玲結婚。吳玲本來也想出國，可是申請了好幾間大學都沒有獎學金，而她家的環境也不容許她自費出國，也就只好死心塌地的等。

前幾天，忽然傳來吳玲自殺未遂的消息，聽說陳祥光移情別戀了。邵涓涓在學校時跟吳玲也很要好，聽見這個消息十分難過，就約了錢玉梅一起去探望她。

吳玲服的是安眠藥，因為量少，中毒不深，洗胃後就沒事。老同學來看她，使她很開心，但是也因為自己的不夠堅強感到慚愧。她告訴邵涓涓和錢玉梅：陳祥光在美國遇到一個香港去的女留學生，可能由於異鄉寂寞，彼此又是同鄉，經常的在一起互相慰藉而漸漸萌生感情。最近，陳祥光寫信給她，說已決定在聖誕節跟那位香港女孩結婚，對她不起，請她原諒。

「妳們看，男人多不可靠，他以為只要一聲『對不起』和『原諒』就可以把他的變心和薄情一筆勾消了。我還以為再等一年就可以去機場接他，誰知竟弄出這樣的結果。我覺得自己好可憐好笨！」吳玲一面流淚一面說。

一對情侶分開了，其中有一個變了心。這種故事，實在一點也不新鮮。感情是一種很微妙的東西，一個人變了心，就像彎曲過的鉛絲，怎樣弄也不能恢復原來的樣子。遇到了這樣的情形，除了自己為自己寬解以外，旁人根本無法安慰。

看在好朋友分上，邵涓涓只好用開玩笑的口吻說：

「好女子何患無夫？陳祥光算老幾？我敢說，我們吳玲有一天一定會碰到一個真的白馬王子哩！」

「對！這叫因禍得福！」錢玉梅也唱和著。兩個人哈哈大笑。吳玲也忍不住微笑起來。

唱歌的快樂

邵涓涓的一個同學何小倩過生日，請了十幾個同學到她家裡去玩。在邀請的時候她還聲明有吉他的都要帶去，沒有吉他的人就帶嘴巴。

何小倩的生日會比較別開生面，是在院子裡烤肉。她家裡有個不算小的花園，既然大家都是年輕人，她就乾脆不準備椅子，大家在草坪上席地而坐，反而有置身野外的味道。

她們一面吃烤肉一面聽著錄音帶播放出來的西洋熱門音樂，這時，已經有人不甘寂寞地低低的跟著哼了。

「妳們慢點表演，等一下不要擔心喉嚨沙啞呀！」做主人的何小倩說。

吃完烤肉，又吃生日蛋糕、冰淇淋和水果，大家一陣笑鬧之後，何小倩就宣布餘興開始，要求大家又彈又唱。

數一數，有六位同學帶了吉他來，加上何小倩自己的，一共七把，很夠了。

有誰先奏出《第凡尼早餐》的主題曲〈月河〉，這是她們女孩子都喜歡的。於是，有吉他的人就加入合奏，沒有吉他的人就用嘴巴唱了起來。雖然這不是合唱團，她們只是為了好玩，也顧不了那麼許多。接著，她們又唱《青青家園草》、《愛的故事》、《殉情記》主題曲，〈常綠樹〉等等一些比較抒情的歌曲，大家唱得非常起勁，也非常開心。後來，她們又請她們之中兩個以歌喉美好著稱的同學獨唱了幾首。唱完以後，大家大聲鼓掌和叫好，幸虧是在院子裡，要不然就真是聲震屋瓦了。

邵涓涓固然也很喜歡這些西洋歌曲，不過，我們的知識青年為甚麼都不唱中國歌呢？未免有點數典忘宗吧？她想。於是，她提議了：「讓我們也唱唱中國歌好嗎？」

大家一致附議。她們唱〈花非花〉、〈遊子吟〉、〈我住長江頭〉、〈教我如何不想他〉、〈紅豆詞〉、〈長城謠〉、〈玉門出塞〉、〈鳳陽花鼓〉、〈綉荷包〉，後來還唱〈望春風〉和〈丟丟銅仔〉。這時，她們才唱出了中國人的心聲與感情。

唱了兩個多鐘頭，大家真的感到喉嚨沙啞，累了，唱不出來了。這時，何小倩就瞇瞇的笑著說：「小姐們，還有節目哩！」她打開錄音機，她們首先聽見一陣嘈雜的笑鬧聲，然後，就是她們自己的歌聲。原來，每一首都被何小倩偷偷錄下來了。

大家靜靜的聽著，覺得雖然唱得並不太好，但是，大家一起唱唱歌，那是多麼快樂的一回事呀！

感情這東西

「邵涓涓，妳知道不知道？馮安娜鬧出桃色糾紛了？」邵涓涓的一個同學黃清音在電話告訴她。

「真的嗎？是怎麼一回事？」

「她跟她公司裡的經理——一個有婦之夫談戀愛，被經理的太太發現了，事情鬧得很大哩！」

「哦？那多丟臉呀！結果怎麼樣？」

「結果，別人兩夫婦破鏡重圓，言歸於好，可憐的馮安娜把飯碗丟了，現在賦閒坐在家裡，很傷心，也很消極。咱們看看她好不好？」

「當然好！明天我下了班以後就一同去吧！」

放下電話，邵涓涓不禁感慨萬分：她們班上近來可說是多事之秋，繼吳玲失戀自殺之後，又輪到馮安娜鬧三角戀愛。女人難道真是弱者？

她記得馮安娜的功課並不好，卻是班上的鋒頭人物。她生性活潑，能言善道，唱歌、跳舞、游泳、打牌，無一不精。畢業後，聽說她考取了一家規模頗大的出入口公司當秘書，想不到竟然出了這樣的事。

邵涓涓和黃清音到了馮安娜家裡，只見本來健美活潑的她變得又憔悴又沉默，使得她們不知如何開口去安慰。

後來，還是黃清音說：

「安娜，談談妳的事吧！說出來妳心裡會好過些的。」

「妳們真的要聽？不覺得我橫刀奪愛不要臉？」馮安娜一雙茫然的眼睛望著遠處，幽幽地問著。

「安娜，妳千萬不要這樣說。感情這東西本來就像是脫了韁的野馬，是很難控制的。」邵涓涓也這樣安慰她。

「但是，我們並沒有放縱我們的感情啊！它是自然地，暗暗地萌生的。妳們說，我怎會存心去傷害別人，去拆散別人的家庭呢？他是我的頂頭上司，但是卻年輕而英俊，他對我很好，我也努力的工作。他對我是那麼信賴，說一天也少不了我。四個月下來，我也發現自己一天離不開他。漸漸，我們的感情已由上司下屬的關係變成朋友，又由朋友變成情侶。我知道他已有妻室，而且感情不錯。沒有要求他離婚，我不在乎名分。可是，他太太知道了，鬧到公司裡去，我覺得沒有臉再待下去，就辭職了。」馮安娜說完了，雙手一攤，顯出了一副無可奈何的表情。

「真氣人！出了這種事，吃虧的總是女人，他可一點損失也沒有呀！」黃清音憤憤不平地說道。

「不過，安娜，妳也不必太傷心，時間會把妳對他的思念沖淡的。好好休息一個時期，再找另外一份工作吧！」邵涓涓把手壓在馮安娜的手背上。她看見了她眼角的淚珠。

薪水的處理

每個月到了發薪水那天，邵涓涓的辦公室就熱鬧起來。標會的條子滿天飛；很多人都忙著在數鈔票交會錢、還借款；分期付款的商人也穿梭不絕地來收帳。一拿到薪水，女孩子便結伴去買東西，男孩子則多數去大吃一頓。

這兩天，邵涓涓就聽見坐在她隔壁的王萍不斷地嘟嚷著：「××公司有一件大衣好棒啊！棗紅色的，正是今年最流行的顏色。可惜太貴了一點，要七千九百元。我不管，發了薪水我就去買，沒有錢用再跟媽媽要。」

王萍在不久以前就跟活寶簡明仁吹了。原因是簡明仁太「花」了，外面女朋友一大堆。跟他出去，到處就碰到認識的女孩子。王萍很生氣，跟他吵了一場，兩人就不歡而散。邵涓涓相信，假使她還跟簡明仁要好，她很可能要他買給她的，簡明仁有沒有這樣大方，也是一個疑問。另外的幾個女同事，一個準備去買一雙真皮的靴子，一個要買純羊毛的毛衣，一個要買美國的水鑽戒指。辛勞一個月得來的薪水，在她們的眼中，似乎只是為用來裝扮自己？

邵涓涓也從幾個她媽媽的朋友口中聽過她們埋怨女兒賺了錢只顧打扮自己而不給家用的話。她那幾位阿姨的女兒都有很高的收入；可是，她們從來沒有想到自己也應該負起一部分家用，以減輕父兄的負擔。她們在外面手頭闊綽，儼然富家小姐，委託行裡越貴的衣飾她們越要買。窮奢極奢的結果，收入雖豐，卻是永遠不夠花用。

邵涓涓對薪水的處理，剛好跟這些人相反。自從第一次拿到薪水開始，每個月，她都是雙手把薪水袋原封不動地交給媽媽。她的爸爸媽媽都有工作，不需要她幫忙家用，她媽媽就替她在郵局開了一個戶頭，把她薪水的五分之三存進去，其餘的再交給她使用。

但是，邵涓涓連這五分之二的薪水也花不完。她是個懂得節省的女孩，她從來不把錢花在亂買衣物上。她在花的錢只是用來買書、買唱片、看電影。因此，除了她媽媽固定替她存的那筆錢以外，每個月都還有剩餘。她的薪水雖然並不高，可是她節省的結果，還不到半年，她的存款已接近六位數字。

看著她的同事們那樣毫無預算地亂花錢，一副「人生以享樂為目的」的模樣，邵涓涓不禁搖頭嘆息。

見到了大作家

「請問：王總編輯在嗎？」

有一天的午後，道濟出版公司三樓編輯部的人通通都下班出去玩了，只有邵涓涓一個人獨守著。她剛吃完了媽媽親手為她準備的可口的午飯盒，此刻正聚精會神在看一本新出版的英文小說。忽然間她聽見有人在她辦公桌邊說話，不覺然地抬了頭。

站在她辦公桌前的是一個戴著一副白金眼鏡、文質彬彬的青年，手裡拿著一個厚厚的牛皮大信封。

「王總編輯下班了。您有甚麼事情需要我轉告的嗎？」邵涓涓禮貌地回答。

「是這樣的。我名叫林大方，王總編輯交了一本書叫我替他翻譯，我已經譯好了，現在要送來給他。是我不好，不應該在這個時候來的。」那個青年有點懊惱的說。

「哦！您就是林先生，大作家，久仰了。我姓邵，是這裡的編譯，假使您信任我，我可以負責把您的稿子交給王總編輯的。」邵涓涓把雙眼睜得大大的，興奮地說。

林大方是她的學長，比她大約早七八屆，還沒出國前已經是一個小有名氣的小說家。現在，他學成回國服務，就在母校任教。幾個月以前，她就聽王總編輯說過要請他替他們的出版社翻譯一本美國一位名作家的暢銷書。她很喜歡他的文章，現在居然能夠跟他面對面地說話，這使她高興得不得了。

「邵小姐，請不要這樣說，我不敢當。」林大方露出了一個近乎羞赧的笑容，謙遜地說。

「這包稿子，就麻煩邵小姐交給王總編輯好了。」說著，他就把稿子放在邵涓涓的桌上。

「請放心，我一定會轉交的。」邵涓涓說。

「謝謝妳，再見！」林大方向她微笑點頭。

「再見！」邵涓涓也回報以微笑。

林大方走了以後，她看見他留下的稿子並沒有封口，就從信封裡拿出來，想先睹為快。還沒有看內容，她就先有了好感。他的字跡整齊而漂亮，每一張稿紙都乾乾淨淨的，沒有塗改，顯示出他為人的一絲不苟。於是，她也想到他的外表也是那麼整齊清潔，一點也沒有一般文人不修邊幅、吊兒郎當的行為。「他一定是個品行端莊的君子。」想著，一向以善於鑑人自誇的邵涓涓，不知為何竟輕輕嘆了一口氣。

巧遇

利用中午休息的時間到書店去逛逛，看有甚麼新出版的好書，這是邵涓涓常有的習慣。

這一天，她吃過了中飯，又一個人跑到書城去，這個攤子翻翻，那個攤子翻翻的，倒也自得其樂。當她正埋頭在一本對她頗有吸引力的新書裡時，忽然聽見有人在叫「邵小姐」。她愕然地抬起頭來，站在她對面，微笑地望著她的，居然是她心儀已久，也有過一面之緣的作家林大方。

「哦！是林先生！」她心裡有著意外的驚喜，也回報以微笑。

「發現了甚麼好書沒有？」林大方笑著問。

「還沒有，我也是隨便翻翻罷了！」邵涓涓說。

「邵小姐吃過飯了沒有？」林大方又問。

「我在辦公廳吃過了。」

「那麼，我請妳喝一杯咖啡好麼？相識不如偶遇，我們今天的偶然碰到，也是一種機緣呀！」林大方說。

「好呀！能夠跟大作家一起喝咖啡，那是我的光榮哩！」邵涓涓並沒有作態，很爽快就答應了。

兩個人離開書城，走到附近一家咖啡室去，坐下來，都要了咖啡。「邵小姐大概很喜歡看書吧？我只見過妳兩次，妳兩次都在看書。」林大方笑笑地對她說，露出了一口整齊潔白的牙齒。

「是呀！這是我最大的嗜好，從小，爸爸媽媽就管我叫書蟲。」邵涓涓說。

「這很難得。我發現：現在一般人一離開了學校再也不碰書本了。邵小姐，妳是甚麼學校畢業的？」

邵涓涓這才告訴她，他是她的學長，她在初中的時候便已很仰慕他了。

「糟糕！我這豈不變成了老頭子？」林大方大笑起來。

兩人一算，其實林大方只比邵涓涓高七屆，只不過他大學時就開始有作品發表，成名得比較早而已。

於是，他們談學校、談師長、談文學、談文壇動態，談得十分投契，就像兩個認識了多年的老朋友。

突然，邵涓涓發覺上班時間已到，就向林大方道歉，說她不得不告退。

「以後，我們可以再見面嗎？」林大方站起來依依不捨的問。

「我相信我們會有見面的機會。」邵涓涓含蓄地回答。

第一次約會

有一天下午，邵涓涓正在辦公室埋頭翻譯一篇稿子，忽然有電話找她。她放下筆，走到另外一辦公桌去接。

她拿起話筒，「喂」了一聲，話筒中傳過來一陣陌生而低沉的男性聲音：「是邵小姐嗎？我是林大方。」

「啊！是林先生，你好！」不知怎的，邵涓涓突然感到雙頰通紅。

「你們幾點鐘下班？下了班我請妳吃晚飯好不好？那天碰到妳，只能請妳喝一杯咖啡，實在太不成敬意了。」

「我！我……」邵涓涓心跳得很厲害。林大方居然請她吃飯，使她又驚又喜，一時不知怎樣回答。

「怎麼樣？邵小姐下班後有空吧？」對方又在催問。

「我還沒有告訴我媽媽。」邵涓涓笨拙地回答。

「那有甚麼關係？妳打個電話回去不就行了嗎？假使妳肯賞光，我來接妳好不好？」

「不！我自己來就好了。」邵涓涓因為怕出版公司裡有人認識林大方，就急急忙忙這樣說。

「那麼，我在××餐廳等妳好嗎？」

「好！回頭見！」邵涓涓放下電話，一顆心簡直要跳到喉嚨口了。答應了林大方，心中又有點後悔，因為她今天穿著一件半舊的套頭毛衣和一件牛仔褲，似乎過於隨便；但是，又沒有時間回家去換，想想只好算了。

回到座位上，咬著筆桿，眼睛望著攤開在桌子上的稿紙，靈魂卻不知道飛到那兒去。她崇拜林大方多年，第一次見面時又給予她以極佳的印象，她幾乎已把他當作是自己夢中的白馬王子。如今，白馬王子開始邀約她了，這證明他對自己也有意思；難道，這就是一段羅曼史的開始？邵涓涓再次又感到雙頰發燙。

快下班的時候，她到化妝間去刷了刷頭髮，抹上淡淡的口紅，鏡子裡的她，竟有點眉開眼笑的，不禁輕輕罵自己一聲「不害臊」。

××餐廳的氣氛十分高雅，在那裡進餐的客人都很有教養，大家斯斯文文地進食，沒有人高聲談笑。邵涓涓走進去時，林大方已在靠窗口的一張雙人桌上等她。他一看見她，立刻站起來，替她拉開椅子，等她準備坐下時，又替她把椅子推進去，完全是一派紳士作風。邵涓涓從來不曾單獨跟男士一起用餐過，以前，大夥兒跟男同學一起出去玩，都是各付各的，那些男生根本不懂得伺候她們。現在，林大方這樣待她，邵涓涓覺得自己簡直像個公主。

「邵小姐，妳肯賞光，真是我的光榮哩！」兩個人對面坐下，林大方微笑對她說，他的眼睛含著深深的情意。

母女夜話

橙紅色的厚窗簾遮住了窗外的黑夜，鵝黃色的燈光使得室內光明而又溫暖。邵先生有應酬還沒有回家，在邵家的客廳裡，邵太太在看電視，邵涓涓捧著一本書坐在媽媽身邊，一雙迷濛的眼睛既不是看著書頁，也不是在電視，卻是呆呆地望著牆上的壁紙。

邵太太叫了她兩聲，涓涓都沒有回答。邵太太就輕輕推了她一下，涓涓這才收回她的眼光，「嗯？」的應了一聲。

「涓涓，告訴媽，妳近來是不是有著心事？」邵太太慈祥地問。

「沒有呀！」涓涓羞怯地回答。

「不要騙媽，媽看得出。妳是不是在戀愛了？嗯？」

「媽，我也不知道。」涓涓低著頭說。「那就一定是了。告訴媽，他是誰？」

「他——他——」涓涓難為情地訥訥說不出口，心裡卻一直在回味著那天跟林大方約會的情形。

林大方原來也是一個很內向很怕羞的人；那次卻一直含情默默地望著她。他的話不多，他只是很得體地讚美她清新脫俗的氣質以及溫婉柔順的性情。他又很欣賞她的喜歡讀書和對文學的熱愛。快要分手的時候，他漲紅著臉對她說：「無論外表和內在，妳都是我這一輩子所見過的最合乎我理想的女孩子。我不知道妳對我的印象如何，我只希望以後還有機會跟妳相見。」

「林先生，你把我說得太好了，其實我有很多缺點哩！」她有點受寵若驚，簡直不知如何回答。

「我不會看錯人的，我不相信妳有甚麼大缺點。邵小姐，我可以叫妳的名字嗎？涓涓，涓涓不息，多有意義的名字！這個禮拜天，我請妳到石門水庫去玩，好不好？」

他那熱切的眼神，真懇的微笑，都使她無法拒絕，於是，她含羞地點點頭。

現在是星期六晚上，明天，她將跟他一起到郊外遊山玩水；她相信，那將是一次神奇而愉快的經驗。

「他——他甚麼嘛？快告訴媽。」邵太太急不及待地問，打斷了她的冥想。

「媽，等時機成熟了，我一定帶他回來給爸爸媽媽鑑定一下的。暫時，讓我保密一下好嗎？」

「妳這丫頭，可真是人小鬼大。」媽媽笑著打了她一下。

「媽，妳跟爸爸第二次約會的時候，爸爸跟妳說些甚麼話？」邵涓涓摟著媽媽的手臂，把身體靠了過去，悄悄地問。

「都過去二十幾年了，誰還記得這麼多呀？還是妳把妳男朋友跟妳說的話告訴媽吧！」邵太太一面說一面就笑了起來。

「媽，妳好厲害！我不來了！」邵涓涓只好扭著身體，向媽媽撒嬌。

戀愛的滋味

在辦公廳裡翻譯文稿的時候，腦海裡印滿了他的影子，在家裡陪著爸爸媽媽看電視時，心裡只想著他；在擁擠的公車裡，她回味著他的每一句話；夜裡，她在床上輾轉反側，他的音容笑貌，充塞在她的夢魂中。

她變得有點喜怒無常；有點神經質；她茶飯無心，日漸消瘦；她開始注重自己的儀容，經常為自己外表的一點小瑕疵而煩惱。

邵涓涓自己知道：她是在戀愛中了。邵太太也知道，女兒已有了心上人。自從那次一同吃過飯之後，林大方便常常約會邵涓涓。有時是約她中午出去吃飯，有時約她下班去看一部新片；有時約她出去郊遊；有時約她同去聽一場音樂會，看一次畫展。他們每個星期大約見面兩三次，漸漸地，他們的關係已由普通朋友進展為戀人。

林大方很坦率地讚美邵涓涓的溫婉與純潔，既有現代女孩子的活潑，又有傳統中國女性的含蓄。他對她透露了愛意，他問她有沒有唱過一首名叫〈因為〉的西洋藝術歌，邵涓涓搖搖頭說沒有。林大方就低低地用他那充滿磁性的男低音唱給她聽。譯成中文，那首歌詞的其中兩句是這樣的：

「因為上帝使妳屬於我，我就要珍愛妳。」

邵涓涓聽了，嬌羞地低下了頭。愛情真是要靠緣分的，假使不是上天的旨意，她又怎能碰到他呢？

無疑地，林大方也是一般女孩子心目中的白馬王子。他生就一副斯斯文文的書生樣子；他對邵涓涓溫柔而體貼；他有著高度的幽默感，跟他在一起簡直是如沐春風。至於他的有學問，有文才，有名望，雖然不應該列入愛情的條件裡；不過，起碼這也是他吸引異性的地方。

自從兩人進入戀愛階段以後，即使不是每天見面，林大方總也不忘給她一個電話。而邵涓涓呢，一天見不到他，心中便忽忽如有所失。他已佔據了她的整個心，變成了她生命的一部分。

「一日不思量，也攢眉千度」，古人筆下的相思苦，她已嘗到。

她已經帶林大方回家去見過她的父母，邵先生邵太太也當面盛讚林大方是個不可多得的好青年，事後更極力鼓勵女兒要多多跟他交往。

雖然林大方還沒有向她提出婚嫁之議；不過，邵涓涓對他已是芳心暗許。她有好些女同學還沒有找到對象，有些結了婚的卻又遇人不淑。她遇到了林大方這種理想的人，覺得自己真是幸運。戀愛的滋味雖然在甜蜜中帶著苦澀，她也要勇敢的去品嘗。

忌妒的女同事

那天是道濟出版公司成立兩週年紀念，因為近半年來業務有了進展，賺了一點錢，大老闆就在一家頗為豪華的飯館裡宴請全體職員，筵開兩桌，一桌是編輯的人，一桌是經理部的人。

大老闆坐在編輯部那一桌上，總編輯又再次把每個人介紹給他認識（其實在進來工作的那天已見過面了）。輪到邵涓涓的時候，總編輯特別多說了兩句：

「邵小姐是T大的高材生，譯筆非常流暢，下一本書我打算給她一個人譯，還印上她的名字，算是一種獎勵。」

「好極了！邵小姐，妳，未來的大作家！」大老闆聽了，就笑咪咪地向邵涓涓敬酒。

邵涓涓在驚喜交集中手忙腳亂地拿起酒杯沾了沾唇，無意中瞥見坐在她對面的兩位女同事趙蕙和陸月白正在咬耳朵，一面用鄙夷的眼光瞪著自己，心裡一驚，幾乎把手中的酒杯掉了下來。

趙蕙是跟她一同考進來的編譯，陸月白卻是由有力人士推薦進來的。趙蕙的能力不錯，但是，不知怎的，她一向非常忌妒邵涓涓。偏偏邵涓涓由於文筆好、英文程度高，工作又負責，常常贏得總編輯的稱讚，這使得趙蕙更是視邵涓涓為眼中釘。陸月白本來是不夠資格的，可是她恃著有後臺，根本連總編輯也不看在眼內。她每天都吊兒郎當地把上班當作玩票，彷彿誰也奈何她不得。趙蕙因為她來頭大而對她十分巴結，兩人勾結在一起，早就對邵涓涓看不順眼，如今更是火上加油。

「來，陸月白，我們來敬T大的高材生和未來的大作家！」趙蕙用她那塗著殷紅蔻丹的手指舉起酒杯，又用手肘碰了碰身邊的陸月白，話中帶刺地衝著邵涓涓說。

「請不要這樣說，我不敢當。」邵涓涓惶恐地回答。

「不必客氣了吧！妳如今可走運了，釣到了名作家做朋友，自己又是未來的大作家，將來可別忘了我們這些無名小卒的老同事呀！」陸月白也接著說，說完了又哈哈大笑起來。邵涓涓氣得渾身發抖，一張臉都變白了，可是又不便發作，只好低頭咬著嘴唇皮。

總編輯也覺得陸月白的話太過分了，藉口招呼大家用菜，這才把大家的注意力分散開來。邵涓涓忍著一肚悶氣回家，上了床以後，禁不住用被蒙著頭低低哭泣起來。她從來不曾這樣被人侮辱過，她不明白趙蕙和陸月白為甚麼老是跟她過不去，難道她們真的不能忍受有人比她們強？忌妒真像是一條毒蛇，心中有了它，有一天終於會傷害到別人和自己的。

書香之家

「妳相信嗎？妳是我的第一個女朋友！」林大方對邵涓涓說。

「不相信，你都快卅歲了，又是名作家，一定認識不少女孩子。」邵涓涓半認真半開玩笑的回答他。

「真的，不騙妳。我在大學時忙於投稿，在美國時又忙於讀書和打工，一直沒有功夫談戀愛。最重要的一點是我眼高於頂，始終沒有遇到合乎我理想的女孩子。現在，我找到妳了，我迫不及待的要帶妳回家見我的父母，讓他們分享我的喜悅。這個星期日，我們就一起到臺中去好不好？」林大方握住她的手誠心誠意地懇求她，她答應了。

林大方的父親在省政府任職，母親在中興大學教書，他們的家就住在中興新村裡。

那個星期天，邵涓涓和林大方一大清早在火車站前會了面，就一起坐火車到臺中去，從臺中再轉公路車到中興新村。一到達林家的大門口，林大方的父母就喜孜孜的出來迎接。

林太太親切地拉著邵涓涓的手，領她進去。林大方和他的父親笑咪咪地跟在後面。

坐定以後，邵涓涓細細打量四周。只見林家的客廳四壁掛滿了字畫，一個精美的書櫥珍藏著一套萬有文庫，一個雜誌架中插滿了中英文雜誌，茶几上整齊地放著幾份報紙。窗臺上、壁架上、小几上到處都點綴著鮮花和盆栽，好一個充滿了書香與花香之家。

林先生是一位和藹而風趣的長者，不時發出朗爽的笑聲。林太太白皙而斯文，面貌跟林大方很相似，不難想像出她當年是一位江南美女。到底是一位高級知識分子，她不像一般中年家庭主婦那樣刺刺不休地盤問邵涓涓的身世，她只是非常親切跟邵涓涓閒話家常，話題多數在林大方身上打轉，這使得邵涓涓免卻不少尷尬。

中午，林太太親自下廚做了幾樣家鄉小菜招待邵涓涓。她的菜做得又精緻又可口，邵涓涓對這位林伯母的能文能武不禁十分佩服。（當然，我的媽媽也一樣，她想。）

飯後，林大方陪著邵涓涓到附近參觀了一會兒，兩入便告辭回臺北去。在火車上，邵涓涓向林大方盛讚他的家是真正「讀書人之家」以及「書香之家」。林大方也含笑的告訴她：「我媽媽大讚妳的溫柔、大方而又美麗，她叫我加緊追求妳哩！」

教媽媽唱熱門歌

邵涓涓的父母從年輕的時候就開始喜歡欣賞古典音樂。他們剛結婚時，音響器材還不像今日這樣普遍，他們只有一部收音機，但是早晚都收聽古典音樂節目，自從邵涓涓有記憶開始，她的家裡經常都是樂音繚繞的。在這種環境的薰陶下，邵涓涓在懂事以後也很自然地喜愛起音樂來，而且喜愛的也只是古典音樂。

上了高中以後，她發覺同學之中懂得欣賞古典音樂的幾乎絕無僅有，大家都只是瘋狂地愛好熱門的搖滾樂。當時邵涓涓很不瞭解她的同學，她認為她們只是一窩蜂的崇洋與趨時，那些又吵又鬧的搖滾樂有甚麼好聽呢？

進了大學，她的同學個個都學會了彈吉他。邵涓涓本來對古典吉他就很喜愛，也買了一把彈著玩。要彈吉他，必須有樂譜。想不到，在買回來的一些熱門歌本中，有些比較抒情的電影插曲、西部民謠和鄉村音樂卻吸引了她。漸漸地，她也愛上了一些時下流行的西洋歌曲。她覺得古典音樂固然令她陶醉，而這些聽來很悅耳的熱門歌曲也十分的迷人。

更想不到的是：邵涓涓的媽媽也受了她的影響。起初，邵涓涓要是在媽媽面前放熱門音樂的唱片，邵媽媽就會笑她是古典音樂的離經叛道者。誰曉得，漸漸地她也聽出了味道來。有時，聽到一首好聽的，媽媽就會問：「這一首叫甚麼呀？」有時，邵涓涓在抱著吉他自彈自唱，媽媽也會走過去翻翻她的歌譜，看看她唱的是那一首。

有一次，邵涓涓居然聽見媽媽在低低的哼著一首名叫〈無所不在〉的熱門歌的旋律。她就取笑媽媽：「這一首是披頭所作的，妳不是很討厭他們嗎？」邵媽媽尷尬地一笑：「真的嗎？這一首很好聽，一點也不像他們的一貫作風嘛！」

邵涓涓看得出媽媽對熱門音樂已改變了看法，就迫著媽媽跟她一起學唱。邵媽媽在學生時代也很愛唱歌，現在，年紀大了，嗓子啞了，但是她懂得唱，唱起來還是挺有韻味的。她告訴邵涓涓，她最喜歡一首名叫〈破曉〉的，那首也比較短而且容易唱，如今，母女二人已合唱得很不錯了。邵先生在旁邊聽著，不斷地鼓掌，還開玩笑地慫恿母女倆到電視臺去表演亮相。

跟母親一起唱歌，是邵涓涓生活中一種新的趣味，她覺得自己跟母親在一起簡直像是姊妹或者朋友一樣，完全沒有代溝，實在是太幸福。

學士何價

有一個星期天，因為下著雨，不方便上菜場，那部每天都來的賣菜車開到巷子裡時，邵太太就叫邵涓涓去買幾樣蔬菜。

賣菜的小販是個年輕人，還帶著妻子一起。他開車，妻子幫忙賣菜。邵涓涓撐著傘走過去時，已有幾個鄰居太太圍著車子選購蔬菜。這部賣菜車內的蔬菜種類很多，邵涓涓正在發愁不知該買些甚麼時，忽然聽見一位太太指著車內兩堆番茄問：「老闆，你為甚麼把番茄分成一堆紅一堆綠呀？」

「這叫男有分，女有歸嘛！」菜販笑著回答。

那位太太聽了，似懂非懂的撇撇嘴，罵了一聲「神經病」就不再問下去，邵涓涓卻忍不住也笑了起來。同時，她覺得一個菜販出口成文，能夠隨便運用《禮記》中的話，實在不簡單，於是她就對他說：「你說話挺幽默的嘛！也滿有學問的啊！」

「不敢當！這還不是當年老師教我的？」菜販微笑著說。

「你以前念甚麼學校？」邵涓涓問他。

菜販告訴她，他是某大學中文系夜間部的畢業生，因為一直找不到適合的工作，看見他的一位親戚在市場中擺菜攤賺了不少錢，把心一橫，不管甚麼面子問題，就動用家裡的積蓄買了這部小貨車，每天一早到中央菜市場批一車的蔬菜來賣，每次不到中午就都賣光了。他每天只要工作半天，就可以淨賺六七百元，不是比別人上班領薪水強得多麼？

「你不覺得白白念了十幾年書很可惜？」邵涓涓又問。

「妳會不會因為我是一個菜販就瞧不起我？」他反問。

「怎麼會？職業無貴賤，行行出狀元呀！」邵涓涓說。

「那就對了！妳說，我會覺得可惜嗎？」菜販笑笑地回答。

邵涓涓回家去把這件事告訴媽媽，邵太太說，由於現代人已無士大夫階級的觀念，所以一個大學生不一定非做辦公廳工作不可。而且，現在社會上人浮於事，大學畢業生又多，找不到差事的，便只好另謀出路。有些人合資開出版社；有人回家種田；有人幫父母管店；有人去當演員；也有人去當歌星；至於擺牛肉麵攤，擺成衣地攤的，也不算是稀奇的事。

「媽媽，妳說這是好現象還是壞現象呢？」邵涓涓問。

「這也無所謂好或者壞。正如妳所說的職業無貴賤，無論從事那一行，只要有理想、有敬業精神就都有成功的希望。要不得的是把金錢看得太重，年紀輕輕的就變成了拜金主義者，那就太可怕了。」

虛榮的代價

邵涓涓在高中的時代有一個很要好的同學名叫王安琪。王安琪因為沒有通過大專聯考，在一間觀光餐廳裡做過半年會計，然後便嫁給一個在餐廳中認識的中年富商，搖身一變成為富家少奶奶。當年，她的婚姻在同學們眼中是一件大事。到如今，邵涓涓已有四五年沒跟她見面。今天，王安琪約了幾個同學到她家小敘，邵涓涓也是其中之一。

王安琪的夫家住在士林，歐洲式的花園洋房，氣派自是不凡。當邵涓涓她們有點侷促不安地坐在豪華的客廳中等候時，王安琪的出現，竟是使得她們大吃一驚。王安琪是美麗的，做新娘子那天更美，美得就像櫥窗裡的模特兒。可是，面前這個瘦削、憔悴的小婦人，怎會是她呢？在她們的想像中：作為一個富家少奶奶的王安琪應該出落得比以前更加標緻才對呢！而現在的她，雖然梳著最時髦的髮型，穿著最流行的女性化絲質時裝；然而，臉上的脂粉掩蓋不住血色的蒼白，勉強裝出來的笑容也洩露了她內心的不樂。

「王安琪，妳怎麼這樣瘦？是不是有病？」邵涓涓首先握住好友的手問。

「沒有呀！我好好的。還是談談妳們吧！我看妳們一個個都越長越漂亮了。」王安琪一個個的環視她們，悽然而笑。

她吩咐僕人送上高級的舶來飲料和糖果。吃飯的時候，更是滿桌子的山珍海味。大家問她：「妳的先生呢？怎麼不來跟我們一起吃。」

「他？他從來不在家裡吃飯的。」王安琪不屑地說。

「妳的孩子呢？你們結婚已經好幾年了。」邵涓涓問。

「唉！要是有孩子，我也不會弄到這個樣子了。不瞞妳們，他就是嫌我沒有生孩子，早在兩三年前就在外面別營金屋了。他要跟我離婚，我就是不答應。於是，他採取精神虐待的方式，經常不回家，回家也不跟我說話。我們兩人一開口就吵架，一吵架他就動手打我。現在，我聰明得多了，我乾脆不開口，來個相應不理。雖然夫妻如路人，也勝過挨打呀！今天我約妳們來，就是想解解悶兒。不談這些了，我們談些開心的事吧！來，讓我們為我們的友誼乾一杯！」王安琪說著，自顧自的就仰頭把杯中酒喝光。

雖然桌上的菜餚是那麼豐富，可是邵涓涓她們幾個都覺得全無胃口。王安琪拼命喝酒，不多久就開始胡言亂語。邵涓涓和她幾個同學不等吃完了就趕緊離去。在路上，她們不禁搖頭嘆息：當年王安琪嫁給年長她三十歲的富商，大家都說她是虛榮心作祟。想不到，要滿足虛榮心竟是要付出這麼大的代價，多麼可怕啊！

出了第一本書

這是一本很美麗的小書。淺綠的、淡至欲無的封面，右下角畫著一叢寫意的紫色牽牛花，上面橫排著「牽牛花」三個字，下面兩行比較小的字體印著「安•羅斯原著」、「邵涓涓譯」的字樣。這本美國年輕女作家安•羅斯的中篇小說《牽牛花》，是邵涓涓所服務的道濟出版公司出版的，也是他們頭一次把他們的編譯的名字印上去。早在幾個月以前，道濟出版公司的總編輯為了獎勵邵涓涓的努力，答應要給她出一本書，於是，這本《牽牛花》，雖然是翻譯的，也就算是邵涓涓的第一本書。

《牽牛花》是述說一個鄉下女孩到大都市尋求發展的經過，也很可能就是作者的自傳。這女孩一到了大都市就受騙失身，後來，經過許許多多的艱難困苦，憑著她百折不撓的決心與毅力，她終於找到合適自己的工作，也找到了真正愛她的丈夫。作者形容這個鄉下女孩，猶如卑微的牽牛花一樣，是經得起風雨的考驗的，暴風雨過後，牽牛花雖然已被摧殘淨盡，但是，不久之後，它們又開得如火如荼，題意跟我們的「野火吹不盡，春風吹又生」有點相像。

邵涓涓很喜歡這本小說，翻譯的時候幾乎把自己溶了進去，所以譯得特別傳神，一點也沒有生澀之弊。總編輯對她大為讚賞，她的同事們對她也十分佩服。只有那兩個忌妒她的女同事還是不服氣地在旁邊冷言冷語。邵涓涓只好裝作沒聽見。

一拿到了書，看到了那設計精美的封面和考究的紙張，邵涓涓有著說不出來的高興。中午，她就約林大方一起在外面吃飯，讓他也分享她的喜悅。見了面，她傻乎乎地就塞了一本書到他手裡說：「送給你。」

林大方打開扉頁一看，上面是空白的。「怎麼不寫上下款的？」他問。

「怎樣寫？」她問。

「妳要寫『送給大方吾愛』。」他附耳小聲的說。

「不要臉！」她嬌嗔著，把書搶回來。「不送給你了。」

晚上回家，她雙手把書送給父母。邵先生邵太太把書打開一看，只見上面端端正正地寫著兩行字：「敬獻給我最親愛的雙親」，邵太太高興得把女兒摟在懷裡說：「涓涓，妳也是個作家了。」

「不，還早哩！」邵涓涓謙虛地說。

「涓涓，妳的文筆不錯，希望有一天妳能夠出一本自己創作的書。」邵先生說。

「是的，爸爸，我也這樣想。」

見不賢而內自省

「太可怕了！她怎會做得出來的？」一聽完那個令人無法置信的故事，幾乎每個人都異口同聲地驚叫起來。

一個星期日的下午，邵涓涓跟幾個要好的同學在一間咖啡室裡聊天，大家天南地北的說個沒完，又笑又叫的，非常熱鬧，直至其中有一個把她從報上看到一則外電所報導的小故事告訴她們，大家的情緒才轉變過來。

那則電訊說：美國一名十七歲的小母親，因為急於去參加親友替她舉辦的生日舞會，而又無法找到人來替她照顧嬰兒，就把出生才一個多月的女兒扔進火爐中，讓她活活燒死，自己卻跑到舞會去。後來，就被警方逮捕，控以謀殺罪。

聽完這個故事，大家除了一致譴責那個小母親沒有人性和殘忍以外，她們也從這裡面分析出美國今日社會狀況的一斑。

近年來，美國開始開倒車似地流行早婚，二十左右的男孩，十七八歲的女孩便已為人父母，他們無論在身心方面都未臻成熟，經濟也還不能獨立，怎能肩負起教養孩子的重任？那則電訊沒有提到那名小母親的丈夫，不知道她是不是非婚生子？假使是的話，那又是美國青年男女性泛濫的一個證明。聽說，凡是家中有女初長成的母親，無不憂心忡忡怕自己的女兒出事。至於每天早上都偷偷在女兒的牛奶中放進一顆避孕藥的笑話，到底有幾分真實性，那已是無法考據了。

再來，這也可以看得出美國女孩的貪玩和任性。赴舞會似乎是她們的生命，不去不行嗎？把孩子也帶去不行嗎？就算是把孩子放在床上（美國法律，父母離家，幼小的孩子必須請人照顧，否則受罪），也勝於把她置於死地。自己的親生骨肉，難道竟無一點母愛和憐恤之心？

大家把那個沒有人性、貪玩而任性的小母親罵夠了，有人開玩笑說：「幸虧我們早已過了寂寞的十七歲，大概不會這樣做了吧？」

「我們是中國人，禮義之邦的人民絕對做不出這種野蠻的行為的。」另外一個人說。

「說得是。不過，我們目前的少年問題也相當嚴重的。我們還是多多管教我們的弟弟妹妹和學生吧！見不賢而內自省，雖然我們不會做出這種可怕的事，作為警惕，總是可以的呀？」

最後，邵涓涓下了這個結論。

成蟲抑成龍

邵涓涓跟媽媽走進那家餐館的二〇六號房間，一眼就看到她童年的玩伴馮國光高大的身影。他們已有四年沒有會面，他長高了，起碼有一八〇公分；他也變壯了，有著寬寬的肩膀和厚實的胸膛，跟以前瘦小的模樣完全兩樣。只不過，他一身筆挺的軍服給他做了標記，他是這房間裡唯一的軍人，也是今夜的主客。

他也看到邵涓涓了。他急步走過來，先向邵太太一鞠躬，彬彬有禮地說了一聲：「邵媽媽，您好！」然後伸手和邵涓涓相握：「邵涓涓，很久沒見了，妳好吧？」

「嘩！馮國光，你長得這樣高，要是在街上碰到，我都認不得你了。」邵涓涓忍不住大呼小叫起來；但是，她並沒有忘記去跟馮伯伯、馮伯母以及其他的親友打招呼。

今夜，十幾二十位至親好友聯合在這裡為馮國光餞行。他剛剛畢業於中正理工學院，由於成績優異，校方保送他進入美國普林斯頓大學深造，不久就要啟程了。

邵涓涓記得：當年馮國光投考軍校，曾經遭到馮伯伯的劇烈反對。他自己年輕時沒有機會上大學，一心望子成龍，希望馮國光能夠戴上方帽子，好光耀門楣。但是馮國光體念父親家累沉重，讀軍校不但一切免費，而且有零用金可拿，而最主要的這是青年報效國家最直接的途徑。馮國光不顧一切去投考，結果以最佳成績成為電子工程系的系狀元。想不到，四年後他又以第一名畢業，得以保送出國。當然，馮國光進入軍校不久，馮伯伯就已消除了他的成見。今夜，他更是喜氣洋洋、春風滿面地周旋於眾親友之間，因為他望子成龍的心願已了。

坐在馮國光旁邊，兩人大談童年趣事之餘，邵涓涓望著這位優秀挺拔的青年，不由得不想起自己的一個表兄方強。方強大學畢業服完兵役至今已一年多了，他恃著家裡有錢，不需要他養父母；於是，對找工作就毫不起勁，東挑西揀的，始終高不成低不就。他每天睡到十一二點才起床，下午就去逛街、看電影、找同學聊天。一個大男孩整天遊手好閒，別人看了都替他難過，他自己卻樂得逍遙。把方強和馮國光相比，到底誰是蟲誰是龍，不是極為明顯的嗎？為甚麼一般家長都以為子女唸到大學畢業就一定成龍呢？

「馮國光，你將來修完博士以後有甚麼打算呢？」邵涓涓問。

「當然是回國服務，國家栽培了我，我怎能不回報？」馮國光正色的回答。

求婚

「涓涓，我們認識多久了？」

在陽明公園中一棵大樹下的石凳上，併坐著一對青年男女，現在，男的這樣問女的。

「大半年。」邵涓涓回答。

「假如我說，我們又要分手，妳捨得離開我嗎？」男的握住了邵涓涓的手，他就是林大方。

「甚麼？你要去那裡？」邵涓涓的心砰砰地跳了起來，她的指尖也變得冰涼。

「我又要到美國去了。我那邊的母校聘我回去教英美小說，這邊的系主任也鼓勵我出去多學點東西。因此，出國似已成為定局了。」

「甚麼時候走？」

「八月底。」

「那我們只剩下兩個多月的時間在一起了。」邵涓涓低著頭，覺得十分難過。

「不，我們要永遠在一起！涓涓，跟我一起走！」他把她的手握得緊一點。

「我怎樣走得成？我又沒有申請學校。」

「我不是要妳去讀書。涓涓，我是要求妳答應做我的妻子，我們馬上結婚，然後一起出去。」他緊緊握住她的兩隻手，緊得使她的雙手發痛。

「我——我——」她訥訥地不知道怎樣回答。這突如其來的求婚，使她感到慌亂。她從來沒有準備出國的打算，一旦叫她遠離父母，她也不願意。

「涓涓，妳是愛我的。是嗎？」他放鬆了自己的手指，輕輕握著她的，雙眼柔情萬種地注視著她。

「當然！」她低頭小聲地回答。

「涓涓，那麼，答應我！」

「我——我還要回去跟我的父母商量，徵求他們的同意。」邵涓涓說著，眼淚就流下來了，她實在捨不得離開她的父母。

「妳為甚麼哭了？」林大方慌了手腳。

「因為我也很愛他們啊！」

聽了邵涓涓這句話，林大方就知道邵涓涓已經答應了。他很想擁她入懷，也很想吻她；但是，在中國，這卻是行不通的，即使是受過現代教育的邵涓涓，也還是連「我愛你」三個字都說不出口。

「好的，妳回去細細考慮一下吧！我等著妳的回音。」他微笑地望著她，又緊握了她的手一下，彷彿是要傳給她以力量。

離情

松山國際機場中人如潮湧，擁擠得幾乎水洩不通，轉瞬又到了一年一度的留學季節。邵涓涓記得很清楚，去年這個時候她到機場送她的好友林冰出國時，她剛剛進入道濟出版公司工作不久，也還沒有男朋友。而現在，她已為人之妻，而自己也要離鄉背井，跟隨夫婿到太平洋彼岸去了。

邵涓涓只不過是在半個月前結婚的。自從林大方向她求婚，並且說明他自己要到美國繼續研究，希望他們立刻結婚一同出去後，她的一顆心就似被一團亂麻塞住。她愛林大方，也愛自己的父母。要是答應了林大方，就得跟雙親遠別；要是拒絕了他，她又恐怕失去他的愛。考慮再三，她還是跟媽媽商量。邵太太一聽，就說她是傻丫頭，這麼大了，難道要一輩子跟在父母身邊？林大方是個很理想的對象，怎可以因此而錯過？再說，妳班上的同學十之七八都出去了，妳趁這機會去多讀一兩年書不是很好嗎？

於是，邵涓涓答應了林大方的求婚，林邵兩家就趕緊替他們辦喜事，一面也在辦出國手續。由於時間匆忙，婚禮很簡單，兩個人到法院去公證，又到照相館拍了結婚照，晚上，宴請了少數的親戚朋友和同學，就完成了終身大事。他們沒有去度蜜月，因為出國之前，還有很多事情要辦，他們準備把這次橫渡太平洋的飛行當做蜜月之旅。

現在，距離班機起飛還有半個鐘頭，他們已辦好了登機前的手續，行李也已交運，剩下來的，就是話別的時刻了。林大方的父母、邵涓涓的父母，他們的一些好朋友、好同學，簇擁著這對掛著花環的新人走上機場二樓的大廳上，團團把他圍住。邵涓涓一直偎依在媽媽身邊，緊握著媽媽的手，一想到她走了之後媽媽將會很寂寞，就不禁熱淚盈眶。

「新娘子，別哭。」一些女同學在逗她。

「涓涓，妳也應該去跟妳的公公婆婆說說話才對，人家會說妳不懂事的。」邵太太倒是深明大義。

「媽媽，我捨不得離開妳。」

「傻孩子，妳又不是不回來，離開一兩年有甚麼關係？快去！」

邵涓涓走到公公婆婆身邊，但是，林大方的父母很會體恤媳婦，又叫她多跟她的父母聊聊。然後，登機的時刻到了，邵涓涓含著淚跟父母和親友揮別，跟著林大方走進候機室。雖然她知道她和丈夫在兩年後還會回來，但是心中還是塞滿了剪不斷、理還亂的離愁，以及對這塊居住了二十幾年的土地的眷戀。

無奈的人生

（一）

駱冰把她那部新買的、米白色的小巧型國產汽車緩緩開進弄裡。今天公司裡開業務檢討會，六點多才開完，幸虧她心裡有數，中午已經到附近一家專賣熟食的食品店裡買好了幾樣小菜，放在公司廚房的電冰箱裡，這樣，她回到家裡，只要做個湯，炒一盤青菜，就可以開飯。

不怎麼寬闊的巷弄兩旁都停滿了私家汽車，又有小孩子在弄裡玩耍，駱冰必須小心翼翼、步步為營，才勉強把車子慢慢通過那幾百公尺的路程。她把車子停好，雙手抱著幾包中午買好的小菜、麵包、水果之類，肩上還吊著個皮包，踩著高跟鞋，三步兩步衝到電梯口，騰出一隻手按了鈕，然後再兩手抱緊大包小包，跨進電梯。

電梯到了六樓，她依然用剛才的方法按了門鈴。門鈴的叮噹聲還沒有停止，大門馬上就打開，她八歲的女兒長安已在門內相迎。

「媽媽，妳今天為甚麼這樣晚才回來嘛？人家肚子好餓！」小女孩一見面就開口埋怨。

「媽媽今天開會嘛！不要急！馬上就有得吃。」駱冰進門踢掉腳上的高跟鞋，捧著手中的食物，直奔廚房。廚房裡，她的母親已經在炒菜了。

「媽，我來炒！」她放下手中的東西。

「不要緊，炒個菜又不會怎樣。妳忙了一整天，就歇會兒吧！」駱老太太說。

「媽，就炒這個青菜好了，我買了幾樣現成的小菜，不用再做別的了。」駱冰一面說一面把塑膠袋裡的小菜裝到盤子裡，然後又洗水果。等駱老太太把青菜送上桌，她已盛好飯，擺好碗筷了。

飯後的善後工作她是絕對不讓老人家做的，還好她做事情動作快，收拾完畢還有時間監督女兒做功課，或者給她講個故事。等到一老一少都入睡以後，興致好時她還可以看看十一時後的影集。但是，有時，她還得為公事而傷腦筋。就像今天開業務檢討會，業務經理站起來報告她編的那份文學雜誌在賠錢。現在，她雖然坐在電視機前，心裡卻在替雜誌想點子。身為這本雜誌的總編輯，她覺得自己肩負著很重的責任感。

唉！一個三十八歲而又離過婚的女人，要想在這個男人社會中出人頭地可真不容易。尤其是半年前登上了總編輯寶座之後，整間公司上上下下的人似乎都瞪大了眼睛盯著她，隨時隨地都找她的岔。當然，她不怕他們，她的能力足以勝任有餘。她是國立一流大學外文系畢業的，不但外文呱呱叫，中文也因為家學淵源的關係而滿腹詩書。唯一令她終生遺憾的是，她那在大學裡擔任中文系主任的父親，竟在畢業前半年因為車禍去世，她是獨女，只好放棄了已經到手的柏克萊加大的獎學金，懷著一顆哀傷的心，畢業後就咬緊牙根，挑起了奉養母親的責任。

她畢業後的第一份工作是在一家私立中學教高中英文，教了一學期，卻連一毛錢都沒有領到。欠薪，是那間學店的一貫作風，她自投羅網，也就只好上當學乖，自認倒楣了。

還好那個時候她的男朋友卓雨桐正在服兵役，否則，就算她自認倒楣，他可是一定會沒完沒了。卓雨桐甚麼都好，唯一的缺點就是脾氣暴躁，而且把錢看得很重；但是，他那副瀟灑不羈的詩人外表，卻深深攫住了她的心。每次想起他們認識的經過，駱冰總是無奈地搖頭苦笑；從卓雨桐外表看來，我可沒有瞎了眼啊！也許一個人的外貌並不能代表他的內心吧？「以貌取人，失之子羽」，當年，我犯的正是太過主觀的錯。

（二）

雖然那已是二十年前的往事，但是，駱冰對於第一次見到卓雨桐的那一幕，卻始終活鮮鮮地印在心版上，無法忘懷。那是她當上新鮮人的第一天，擺脫了三年來綠衫黑裙和短髮的約束，她穿上一件淡紫色的碎花洋裝，垂肩的直髮也用同樣的布料束在頭上。她不算很美，但是五官端正、身材適中，加活潑氣息，也是一個動人的少女。距離上課還有十幾分鐘，也就和一同考上T大外文系的好友張玲玲緊張兮兮地坐在教室裡，她還記得，那一節是大一國文。

男男女女的同學們一個個走進教室，大多數都是她們不認識的，認識的都是高中時的同學，這時，就都坐到她們附近，一群女孩子開始嚷嚷唧唧、吱吱喳喳地說個不停。等到所有的座位快坐滿了，駱冰發覺：她們班上呈現出陰盛陽衰的局面，全班居然只有五個男生，怪不得早就聽說如今大學裡全是女生天下啦？她正在暗暗覺得好笑時，門外又走進一個男孩子，他長得高高瘦瘦的，架著一副黑框眼鏡，神情顯得有點冷漠，嘴唇抿得緊緊的，一進來就是到最後一排找座位，彷彿誰也不認識。一看到這個人，駱冰的一顆心就突突地跳了起來，他正是她理想的一型。

「第六個！」張玲玲輕輕推了駱冰一下。「長得挺帥的呀！」

「怎麼？有意思嗎？」駱冰悄悄地問，視線卻一直沒有離開那個人。

「死相，我又不是花癡！」張玲玲笑著搥她。

正笑鬧著，上課鈴響，教授進來了，他一進來就先點名，在眾多的「芬」、「芳」、「珍」、「珠」、「美」、「麗」中，駱冰豎起耳朵，想知道那第六個男孩的名字；可是，當他站起來說「有」時，她只聽見什麼「予同」。那個人相當驕傲，總是獨來獨往的，從不跟別人在一起。過了好久，駱冰才弄清楚他原來叫卓雨桐。

好雅的名字！跟他的外表正相配，可說人如其名。他父親會給兒子取這麼詩意的名字，應該是個有學問的人，家庭大概也很高尚吧！雖然從來不曾交談過，駱冰可是暗暗注視著卓雨桐的一舉一動，也注意到有關他的一切。

有一天下午，只有兩節課，下課以後，駱冰到圖書館看書，本來是大太陽的天氣，到她離開圖書館想回家時卻下起不小的雨來。她站在圖書館門口，正在躊躇著要不要冒雨衝出校園時，忽然看見卓雨桐撐著一把傘從路上走過來。駱冰稍為猶豫一下，就揚聲大叫：「卓雨桐！」

傘下的卓雨桐循著聲音來源轉過頭來，面上帶著疑問的表情，站定在雨中。

「卓雨桐，我沒有帶傘，你送我到校門口好不好？」駱冰只好可憐巴巴地再度開口。

「好吧！」卓雨桐簡單地回答，卻是仍然站著，不走過來接她，她只好用書遮著頭，奔下臺階，衝到他的傘下。

他們一起走向校門口，卓雨桐默不作聲，駱冰卻挺能製造話題：「你怎會有傘？早上出門時還出大太陽的嘛！」

「動腦筋呀！妳不會到宿舍去借？」他這樣回答。

「嗯！你真聰明！我居然沒想到？」她半開玩笑的說，心裡倒也由衷的佩服他。

他沒有回答。

「你好像不大愛說話，對不對？我們同班快一年了，還沒有交談過哩！」她為了不願失去機會，決心長舌到底。

「妳難道沒聽說過沉默是金？」他有點不屑地撇著嘴。

「啊！失敬！失敬！金人先生！」她笑著說。

他卻沒有甚麼反應。

「金人先生，你住在那裡呀？」她又問。

「中和鄉。」

「呀！太巧了，我住在永和，說不定我們還同車哩！」她高興得眉開眼笑。

「不管同車不同車，我會送妳到車站的。」他仍是冷冷地說。

他們搭的不是同一路公車。那天，卓雨桐遵守諾言，一直撐著傘陪她等車，等到她上了公車才走開。

現在回想起來，那已是足足十九年前的往事了，但是駱冰還清楚地記得卓雨桐那天穿的是一件白色運動衫和一條泛白了的牛仔褲，額前飄垂著一綹黑髮，臉上那副緊抿著嘴唇的冷漠神色，更襯托出他的詩人氣質。她和他共一把傘，手臂相觸，這使得她暗暗陶醉，多希望校園中那條路永遠走不完，她所等的公共汽車也永遠不會來到。

那一夜，她為他失眠了。第二天，臉色青黃地去上課，以為他起碼會問她一句：「下車時有沒有淋到雨？」誰知他卻若無其事的，連眼尾都沒瞥她一下，就跟從前互不交談的關係完全一樣。

哼！你以為你真的是個白馬王子麼？你跩，難道我不會跩，駱冰一氣之下，決心不再理會他。但是卻仍然不自禁的偷偷注意著他。她發覺：他不但不跟任何一個女同學交談，甚至也很少跟男同學說話，永遠獨來獨往，就像個獨行俠。這使得她私心竊喜，他不是對我有甚麼成見，他只是生性比較孤僻，不喜歡跟人交往罷了。

在大二下學期快完的六月裡，駱冰要過二十歲生日。她的雙親都很疼愛這個獨女，要為她舉行一個生日茶會，招待她的同學來玩。那天，她一共邀了十位同學到家裡來，六女四男，卓雨桐是其中之一，原先她以為他不會答應的，想不到他卻爽快地點了頭。

那個時代的臺北人，生活還相當簡樸。駱媽媽為這個茶會蒸了兩籠豆沙包，煮了一大鍋茶葉蛋，另外買了半打汽水、兩斤香蕉、一斤落花生、半斤牛奶糖，就把這一大群大孩子吃得很樂。那像今天孩子們過生日，非到高級的西餐廳吃牛排不可？就像我的寶貝女兒長安吧，駱冰這樣想，鮮奶油生日蛋糕吃膩了，連核桃蛋糕、魔鬼蛋糕、栗子蛋糕都無法討好她，還直吵著要帶她到東京去逛狄斯奈樂園哩！

那一天，大夥兒玩得很開心，卓雨桐也跟著大家有說有笑的，一反平日的沉默寡言，大家盡興告辭的時候，他還堅持要留下來幫忙收拾殘局。等到只剩下他們兩個時，駱冰問他：「你為甚麼要這樣做呢？卓雨桐。」

「妳不知道，我從來不曾參加過這種聚會。妳邀請我，我覺得很光榮；到了妳家裡以後，又覺得很快樂。妳有一個幸福的家，這是我從來沒有享受過的，所以我要多留一會兒。」卓雨桐一口氣說了這許多話，連他自己都感到吃驚。

「你，難道你自己沒有家？」

「我有家，可是我的家一點也不溫暖。」卓雨桐一面動手把桌面的食物碎屑撥到一張舊報紙上，一面說。「我的父親很早就去世，在我九歲時，母親帶著我改嫁給現在的繼父。我們原來住在高雄，一年多以前才搬到臺北來。老實說繼父對我不算壞，起碼他還供我讀大學。他蠻有錢的，自己開了一家貿易公司。但是，我總覺得他對待我跟他自己的兒女不一樣，他們是我母親嫁給他以後生的。他對我冷冷的，極少跟我說話；有事，我只能跟母親商量；要錢，也是由母親向他開口。這十年來，我過的是寄人籬下的生活，更別想享受家庭的溫暖了。他們都覺得我很礙眼，不是嗎？其實，我是自卑，因為我羨慕你們啊！」

駱冰發覺卓雨桐用手背迅速的在臉上擦了一下。噢！他哭了，可不能讓他發現我知道他哭。她趕緊低下頭，把桌上的玻璃杯三個三個一疊的放好，準備拿進廚房去洗，一面喃喃地說：「沒有！沒有！我只是以為你瞧不起我們。」

「瞧不起你們？我怎敢？現在，駱冰，妳知道我為什麼不大理人了吧？我是自卑啊！自卑！……」

他一連三次那麼毫不掩飾地說自己「自卑」，說得駱冰都心疼了。她很想說：「難道你不知道你有一副詩人般的外表，那已使你足以自豪了嗎？」但是，她不能，她只能淡淡的說：「你幹嗎要自卑呢？家庭沒有溫暖，又不是你的過錯。」

「可是，我總覺得我不如人！」

「卓雨桐，你不要老是說這些喪氣的話好嗎？」駱冰忽然勇敢地抬起頭，正視著他說：「起碼，有我，我認為你是個很優秀的人。」

「真的？」卓雨桐的雙眼在眼鏡片後閃起了一道光芒，但是馬上又黯淡下去。「我優秀？妳從那一點看出來的？」

「憑我的直覺。」駱冰不好意思低下了頭。

「唉！」卓雨桐突然發出了一聲長長的嘆息。「好吧！無論如何，我得感謝妳。駱冰，妳是除了我母親之外，唯一欣賞我的人。」

這幾句話，說得兩個人都有想擁抱著對方痛哭一場的衝動；但是他們沒有，畢竟，他們的交情才剛剛開始。卓雨桐幫她把一切都收拾好了以後就告辭。送他到門口，駱冰很誠懇的說：「卓雨桐，假使你想享受家庭溫暖的話，歡迎你隨時到我家裡來。」

（三）

雖然卓雨桐以後還是極少到駱冰家裡分享她的家庭溫暖（別人的家到底不是自己的啊！）；但是，他倆很快就開始談戀愛了。圖書館、校園、校外的冰果店、電影院、郊外的名勝、古蹟，都是他們約會的地方，不到一個學期，兩個人已到了難分難捨的地步。卓雨桐對人不再那麼冷漠，駱冰則出落得更加標緻，同學們都說這是愛情的魔力。

大三的暑假，卓雨桐提出了結婚的要求，他說他已經不想再在他繼父的家待下去了，他要和她享有自己的愛的小窩，他們可以去做家教來維持生活。駱冰不答應，她跟幾個要好的同學已開始申請了幾所美國大學的獎學金，她還要多念兩年書，這麼早就結婚，免談！

「我出去兩年，你剛好要服兵役，反正也沒有辦法在一起，這有甚麼妨礙呢？」她說。

「啊？那個時候妳是個洋碩士，而我不過是個大學畢業生，誰敢高攀妳？」他寒著臉說。

「那你也可以出國去呀！我等你就是。」

「我可沒有這種福分！第一，我的學業成績不夠好，不可能拿到獎學金；第二，就算拿到獎學金也不會有人給我出旅費；第三，我可不想耽誤妳的青春，要妳等兩年……」

「你有完沒有完？是不是還有第四？」她忍不住把聲音提高。

「對！第四，我根本就不想去留學！」他也開始吼叫了起來。

「不去就不去！你兇甚麼？」

「告訴妳，假使妳真的愛我，我們最遲在畢業後就馬上結婚，否則，我不放心去服兵役。」他寒著臉，沉著聲說。

「辦不到！我不想一畢業就變成家庭主婦，那多浪費人才！」

「真的辦不到？」他把臉湊到她面前，聲色俱厲。

「辦不到！」她也斬釘截鐵的回答。

「好吧！那麼咱們一刀兩斷！」

「斷就斷，有甚麼了不起？」

這是他們認識以來第一次拌嘴，吵完以後，兩個人足足有一個星期沒有見面，那時駱冰家裡還沒有裝電話，七天沒有通音訊，她以為兩人就這樣的斷了，倒也傷心得每天晚上偷偷在枕上流淚。想不到，第八天的一大清早，卓雨桐卻出現在她家門口。兩人見了面，好一會兒都沒有吭氣，還是卓雨桐先開口：「到外面走走好嗎？」

駱冰點點頭，進去跟母親說了，穿上鞋子就往外走，走了半天，仍然不說話。

「還在生我的氣？」卓雨桐低頭看著她，聲音很溫柔。

「是你自己要跟我斷的，幹嗎又來找我？」她幽幽地反問。

「這就證明妳的吸引力大呀！我嘴巴上說要斷，可是又情不自禁的要收回這句話。駱冰，」他突然抓住了她的隻手，「原諒我，好嗎？」

「以後可不許亂發脾氣！也不准再提那些無理要求！知道嗎？」她也就乘機下了臺階。

那天，他們到圓通寺附近的山路上盤桓了大半天，又恢復了原來的濃情蜜意。

以後，他們也偶然有爭吵的時候，不過，每次吵過又會和好。然後，等到駱冰接到柏克萊加州大學獎學金的通知，歡天喜地的去告訴卓雨桐時，又引起了一場風暴。

「卓雨桐，我拿到加大的獎學金了！走，今天中午我請吃牛肉麵，外加滷蛋。」她在校園裡找到他，眉開眼笑地說。

但是，換來的卻是一張鐵青的臉。「我沒空，不去！」

「咦！你這個人怎麼這樣陰陽怪氣？人家好心要請客，你卻給人這種臉色，這是甚麼意思？」

「沒有甚麼意思，妳是準留學生，身分不同，我不想高攀。」

「簡直是莫名其妙！一提到留學你就不高興，難道你不想出國我就不能出國，對不對？」

「豈敢？妳去啊！又沒有人阻止妳。我知道妳，遲早會看我不順眼的，一個出身於不正常家庭，而功課又不好的人，將來一定沒出息。」他喃喃地說著，一張俊秀的臉扭曲得很難看，完全不像本來的他。

「你胡扯些甚麼嘛？簡直離題萬丈！」她氣得快要瘋了。

「妳不要想顧左右而言他，這是我們之間的大問題，這個問題不解決，我們是永遠談不攏的。」

「我不明白你的意思。」

「妳明白的，不過妳不敢面對罷了！」他冷笑了一聲，又說：「我想，這件事我們遲早要攤牌的，不如現在解決，也省得大家痛苦下去。」

「你到底要說甚麼嘛？幹嘛這樣拐彎抹角？我受不了啦！」顧不了路上來往的同學，駱冰忍不住高聲嚷叫起來。

「好！我簡單的問妳，妳要留學還是要我？要留學，那麼，我們緣盡於此；要我嗎？那麼就放棄了那份獎學金，我們一畢業就結婚。當然我不是要妳現在決定，給妳考慮一個禮拜，這七天裡我絕對不會來騷擾的。」卓雨桐沉著聲說完了，就大踏步走開了，頭也不回。

駱冰呆呆地在那裡站了一兩分鐘，然後失魂落魄地慢慢走回家去。她明知卓雨桐遲早會提出這個「無理要求」的，也早有了心理準備；只是，她沒想到他這麼「現實」，她一接到獎學金的通知，他就立刻提出。在路上，她就自己作了一個決定：不！我絕對不能屈服於他！出國深造是我最大的心願，怎能為他放棄？但是，到了家裡，一看見壓在她書桌的玻璃板下他的照片，那俊秀的臉龐和孤傲的神色又深深的吸引了她，她自己也不禁懷疑：我離得開他嗎？我離得開一個已經佔據我整個心的人嗎？

去與不去？要愛情還是學業？日日夜夜，駱冰被這個問題煎熬憔悴，自覺陷入在煉獄之中。在班上碰見了，卓雨桐正眼也不看她一下，視若無睹，這使得駱冰更是痛苦難堪。

轉眼七天的期限已到，而她卻還不能決定，正在徬徨無告的時候，她的家中卻發生了晴天霹靂，她所愛的父親突然遭車禍過世了。那天她正在上課，忽地看到她一位鄰居母站在教室窗外探頭探腦，引得全班學生都不能專心聽講，她只好向教授說明了就走出去問那位伯母是不是有事找她。

「駱冰，妳爸爸出車禍了，現在躺在醫院裡，是妳媽媽叫我來找妳的。」那婦人一見了駱冰就嘩啦嘩啦的說。

駱冰一聽，只覺頭腦裡一陣轟然，也來不及多問，就走進教室向教授請了假，跟她的鄰居伯母一起趕到醫院。

可惜，她父親已因為腦震盪而昏迷不醒，幾個鐘頭後就與世長辭，見不到愛女最後一面。她母親因為哀傷過度，也暈了過去；駱冰雖然也傷心得幾乎無法支持，但是她想到以後母親要倚靠她了，就堅強地不准自己崩潰。撞倒她父親的摩托車騎士已逃得無影無蹤，她父親就那樣冤枉地犧牲了一條寶貴的生命。駱家沒有甚麼親戚，淒慘的喪事全靠駱教授的同事和鄰居幫忙料理。駱冰的同學們，包括卓雨桐在內，也在下課後趕到駱家；他們只從老師那裡知道駱冰父親遇到車禍，卻不知道結果這麼悲慘。這群大孩子，除了盡力安慰駱冰以外，也不懂得怎麼幫忙。

駱冰請了一個星期喪假，在這個期間，她全心全意地照顧母親，悼念父親，早已把卓雨桐忘得乾乾淨淨。公祭的時候，卓雨桐也跟其他的同學一起參加；但是，披蔴戴孝，只知低頭悲泣的駱冰卻沒有注意到他。

她銷假上學那天，卓雨桐在經過她的座位時偷偷丟下一張紙條：「中午一起吃飯好嗎？我在乞求妳的饒恕。桐上」

看了條子，駱冰馬上想起了心中的結。他為何變得這樣謙卑了？她暗暗把眼光投向他那裡，原來他也正含情脈脈地凝視著她哩！很輕微地點了點頭，算是答應了他的邀請。

中午下課後，兩個人很有默契的一起走出了教室，一起去到校外一家他們常去的小吃店去。找了角落的一張小桌子坐下，駱冰要了水餃，卓雨桐要了牛肉麵。經過了一陣短暫的沉默後，卓雨桐帶著點不好意思的表情訕訕的說：「駱冰，妳肯不肯原諒我？我願意收回我所說的話。」

「現在，已無所謂原諒不原諒了，經過了這場變故，情勢已完全不同，我已決定不出國了。」駱冰一臉的淒然，卓雨桐也一陣的心酸。

「妳放棄了那份得來不易的獎學金？」他意外地問。由於駱冰喪父，他原來想不再堅持己見的。

「有甚麼辦法？在這種情形底下，我怎能丟下母親一個人？」

「妳真偉大！」

「這算什麼偉大？任何人遇到這樣的事，也只好這樣做了。你，為甚麼忽然又對我讓步起來呢？」

「就是因為妳遇到這樣的事嘛！駱冰，過去我太自私了，請妳原諒我！我決定不逼妳，畢業後，我就去服役，退伍後，假使妳還愛我，隨便妳決定婚期好了！」

「啊！卓雨桐，你這樣為我著想，我太感激你了！就這樣決定吧！兩情若是久長時又豈在朝朝暮暮？對不對？」駱冰感激地凝視著坐在桌子對面的卓雨桐，卓雨桐一雙明亮的眸子也正含情地凝視著她。交往三年了，兩人都覺得：這一刻是他們最有默契，也最甜蜜的一刻。

（四）

轉眼就到了畢業的時候。經過一場巨變，影響到駱冰的成績，一向拿高分的她，畢業成績反而平平，不過，她並不在乎，此生大概跟求學再也無緣了，成績的高低又有甚麼關係？為了要奉養母親，她走出校門，除了在一所專門欠薪的私立高中教了一學期英文外，就考進一家貿易公司當秘書的助手，整天與英文打字機和訂單為伍，跟四年來的所學，一點也扯不上關係，也完全不合她的興趣。

但是，駱冰卻甘之如飴，從不抱怨；現在，這個世界上只剩下她和母親相依為命了，多賺一點錢，使母親過得舒服些，就是她唯一的目標。

卓雨桐服役去了，不斷的情書往返，維持著兩人之間的那份刻骨銘心的情感，而兩年雖長，卻也不難忍耐。如今的駱冰，既沒有夢想，也沒有豪情，只知一心一意為生活衝刺。在父親還沒有去世之前；她也曾野心勃勃地想到美洲大陸去掙個文學博士學位回來，終身研究學問的。想不到父親一過世，一挑起了生活的擔子，所有的雄心壯志便全部消失得無影無蹤。所謂「生活逼人」，現實原來這樣可怕，在這之前，她只是活在象牙塔裡啊！

兩年之中，她努力工作，克盡厥職，上班比別人早，下班比別人晚，打字不但既快且準，原稿有錯，她會主動改正。這一切，看在總經理眼裡，做了不到兩年，就把她擢升為他的私人秘書，薪水加了幾近一倍。駱冰雖然並不喜歡這種工作；但是，看在錢的分上，她還是接受了。

她榮升秘書的第二天，也是卓雨桐退伍的日子。事先，她在信中約他到家裡來吃飯，為他慶祝。卓雨桐準時來到，她卻因公事纏身，下班時間已過了一個鐘頭，還是走不開。卓雨桐在她家等得很不耐煩，也很無聊。駱媽媽在廚房中忙著，不能陪他，就算不忙，兩人也沒有甚麼話可談，駱媽媽是個不會說話的舊式婦女，而卓雨桐本來就是不愛說話的人。

正當卓雨桐等得極不耐煩，差不多要告辭時，駱家新裝的電話響了。駱媽媽正在廚房裡忙，卓雨桐就替她接了。

「是卓雨桐嗎？恭喜你退伍！你來了多久了？」話筒裡是駱冰興奮的聲音。

「妳約我幾點到妳家的？難道妳忘了？」卓雨桐冷冷地反問。

「啊！那你一定等了很久！卓雨桐，真對不起！我們老闆還在跟客戶談一筆生意，我走不開。你一定餓了，你和我媽先吃，不要等我好嗎？」

「妳老闆跟客戶談生意，關妳甚麼事？」他沉著聲音問。

「我還沒有來得及寫信告訴你，我昨天開始升了秘書了。這也就是說，我的工作更忙了，老闆不下班，我也不能下班。卓雨桐，你一定要諒解啊！好了，我還有事，回頭再聊吧！」

駱冰掛了電話，卓雨桐握著電話的手卻在發抖，額上，青筋露出，一張臉變得很難看。過了一會兒，他走到廚房對駱太太說：

「駱伯母，駱冰打電話回來，說她有事要晚點回來，我剛好也有一件重要的事要辦，我不能等她，只好先告辭了！」

「吃過飯才走嘛！卓雨桐！」駱太太說。

他沒有回答，邁開大步就走出了大門。

半個鐘頭後駱冰就趕了回來，她知道卓雨桐生氣了，可是他家沒有電話，沒法向他道歉。他家她又從來不曾去過，而且也不方便去，她知道他不會喜歡在繼父家裡接待她的。於是，她在燈下寫了一封語氣溫婉的長信給他，她記得自己曾經同意等他服役完畢就結婚，現在，假使他向她提出，她就要實踐諾言了。雖然他目前還沒有工作，不過，只要他肯讓母親跟他們住在一起，她的收入也可以養得活三個人的，何況他不久一定會找到工作？她約他星期日在外面一家西餐廳見面，那裡很清淨，他們可以好好的談心，甚至談情。距離他上次放假回來，他們已經好幾個月沒有見面了，她渴望著看到他那張雖然曬黑卻顯得更加英俊的臉。

（五）

在十四年後再回憶起來，駱冰和卓雨桐的婚事，根本不是卓雨桐先提出，反而倒像是她求他的。為甚麼會那樣？她現在想起來還覺得很嘔。那天，她寫信向他道歉，並且約他在餐室見面，他居然遲到一個多鐘頭，而她居然也乖乖的等他。昨天晚上她害他久等，今天，她難道不應該也嘗嘗等人的滋味？假使她今天見不到他，也許，以後兩個人就會恩盡情斷，不再相見了，那是她所不能忍受的。

當她又氣又急地等了一個鐘頭又十四分鐘時，那個使她朝思暮想的人兒終於出現在眼前。

一看到他那雙深邃的黑眼和抿得緊緊的薄唇，滿肚子的怨氣就都消失得無影無蹤。

「卓雨桐，你來了，坐！坐！」她眉開眼笑地招呼他。

他一言不發的坐了下來，既沒有為自己遲到道歉，眼睛也沒有望向她。「你要吃甚麼？我們先點吃的。」她慇懃地問。

「隨便！」他還是一臉嚴霜。駱冰點了兩客午餐，然後細細打量卓雨桐。他的臉比以前黑多了，因為頭髮剪短而顯得胖了一點，這也使他顯得壯些，比起兩年前白麵書生的樣子較有男子氣概。她愛憐地望著他，柔聲地說：

「我在信上說了那麼多對不起，你還在生氣？」

「誰敢生妳大小姐的氣？恨的是自己不爭氣，只有給人呼之則來揮之則去的份兒！」他撇著嘴，冷冷地回答。

「卓雨桐，不要這樣嘛！這麼久沒見面，幹嗎這樣板著臉？來，笑一個！」她還在想辦法逗他。

「妳現在可神氣了，高職，高薪，儼然一個能幹的職業婦女，眼裡還有我這個窮小子嗎？這叫我怎笑得出來？」

「你說到那裡去了？秘書是伺候人的工作，你以為我愛幹？但是，我有甚麼辦法？我要養媽媽呀！」

「這就是證明妳能幹呀！我，連自己都養不起哩！」他的兩道濃眉交纏在一起，滿臉愁色。

「對了，卓雨桐，你對前途有甚麼計畫？」她在關心他將來的工作。

「有甚麼計畫？我們男生又不能當秘書，我也不知道自己能做些甚麼？」他把雙手一攤，卻又一副滿不在乎的表情。

他們一面吃，駱冰一面向他建議那一類工作適合他，但是，全部都遭他否決了。回母校當助教？他說他成績不佳，系主任不會要他。去教英文？他不想做人之患。到報社幹譯電工作，他不想晚上上班。到旅行社當導遊？興趣缺缺。去報考外交人員？那又得衝刺一番，不幹！

這個人倒挺有個性的。當時，駱冰這樣想，年輕的她，欣賞的就是「做人要有個性」。但是，今天回想起來，這種不在乎的態度，正是卓雨桐不務正業、不負責任的表現。

「也許，你比較喜歡從事自由職業，譬如說：做一個詩人，對不對？」她用討好的口氣，試探著問。「你在學校的時候不是偶然會發表一兩首詩的嗎？」

「哈哈哈，原來世界上還有一種名叫詩人的行業？我怎麼沒有想到？」他忽然無顧忌地縱聲大笑起來，笑到流出眼淚，也引起其他客人怪異的目光。「駱冰呀！妳未免太天真了吧？憑我這種不過在校刊上發表過幾首歪詩的人就能當職業詩人？妳想餓死我？」

駱冰被他笑得很不好意思，就低聲的說：「你不要這樣對自己沒有信心好不好？你的現代詩真的寫得不錯，王老師也說過的。」

「就算我的詩寫得不錯，一首詩能賣多少錢？我一個月能寫出幾首詩？又有多少園地可以給我發表？嗯？妳說！」

「卓雨桐，我不是要你靠寫詩來維持生活。我的意思是，假使你生活不成問題，就可以全心全意去做詩人了。」

「啊？妳以為我的繼父那麼大方會一輩子養我，休想！我媽早在我還沒退伍前就迫我去找工作了。」卓雨桐咬著牙說，額上的青筋也露了出來。

「假使有人願意負責你的生活呢？」駱冰憐愛地注視著她這個一籌莫展的心上人，含羞地表達了自己的心願。

「不要說神話了，我又不是美女，是的話，那才說不定會有人金屋藏嬌。可惜我投錯了胎！」他似乎不解她的意思。

她不便再說下去，兩個人又談了一些無關緊要的話就分手。他居然完全不提到兩人的婚事，她不免有點怏怏不樂。過了兩天，卻收到他寄來一封厚厚的信。她如獲異寶，也有些惴惴不安。陪母親吃過晚飯，就趕緊躲到房間裡拆信。四張信紙，寫得密密麻麻的，全是綿綿情語，比過去任何一封都纏綿。怪了，他怎麼忽然間向我大灌迷湯呢？她雖然被他的甜言蜜語迷得渾身酥軟，卻還沒有昏了頭。然後，到了信的末段，她看到了這幾句話：「妳不會忘記了我們之間的山盟海誓吧？我已經退役了，假使妳不嫌我是個無業遊民，願意接納我這個不成器的

『詩人』；那麼，我們何不趁著青春歲月，共築愛巢？」

讀完了這一段話，她感動得流下了淚水。他終於向我求婚了，這可憐的人，他只要說一聲「嫁給我吧！」我就會點頭的，又何必拐彎抹角，浪費那麼多筆墨來討好我呢？她把眼淚拭乾，走出客廳，告訴母親卓雨桐向她求婚了，問母親是否同意。自從丈夫去世，沒有受過什麼教育的駱太太就靠著女兒過活，固然她希望女兒能嫁個金龜婿，她好母憑女貴；但是，她也不敢反對女兒的意見，女兒要嫁給卓雨桐，她當然不會說不，只要未來的女婿同意讓丈母娘住在一起，她就無所求了。

母親這一關通過了，駱冰回信又約了卓雨桐出來，商談細節。為了節約，她準備就把她現住的房間作新房，兩人去法院公證，然後再宴請雙方的親友、同學和駱冰少數幾個同事，簡簡單單就算。

這一年，他們兩人都是二十四歲（駱冰是年頭生的，算起來比卓雨桐大了將近一年）。駱冰變成了卓太太之後，日子過得更加忙碌。本來只有她跟母親在一起時，她趕上班，讓母親做點家事也無所謂；現在增加了一個卓雨桐，她便不敢勞動母親，幾乎每件事都要自己做。她工作又忙，別人五點半下班，她卻時常要到六七點才能回家。晚飯，往往是駱太太燒的，這使她很過意不去。駱太太雖無怨言，坐享其成的卓雨桐卻反而給駱冰臉色看，嫌她對工作太過熱心，冷落家中的丈夫。

而且，駱冰那樣辛苦的上下班，卓雨桐不但從來不幫忙她做任何家務，還常常挑剔飯菜不合口味，他是南方人，駱冰是北方人，在口味上自然不一樣。她下廚時，往往特意去做他愛吃的菜，但是他還是不滿意，口出怨言。

他每天睡到將近中午才起來，吃過中飯便出去逛，不到晚上七八點不回家，大半天在外面做什麼，駱冰不便問他，他也絕不會主動說出來。婚後一個月，他根本不提找工作的事，在家裡也從來不看書，更別說寫詩了。

駱太太對這個女婿從「維持表面禮貌」，而「毫無好感」，現在，更是到了無法忍受的地步。卓雨桐在這個家裡，一直以男主人身分自居，對岳母不但沒有禮貌，而且還發號施令，要這要那的。駱太太為了息事寧人，沒有正面跟他發生衝突，可是背地裡也忍不住向女兒說。

這使得駱冰很痛苦，她知道卓雨桐的脾氣，是絕不能要求他改過來的；那麼，只有勸母親勉強忍耐了。為了彌補心中的歉疚，她常常買衣料和小飾物送給母親，想藉物質來作補償。然而，保持著舊式婦女節儉美德的駱太太，卻不喜歡她這樣做；同時，卓雨桐對此也嘖有煩言，他既然是一家之主，駱冰的經濟他也想加以控制。

駱冰每個月都給他一筆零用錢。他煙抽得很兇；每天在外面沒辦法消磨，就躲進電影院裡，一天兩場，也是一個數目，因此口袋並不寬裕。他不喜歡回他母親的家去，也沒有朋友，每天這樣閒逛，也感到很無聊，可是他又不想去做他不感興趣的工作，日子也就這樣一天天的拖下去。他對自己的靠妻子養活，當然有點不自在；同時，他也很嫉妒駱冰的能夠拿高薪，因為這會更顯出他的無能。每次駱冰有工作加班遲歸，他就會忍不住無理取鬧。這時，駱冰已開始對自己所選擇的婚姻感到有點後悔；不過，她仍然深深愛著他，也就只好默默地啜飲著這樣自己一手調製的苦酒，連對母親也不敢傾訴。婚後不到半年的一個夜裡，駱冰陪同公司裡的總經理和業務經理宴請兩名美國客戶。駱冰的美貌以及流暢道地的英語使得那兩個美國人大為傾倒，在酒醉飯飽之餘堅要請他們去喝咖啡。這次是一筆大生意，在飯局上已談妥了，總經理唯恐失去大好機會，連忙答應，並且不讓駱冰先走。駱冰沒辦法，只好先打電話回家向卓雨桐報備，在電話中，卓雨桐已表現出不滿的口氣。

好不容易喝完了那杯不怎麼愉快的咖啡（那兩個老美的態度有點輕佻），匆匆趕回家裡，壁上的掛鐘差五分鐘就十二點了。卓雨桐鐵青著臉坐在客廳，看見她回來，立刻臉別轉，不理會她。

「你怎麼還沒睡呀？」駱冰柔聲地問。

「我老婆在外面陪男人喝咖啡，我怎麼睡得著？」他說話的時候眼睛沒有看著她。

「卓雨桐，你說話小心一點好不好？我可是為的是工作啊！你不要血口噴人！」駱冰心裡本來就不怎麼痛快，語氣也就不客氣了。

「工作！工作！口口聲聲都是工作！妳以為我不知道，妳天天打扮得花枝招展去做女秘書，還不是天天陪人吃飯喝咖啡？要不然，人家為甚麼不請男秘書？看樣子，我的綠帽子是戴定了！」他忽然轉過身站起來指著她大聲的說。

「卓雨桐，你這是甚麼話？」駱冰無端被辱，氣極敗壞，忍不住竭盡全身氣力，往卓雨桐臉上摑了一巴掌。卓雨桐想不到一向柔順的她會有這一手，也就怒不可遏，順勢捉她摑他的手，用力扭轉，痛得她哇哇大叫。

「妳這個賤女人，妳以為妳賺錢養我，就可以出手打我？我要妳嘗嘗我的厲害！」他咬牙切齒地說。

他們吵鬧的聲音驚醒了駱太太，她睡眼惺忪地走出來，看見卓雨桐的兇相，除了悽慘的喊了一聲「駱冰」外，也不敢去勸阻，就只有回到房間裡暗暗哭泣的份兒。

駱冰也想不到自己居然會動手打卓雨桐的，出手以後立刻就後悔了。她用另一隻自由的手握住卓雨桐的臂膀，一面哭一面說：「卓雨桐，我對不起你！對不起你！隨便你怎樣處罰我吧！」她一求饒，他的心也軟了。他只是脾氣壞，其實，他對這個相戀四年的小婦人還是深深愛著的。現在，他把扼住她的手放開，順勢擁她入懷，一面喃喃地說：「不！是我不好！我太自私了！啊！駱冰，妳為甚麼要嫁給這樣一個沒有用的丈夫？」說著，他自己也哭了起來。

他哭，駱冰就哭得更厲害。兩個人相擁著，讓眼淚流個痛快，心中的芥蒂，也就隨著淚水消失了。他們不算是貧賤夫妻，此刻，倒也有點牛衣對泣的味道。

經過了這次驚天動地的大吵，駱冰在心中檢討，她知道自己勢必要有所抉擇。她很瞭解卓雨桐自卑的心態以及大男人主意的作風，假使她再幹下去，以後的爭吵將永無了期，要維持這份婚姻，她恐怕得換工作；可是，她能夠找到一份「沒有問題」而待遇優厚的職業嗎？

從她決心「跳槽」以後，她就開始注意報上的求才廣告。也是事有湊巧，不久以後，一家極負盛名的出版公司徵求編輯，男女均可，條件只要是外文系畢業，三十五歲以下。駱冰決定去應徵，慫恿卓雨桐也去試試看。卓雨桐實在也閒得受不住，也同意去報名。為了避免人家知道夫妻同考，駱冰用的是公司的地址。

考試那天，真是盛況空前，應徵的共有五六百人之多，而錄取名額只有四個，機會相當渺茫，卓雨桐這才知道在這個社會上找工作之難。

正因為機會渺茫，卓雨桐的成績不夠好，他在初試時就被刷下來。當駱冰收到口試通知書而他沒有時，他的壞脾氣又發作了，他諷刺駱冰因為是女的才被錄取，罵那家出版公司不公平。駱冰這次下決心忍耐，絕不回嘴，以免增加他的刺激。

由於駱冰的才華和幹練，使她在這兩次考試中大大出人頭地，以第一名的成績錄取，她毫不猶豫的就辭去了秘書的工作，到這家出版公司當起編輯來。新工作的待遇只比原來少一點，但是準時上下班，可以有多一點時間在家裡陪卓雨桐，她以為以後的家庭生活一定可以改變得和樂些。

可惜，問題並沒有這樣簡單，卓雨桐經過這次考試落榜的打擊，自卑的心理就更甚。而且，妻子高中榜首，自己卻名落孫山，這叫他把面子往那裡放？為了想求得心理上的平衡，他把所有的怨氣都發洩在妻子身上，駱冰對他越溫柔，他對她的態度卻越粗暴。

駱冰在貿易公司當秘書時，因為跟總經理接觸頻繁，有時為了公事，總經理在晚上也會打電話到家裡來找駱冰，這樣，卓雨桐也會不高興。至於陪客戶吃飯這檔子事，他更是無法忍受，每次都要冷嘲熱諷一番，務必使得駱冰被迫得以為自己做了見不得人的事才罷休。現在駱冰所服務的出版公司，陰盛陽衰，同事中絕大多數是女性，尤以年輕的未婚少女為多。駱冰生性活潑，喜歡交際，到職不久，就交上了不少朋友。

她們在中午休息時成群結隊去逛百貨公司和服裝店；晚上下了班也常常一起去上館子、看電影。她們沒有家累，當然樂得逍遙自在。

駱冰起初也跟她們在玩過一兩次後，事先當然會打電話向丈夫請假：「卓雨桐，晚上有女同事請吃飯，我晚一點回來。」這是她第一次編造的理由。第二次，她說：「同組的小黃請大夥兒到她家包餃子吃，我不去不好意思。」在電話中，她看不到他鐵青的臉色，要不然她一定不敢去。

第三次，她想跟同事們去看晚上的第一場電影，因為想不出理由而照實說時，他就在電話中大發雷霆：「妳神氣了，是不是？天天下了班還在外面鬼混，妳心目中還有我這個丈夫沒有？不准去！去了妳就別想回來！」

為了看一齣電影而惹來一場不愉快的爭吵，所付出的代價未免太大了吧？何必呢？駱冰衡量得失，只好騙她的同事說母親不舒服，她還是早點回家算了。卓雨桐對她這樣專橫，她回家也就不給他好臉色看。兩個人因此而幾天不說話；以後，這種冷戰就經常在他們之間發生。

他們婚後一年多，卓雨桐終於找到一份工作。他們大學裡的兩個同學開了一家翻譯社，因為需要人手而找到賦閒在家的卓雨桐。卓雨桐早已受不了一年多以來無所事事，遊手好閒的日子，知道工作不太吃重，也就答應下來。

卓雨桐上班以後，和駱冰之間的爭吵似乎減少了；但是，相對的，談話也減少了。他對駱冰也不像以前那樣管得那麼厲害，他同意她下班後可以跟同事去玩。然而，只要是駱冰不回家吃晚飯的日子，他也不回家吃飯，而且很晚才回來。要是駱冰問他去那裡，他就會惡狠狠的說：「妳可以去玩，難道我不可以？」

這樣一來，駱冰不敢夜歸了；而他，遲歸的次數卻是一天比一天多。

這時，駱冰因為工作努力而升任出版公司一份文學雜誌的執行編輯，工作雖更忙，待遇也提高不少。現在，她已經二十七歲，經濟略有基礎，不免想有個孩子可以承歡。

在夫婦和好時她提出了這個問題，想不到卓雨桐卻勃然大怒：

「妳吃飽了嫌撐是不是？好好的日子不過，居然想要個孩子來攪局？告訴妳，我不喜歡孩子，妳別作夢！」

這個生性冷漠的人，固然不喜歡小孩；但是，他不准駱冰生孩子的最主要目的是向母親報復。從小，他就憤恨母親改嫁，害他嘗盡油瓶兒的苦況；現在，他要使這個老婦人享受不到含飴弄孫的滋味。

自從婚後，駱冰一直就生活在卓雨桐的淫威下，她因為愛他而不敢反抗他。既然他不同意要孩子，那就再等些時候再說吧！畢竟他還年輕，也許還沒有準備好當爸爸哩！

（六）

駱冰和卓雨桐的婚姻生活在戰戰和和中又渡過了三年，這時，兩人都已二十九歲，結婚也有五年之久。駱冰很想有個孩子，又不願當高齡產婦；這時，她已升為主編，工作比較不那麼吃力，於是，她瞞著丈夫，偷偷懷了孕，並且一直不告訴他。直到她有了害喜的現象，這才引起了卓雨桐的懷疑。

那天，夫婦兩人和駱太太一起吃早餐，才吃了幾口稀飯，駱冰就從椅子上站起來，衝進浴室，翻江倒海般大吐特吐。這已是卓雨桐第二次看到她這種異常的情形了，他皺著眉間他的岳母：「她是在做甚麼？」

「吐呀！難道你沒聽見？」駱太太正眼也不看他的回答。

「好好的人為甚麼老是吐？哼？」他的雙眉皺得更緊了。

等到駱冰從浴室裡出來，他就惡狠狠地盯著她問：

「妳在攪甚麼鬼？我警告妳，妳別想耍花樣，假使妳真的想做那個愚蠢的夢，那麼，我就要妳去——」

「身體是我的，這是我的自由，你管不著！」她知道他遲早會發現，就以豁出去的態度來應付。

「啊！妳真的做了，你膽子真大！身體是妳的，妳以為我沒有辦法？走！我帶妳去把它打掉！」他說著，就用手像鐵鉗般緊緊地把她的纖腕扼住，並且拉她往門外走。

「我不要！你再用強，我就去告你傷害！」現在她也不向他示弱了，她一手抓住門，拼命抵抗。

「好吧！不去隨妳，將來妳要是真的把孩子生下來，我就親手扼死他！」他放開她，用帶著兇光的眼色瞪了她一下，然後氣沖沖的出門去。

從此以後，他們陷入了長期的冷戰之中。他們經常彼此不交談；他晚上經常遲歸，回來就睡在客廳的長沙發上，漸漸，他們的夫妻關係更變成了名存實亡。再來，他更創造出夜不歸宿的記錄，夫妻間往往幾天碰不到面。母親痛心地勸駱冰離婚，駱冰為了不想孩子一出世就沒有父親，只勉強維持著兩人的名分。現在，她對他的愛情已經幾乎完全熄滅，也深悔自己當年的幼稚與無知。怎可以對一個只因為擁有詩意的名字和俊逸外貌的人就愛得如此傾心呢？要是她早些知道一個出身於不正常家庭的人往往也會有不正常的心態以及暴躁的性格，又怎會委身於他？如今，她心目中的天使已變成魔鬼，離婚固不失為脫離苦海的辦法，只是，為了孩子的將來，她又不敢輕舉妄動。

駱冰的孕期在與卓雨桐不斷的冷戰中渡過，到了懷孕足月，順利地產下一個女娃兒。她住院生產期間，卓雨桐沒有到醫院去探望過她一次，還好一切都有母親照顧，倒也不成問題。

孩子還沒出生以前，駱冰就凝定了好些名字，有男孩的，也有女孩的；後來，她又把所有的名字都推翻，取了「長安」這個看起來很俗，其實一點也不俗的名字。因為她想起了已經去世多年的父親，為了紀念父親，她把家鄉西安的原名長安作為腹中孩子的名字，不管是男是女。母親對這個名字大大贊同：「長安，就是長久平安，是個吉祥而有意義的名字，太好了！」駱太太滿心喜悅地等候外孫的來臨，她知道，家裡有了個嬰兒，將可以把過去沉悶煩惱的氣氛都一掃而光。

駱冰抱長安回家的第二天，才跟卓雨桐碰了面。晚上，他從外面回來，看見駱冰抱著嬰兒坐在客廳裡，他瞄了嬰兒一眼，居然不吭氣，也不問一聲是男是女，就自動走進浴室去洗澡。駱冰氣極了，很想發作，坐在旁邊的母親用眼色止住了她。

自從卓雨桐知道妻子「擅自懷孕」以後，他幾乎是一直睡客廳；現在，大概因天氣冷了，他洗完澡就到臥室睡覺。

他上床的時候，新生的嬰兒正酣睡在床側的搖籃裡。反正新生兒都是一個模樣：紅冬冬的小臉、眼睛閉著，頭髮稀少。卓雨桐瞄了一眼，便嫌惡地別過頭去，自顧自去尋他的好夢。

自從兩人鬧彆扭以後，駱冰獨睡慣了，覺得很舒服；此刻，床上多了一個她所憎恨的人，心中很不是味道，只好嫌惡地背著他側躺著，她知道，今夜一定會嘗到失眠的滋味。

在黑暗中躺了很久，身邊的人早已鼾聲大作，駱冰卻是毫無睡意，儘管眼皮沉重，人也十分疲倦，就是無法入睡。正當她倦極欲眠時，搖籃中的嬰兒卻忽然嘩嘩地大哭起來，那尖銳的啼哭聲，在靜夜中顯得異常刺耳。

像一根上足了發條的彈簧，駱冰馬上從床上跳了起來，順手扭開了床頭燈。嬰兒的哭聲越來越響，她七手八腳地給她換了尿布，便急急忙忙地沖奶粉。

床上的卓雨桐已被吵醒，已經在喃喃地用粗話在罵人。嬰兒在吮吸奶瓶時靜止了一會兒；但是，奶瓶一離開小嘴，她又開始號哭，而且越哭越響，還脹紅著臉，那哭聲就像嘶喊一樣，撕裂著她母親的心。

駱冰唯一能做的就是把嬰兒緊緊摟在懷裡，嘴裡一面哄著她，一面在房間裡走來走去。但是，她想盡辦法，始終不能止住愛女的啼哭，最後，連她自己也急得哭起來了。

「他媽的！哭！就曉得哭，吵死人了，妳作甚麼孽，非要生個鬼孩子來折磨自己？還吵得老子連睡都不能睡！妳再哭，看我會不會掐死妳？」原本躺在床上喃喃地罵的卓雨桐，此刻，從床上跳了起來，瘋了似的衝到駱冰面前，伸手就要搶她懷裡的嬰兒。

駱冰嚇壞了，本能地把長安摟緊一點，一面往後退，一面大聲地叫：「媽呀！救命！」

駱太太也早就被孩子的哭聲吵醒，只是礙於女婿睡在房間裡，不好意思進來；現在，女兒一喊，她馬上從鄰房衝進來，一下就把卓雨桐推開，從女兒懷裡抱起孫女，回自己的房間去，駱冰不想再跟卓雨桐共處一室，把嬰兒的搖籃和用品搬到母親房間裡，自己也跟母親擠在一張床上睡。這時，長安已因哭累了而漸漸入睡，屋中恢復了寧靜，卓雨桐這才獨佔一床而睡，悻悻然不再罵下去。

他睡到第二天中午才出去，駱冰外出回家，發現放在抽屜中的幾千元現鈔不見了。母親沒有拿去用，那麼，這個人居然淪落到這個地步？他的收入雖然不多，自己一個人花用總是夠的，為甚麼出此下策？

小長安仍然每個晚上都啼哭不止，駱太太說這大概是得了新生兒脹氣這種毛病，要三個月以後才會自動痊癒。還好卓雨桐幾天都沒有回來睡，要不然，祖孫三代又都有得受了。要是他永遠不回來多好！駱冰已下決心和他離婚，現在，她寧願長安沒有父親了。

（七）

以後，卓雨桐大約半個月或者十天總會回來一次，每次回來，駱冰抽屜裡的現鈔總是不翼而飛。駱冰實在氣不過，就打電話到他上班的翻譯社去找他質問。接電話的人正好是他們的同學，也是邀卓雨桐去工作的張國明。

「駱冰，妳怎麼搞的？卓雨桐早就不在這裡上班了，妳怎會不知道？」張國明在電話那頭哈哈大笑。

「他已經離開了翻譯社？那他現在在哪兒工作呀？」駱冰簡直有點不相信自己的耳朵。

「他呀？他——現在是味味香的超級老闆。」這是張國明忍著笑的聲音。

「甚麼？他在開店？」駱冰已被他弄得一頭霧水了。

「駱冰，妳真的甚麼都不知道？」張國明收斂了他開玩笑的口吻。

「他到底怎麼啦？張國明，告訴你，我跟他感情不好，已到了要離婚的地步，他的事我是完全不知道的。」

「我們早知道了，可是我們誰也不敢告訴妳，是怕傷害到妳。既然你們都在鬧離婚了，那麼讓妳知道也是應該的。駱冰，卓雨桐有了外遇啦！」

「哦！原來是這麼一回事！」因對卓雨桐已經沒有感情了，駱冰聽了倒不怎麼驚訝。「那你為甚麼又說他是甚麼超級老闆？」

「我們都罵卓雨桐不是人，有眼無珠，家裡放著個又漂亮又能幹的老婆不要，卻去姘上一個歐巴桑——開飯館的老闆娘。他是因為天天去吃飯而認識她的，那個女人是個寡婦，大概認識不久就發生了不正常的關係。醜事被我們知道了，他在社裡待不下去，就乾脆辭了職，天天泡在那家叫做味味香的小飯館裡，幫老闆娘記記帳、收收錢，居然樂不思蜀。駱冰，我們幾個老同學都很不齒他的為人，為妳抱不平。假使妳要修理他或者做甚麼我們都會做妳的後盾的。」

放下話筒，駱冰這才感到自己頭腦空空的，但覺天旋地轉，幾乎不支倒地。

長安剛剛才滿了月，她還在產假中，身體依然有點虛弱，又怎經得起這重大打擊？她不恨卓雨桐愛上別的女人（他已不值得自己一顧了），只恨自己當年愚昧、無知，錯把這個集無賴與浪子於一身的人當作是白馬王子，不但使得自己受盡屈辱，還連累母親也享受不到寧靜的家庭生活，真可說得上是一段孽緣啊！還好，現在她已抓到離婚的把柄了，看來，這段孽緣大概很快就可了結了吧？

產假期滿，駱冰又回到她的工作崗位上，女兒長安，就交給母親代為照顧。晚上下班，她便一手負擔起全部家務，絕對不讓母親分勞。她覺得：只要卓雨桐不來騷擾她們，三代三個女性的家庭也過得挺快樂的；而且，她的收入不錯，仰事俯蓄，可說綽綽有餘，根本不需要這個多餘的人。

駱冰恢復上班後的那個星期六晚上，她找了張國明和翻譯社裡的另一個同學文光時陪她一起到味味香去找卓雨桐談判。原來，味味香只是一間小小的飯館，布置簡單，連冷氣也沒有，顧客也寥寥無幾。三個人一走進去，就看見卓雨桐身上只穿著一件汗背心坐在櫃檯後面，正無聊地在抽煙。

他一看見駱冰，臉都變白了。張國明要駱冰和文光時坐下，自己則揚聲向廚房喊：「老闆！客人來了！」

「來嘍！來嘍！」廚房裡走出一個矮矮胖胖的、三十來歲的婦人，穿著一件廉價的露背裝，展示出一身白淨的肥肉，那巨大的胸脯更誇張地聳立在薄薄的衣料下。「幾位要吃些甚麼呀？」她一看生意上門，就眉開眼笑地慇懃的問。

「老闆娘！我給妳介紹，這位是卓雨桐的太太，妳們還沒會過吧？」張國明面無表情地說。

胖胖的老闆娘一聽了立刻面色大變，走到卓雨桐面前，指著他罵：「你不是說要跟我結婚的嗎？怎麼又跑出個老婆來了？」

卓雨桐板著臉不說話。

「妳想他跟妳結婚，得叫他趕快跟他太太先離婚。否則，妳永遠得不到名分，是會人財兩失的。妳知道嗎？妳雖然給他飯吃，但是沒有給他錢花，害得他只好回家去偷老婆的錢了。」張國明說。

「死鬼！你聽見沒有？」老闆娘走過去用力扯卓雨桐的耳朵，但是卓雨桐始終不吭氣。

「卓雨桐，你做的事真夠丟人的了！堂堂一流大學畢業生，不務正業，去勾搭小飯館的老闆娘，又回家偷老婆的錢，你還有臉見人嗎？駱冰嫁給你，委屈了這麼多年，現在你做了對不起她的事，她要離婚，我和文光時都願意做證人，我看，明天就到法院把手續辦妥吧，要不然，打起官司來，你把臉往那裡擺？」張國明又說。

「對呀！我們站在老同學的立場，都是為你們設想。你既然有了老闆娘，就把駱冰給放了吧？呃？」文光時也這樣說。

卓雨桐還是不開口，內心裡交雜著慚愧和悔恨的情緒。他是愛駱冰的，但是他人性中的獸性往往使他露出猙獰的面目；他少年時家庭的不幸又使他由於自卑而變成自大，以致夫妻生活無法和諧。在他失意和低潮的時候，肉感的飯館老闆娘林桂芳適時填補了他內心的空虛，林桂芳的單純和熱情，使他得到了從駱冰身上所得不到的，也發覺小人物單純的生活比較少煩惱。他和林桂芳在一起，原來只抱著逢場作戲的態度；現在，這件事公開了，駱冰是絕對不會再接納他的，他真能跟這個庸俗的婦人過一輩子嗎？

在飯館裡，駱冰也是自始至終沒有開口。自從看到了林桂芳，在她的內心裡，便只有悲哀而沒有憤怒。她為自己沒有識人的慧眼感到悲哀，也為卓雨桐眼光如此之低下感到可憐可笑，假使每個男人都這樣容易滿足，那麼女人又何必千方百計的從內外兩方面美化自己以吸引他們呢？還好，這件事發現得還不算太晚；要不然，這樣繼續拖下去，不但自己身心痛苦，還害母親和無知的女兒受罪，那才真是天大的冤枉啊！

第二天，她仍然由張國明和文光時兩人陪同，到味味香小吃店去把卓雨桐給揪到法院去，張國明和文光時做證人，以虐待為理由，辦妥了離婚手續，小嬰兒當然歸她撫養。六年的婚姻關係，就此結束。

這時正是秋天，駱冰走出法院，站在臺階上，望著在秋風中吹得颯颯有聲的行道樹，雖說有著如釋重負之感，也有淡淡的蒼涼意味，恨自己當年幼稚、盲目和衝動，竟然嫁給了這樣一個虛有其表的下三濫，白白犧牲了六年的青春，實在太不值得了。往者已矣，還在想它做甚麼？駱冰，妳上有老母，下有幼女，肩頭的重擔很不輕，從今以後，可得好自為之啊！

（八）

駱冰正埋頭在辦公桌上一大疊的稿件中，忙得不可開交。她主編的刊物是文學性的，翻譯的稿子相當多，上級交代過每篇都要和原文核對，以免發生錯誤。她是外文系畢業的，這工作正是她的本行，有興趣，能力也不成問題；但這卻造成困擾，增加忙碌。尤其是對那些一知半解的譯者，錯誤百出，似是而非，簡直把她整慘了，改這種爛稿子，比自己寫還費事，還傷腦筋，真恨不得把它扔到字紙簍裡去。但是有時缺稿，有時為了應景，卻不得不採用，真是無可奈何！

這時，她正在和一篇這樣的爛稿子奮戰，桌上的電話響了。「西洋文學。」她拿起話筒，報出了她所編的雜誌的名字。

「駱冰，長安病了，在發著高燒，妳回來一趟好嗎？」是駱老太太的聲音，聽起來又急速又緊張。

「媽，我走不開，妳帶她到蘇大夫那裡去看看好嗎？大概是感冒，不要緊的。」駱冰說。兩歲多的長安，從小就是藥罐子，三天兩頭咳嗽、發燒，是她們家附近的蘇小兒科的常客。

「我抱不動她，她睡著了。」駱老太太說。她出身富家，從小嬌生慣養，體型又嬌小，凡是需要力氣的工作都做不來，這是事實。

「媽，就讓她睡吧！不要大驚小怪！等我下班回家再帶她去看醫生好了。」駱冰有點不耐煩的掛斷了電話。自從生下了長安，她每天內外兼顧，往往有心餘力絀之感，偏偏長安又特別多病，更使她覺得一個職業婦女真不易為。不過，她並沒有後悔自己的執意懷了這個孩子。自從身為人母，她才漸漸感到生命本身的意義，她是為長安而活的，她工作，她照顧這個家，一切都是為了長安，長安是她全副精神的寄託。的確，長安遺傳了卓雨桐的美貌（但願沒有遺傳到他邪惡的獸性），也秉賦了駱冰的聰明，不但生得美麗可愛，而且小小年紀已經伶牙俐齒，在電視上看到甚麼就學甚麼，學得唯妙唯肖。

她不但是駱冰的掌上明珠，也是她外婆的開心果，寂寞的駱老太太，也是只有從外孫身上才得到安慰了。

駱冰繼續埋頭工作，半個多鐘頭以後，電話鈴又響了起來，這次，又是駱老太大的。「駱冰呀！不得了！長安剛才吐得一塌糊塗，額頭燒得燙人，一張臉都通紅的。我害怕！妳現在就回來吧！」老太太的聲音是發抖的。

「好的，媽，不要緊張，我馬上回來。」駱冰把桌上的稿子收到抽屜裡，去請了假，就坐計程車回家。

小長安果然病得不輕，一直昏睡著，小臉因為發高燒而通紅，呼吸已有急促的現象。駱冰抱她去蘇大夫診所去看，蘇大夫立刻診斷是肺炎，是由喉頭炎和支氣管炎轉變成的，叫駱冰馬上送她進臺大或者其他的大醫院掛急診。

駱冰一聽，頓時六神無主，脊樑一陣發冷。不過，她立刻就控制住自己的情緒，鎮靜下來，在母親的陪同下，又僱計程車到臺大去。在急診處，醫生給長安打了針，便吩咐馬上辦理住院手續。還好，小兒科病房，二等的還有一張床位，也顧不了跟別人在一起就住了進去。

到了晚上，小長安因為打過針，終於退燒；但是，她卻是在打點滴中渡過長夜的。駱冰要母親回家休息，自己向醫院租了一張躺椅，就在病牀邊過夜，事實上，她那裡睡得著。小長安睡得很沉，並沒有吵她；只是，一聲咳嗽，一下轉側，都會使駱冰驚醒，她是在昏昏沉沉中熬完一個難熬的夜晚，在偶然的瞌睡中，她夢見了去世的父親，把她嚇得跳起來去察看熟睡中的長安，深怕女兒在昏睡也追隨她的外公而去。她知道，她不能失去這個女兒；假使長安不治，她也就失去活下去的意義了。

第二天早上，駱老太太來接替她，駱冰就到出版公司去上班，一夜未睡，加以心情不好，面容變得十分憔悴，也彷彿一下子老了幾歲。自從父親的車禍去世，這次是她有生以來最重大的憂傷，比起女兒的受病魔折磨，以前的卓雨桐凌辱和無理取鬧，又算得了甚麼呢？

小孩子容易生病，也痊癒得快。經過了醫生的治療，小長安很快就康復，到了第五天便可以出院，而且同時也恢復了平日的活潑。駱冰中的一塊大石落了下來，但是卻抹不去心頭的陰影，她認為長安這次的生病，是自己未能盡到為母的責任之故，她決心以後要多花點時間在女兒身上。

歲月在平靜中過去，轉眼小長安已到了可以進幼稚園的年齡。她越長越美麗，一雙大眼睛又黑又亮，圓圓的小臉，配著一個俏皮的小鼻子和一個小巧的嘴巴，能言善道，人見人愛，不但是駱冰和她母親心中的無價寶；很快也變成了幼稚園中老師的寵兒。

可是，不久之後，駱冰每天下班都聽見母親說：「長安的老師告訴我，長安打了她的同學。」「長安今天搶同學的玩具。」「長安在溜滑梯時把一個同學推下去。」「長安跟隔壁李家的孩子打架。」「長安把洋娃娃的頭髮都扯光了。」

怎麼啦？小天使為甚麼變成了小魔鬼了？駱冰煩惱地心自問，是不是我們把她寵壞了？為了彌補她沒有父親的遺憾，駱冰拚命用物質來滿足她，對她有求必應。又加上是獨女，是不是就此養成她自尊自大，只知有己，不知有別人的心態呢？

啊！不，千萬不要是卓雨桐的浪子血液在她體內作祟，要是長安真的遺傳了她父親的邪惡，那我的將來就有得受了。

一想到這一點，駱冰不覺心裡發毛。長安五歲的時候，有一天問她外婆：「為甚麼別的小朋友都有爸爸？我的爸爸在那裡？」

駱老太太楞了一下，不知道該怎麼回答才合適，就說：「等妳媽回來，妳問她吧！」

等到駱冰下班回來，長安在門口迎著她，果然第一句就問：「媽媽，我的爸爸呢？他在那裡？」

「妳爸爸死了！」駱冰馬上就這樣回答，她知道有一天孩子一定會提出這個問題，所以她早就準備了答案。

「甚麼叫死呀？」小長安的一雙大眼睛在的溜的溜地轉，似乎在思索甚麼，駱冰覺得她這種表情真是像極了卓雨桐。

「媽媽現在沒空，要去燒飯，妳乖乖去玩！嗯！」駱冰想用拖延的戰術，轉移她的注意力。

「走，別吵媽媽，外婆替妳洗澡好嗎？」老太太也在一旁這樣說。

「不要！我要媽媽替我洗。」小長安扭著身子，開始撒賴。

駱冰為了不想太順從孩子，以免養成她唯我獨尊的性格，就斷然拒絕，想不到長安竟然立刻躺在地上，一面大哭，一面頓腳，大有不達目的誓不休之概。

親眼看見這個面目清秀，活潑可愛的小女孩，為了一點小事就變得如此蠻橫無理，完全就是她老子的翻版，駱冰不禁心頭冒火，彎下腰去，伸出五指，狠狠地在長安的大腿上打了一巴掌。頓時，長安裸露的大腿露出了五個紅的指印。小孩因此而哭得更厲害，老太太一面責怪女兒出手太重，一面抱起外孫女，替她搓揉大腿；而做母親的也哭著跑回自己的房間去。

這一個夜晚黯淡極了，沒有人提得起興致來做飯，也沒有人有胃口。老太太給外孫女洗了澡，沖了一杯牛奶給她，小長安喝了半杯，就哭著上床去睡。

駱冰既後悔自己出手太重，也為了孩子脾氣的壞而深感煩惱。一種「茫茫來日愁如海」的感覺困擾著她，她不知道以後該如何去管教女兒，也不知道自己是否有能力把她培養成一個身心健康、人格健全的女子。

(九)

內外兼顧、備極忙碌的駱冰其實是極少有時間去發愁的，在她的不經意間，長安已進入國小，如今已是二年級的學生。她很聰明，功課總是名列前茅；但是脾氣也很大，稍不如意，就會哭鬧半天。駱老太太現在年紀漸漸大了，身體不大好，她常鬧頭痛、胸痛和失眠，也偶有心悸、氣促、盜汗等現象，也很容易疲倦。駱冰帶她去作全身健康檢查，倒也沒發現有甚麼不對。醫生告訴駱冰，這可能是神經衰弱性心臟病，一般精神緊張、多愁善感，對疾病和死亡懷有恐懼的人容易患上。這種病，心理因素很重要，藥物無非是鎮靜作用罷！

聽了醫生的話，駱冰想母親的病一定是受了父親車禍去世的刺激而起；但是，事隔多年，何以現在才發作呢？為了避免母親操勞，她想僱一個傭人來買菜燒飯、洗衣、打掃。然而老太太卻怎麼也不答應，她說她不習慣家裡有個陌生人。這樣一來，可是苦了駱冰，因為她每天下班回到家裡就得包辦全部的家務。

為了使母親和女兒高興，駱冰幾乎每個星期都開車帶她們出去玩。不是到近郊的名勝古蹟去觀光，就是上館子吃一頓，然後到百貨公司買東西。

有一天，駱老太太忽然懷念起她的家鄉口味，駱冰就帶母親和女兒到一家山西館去吃中飯，並且答應長安吃完飯要帶她去買童裝和故事書。她們才坐下沒多久，鄰座一位中年以後、有點發福的男士便走過來，向駱冰打招呼：「駱小姐，妳好！」

「啊！是孫教授，您也在這裡用餐？」駱冰微笑著，欠了欠身子。

「這兩位是——」孫教授站著，並沒有走開的意思。

「這是家母，這是小女。」駱冰只得為他介紹。

「老太太好！」孫教授彬彬有禮地向駱老太太打過了招呼，又摸了摸長安的頭說：「小妹妹長得好漂亮！」

「長安，喊孫伯伯。」駱冰對女兒說，但是長安毫無反應。

「我可以跟妳們坐在一起嗎？我是一個人來的。」孫教授顯然不以為忤，相反地，他卻搓著雙手，在圓圓胖胖的臉上堆滿了謙卑的微笑。

「當然，孫教授請坐！」駱冰只好這樣說。

「駱小姐，平日我向貴刊投稿，多蒙照顧，今天在這裡不期而遇，就讓我作個小東好嗎？」

孫教授坐下來，仍然帶著謙卑的微笑，這樣說。

「不，我們三個人，您只有一個，那有讓您破鈔的道理？而且，您常常賜稿給我們的雜誌，我也應該趁這個機會表示謝意呀！」駱冰平常很討厭虛假的客套，此刻卻也不得不說這樣的話。

「好，我們現在不要爭，先點菜吧！好嗎？」孫教授剛好坐在長安的旁邊，就低頭問她：

「小妹妹，妳喜歡吃甚麼？妳先點好嗎？」

誰知，長安正噘著嘴，一臉的不高興。

「長安，孫伯伯跟妳說話，聽見了沒有？」駱冰忍不住教訓女兒兩句。

「不要！」長安仍然倔強地噘著嘴。

「孫教授，真對不起！我這個女兒脾氣強得很，大概是被我們寵壞了。」

「沒有關係！她還小嘛！」孫教授微笑著，對駱老太太說：「駱伯母，您真福氣！駱小姐又能幹又有學問，我們大家對她都欽佩得很哩！」

「孫教授您別瞎捧我嘛！您才是了不起！媽，孫教授不但是名教授，也是名作家，他常常給我們的雜誌寫文章，很受讀者歡迎啊！」

駱冰回想了一下，在這之前，她在出版公司不過跟他見過三四次面，是因公認識的，並沒有談過幾句話。今天為甚麼把我大捧特捧呢？為了好奇，她不免含笑地默默打量這個男人。

自從和卓雨桐分手以後，也有好幾個男人對她有意思，第一個就是陪她去辦離婚手續的張國明。他在那個時，還沒有結婚，駱冰離婚後的第二天就約她到外面吃飯，說是慶祝她脫離苦海。下一次約會，就表示在校時就對她心儀已久，只因她名花有主，未敢表示。現在，希望有機會填補卓雨桐的空缺。駱冰一則沒有心情再談戀愛，二則對張國明毫無興趣，反正大家都是老同學，說笑慣了，就坦白的表明自己對他不來電，請他不要再約她，她現在心目中只有女兒，對其他一切都不發生興趣。

出版公司裡的一個經理也曾經向駱冰示愛，但是那個人庸俗不堪，駱冰那會看得上？而且「一朝被蛇咬，三年怕草繩」，一次失敗的婚姻，已使得她有如驚弓之鳥，那敢輕易嘗試？離婚以後，為了避免男人的困擾，每天上班，她除了口紅以外，甚麼化妝品也不用，穿著也盡量保守而樸素。不過，這時的她，氣質漸佳，一股成熟的風韻也使得她比少女時更加動人。從接觸她的男人眼光中，她也看得出他們對自己的欣賞；但是，她看不順眼的，絕不會假以辭色。離婚後的前五年，一則孩子還太小，她必須為她投入全部的時間；二則她對男人的憎厭與恐懼之心使她失去從異性身上尋求慰藉的興趣。後來，長安漸漸長大，她在家務上比較輕鬆，有時，午夜夢迴，枕冷衾寒，一種淒涼孤寂之感也會兜上心頭。她到底還是個年輕的女子啊！難道這一輩子就是要獨自走完？母親總有一天會先她而去，女兒長大了也會嫁人的！那麼，剩下她一個孤零零怎麼辦？經過這樣一想，她就開始把心扉敞開，等候機會。

有一次，一位女同事介紹一個回國學人給她，那個人除了年齡稍大，其他在儀表、學問、家世上都無可挑剔，對她更是一見傾心。交往了幾次，駱冰也幾乎心動了，就帶他回家去見母親，也讓他看看她的女兒。

真是做夢也想不到，平日溫文爾雅的王博士，怎麼一到了駱冰家裡就變了一個人。第一次到女友家裡作客，既不帶禮物，見了老太太也不招呼，大剌剌地坐在那裡，擺出一副神聖不可侵犯的樣子。長安奉母命捧出一杯冰水待客，他也愛理不理的。這對駱冰不啻是當頭棒喝，原來這是個既不敬老，又不慈幼的人，母親和長安是我全副生命的寄託，我怎能跟一個不尊重她們的人過一輩子呢？還好他今天就露出了原形，否則——說不定我又會上當的。

那個晚上，駱老太太說話了：「阿冰，妳是不是要嫁給那個人？是的話，我不跟妳住在一起了，妳另外租一個地方給我和長安住，我替妳帶女兒好了。」

「媽，妳放心，我又不是瞎了眼睛，怎會嫁給那種人？他對妳那樣沒有禮貌，我以後不會再跟他來往的。」駱冰說。

「這還差不多！阿冰，在這個世界上，我只有靠妳了，妳可不能拋棄我這個老母親啊！」

「媽，妳這是甚麼話嘛，我就算是去要飯也會帶著妳和長安的。」

說著，說著，母女兩人都忍不住掉下眼淚來。

那個可惡的博士對我母親和女兒不禮貌；可是，可是，今天這位孫景文教授卻剛好相反啊！

他要長安點菜，長安不搭理，他又恭敬的請老太太先點，駱老太太認為是女兒帶她出來吃飯的，也就不客氣點了一道她心愛的「刀削撥魚」麵，還有一道「活魚兩吃」。接著駱冰和孫景文也各點了兩道菜，又點了飲料和啤酒，除了長安始終繃著臉，駱老太太也不大說話外，駱冰和孫景文倒也有說有笑的，相處得很愉快。孫景文告訴她，他老伴去世了，只有一個兒子在美國唸書，平日孤家寡人一個，禮拜天就出來吃吃館子，看看電影，打發時間。

飯後，孫景文搶著會了鈔，駱冰搶不過他，也只好認了。跟孫景文分手以後，駱冰馬上質問女兒，幹嗎一直拉長著臉，害她在朋友面前丟人。

「我不喜歡別人跟我們一起吃飯，害得我都沒有辦法跟妳講話。」長安居然惡人先告狀的就當街哭了起來。

「孫伯伯是媽媽的朋友，他跟我們一起吃飯，妳怎麼就不能跟媽媽說話呢？真是個古怪的孩子，好了，別哭了，妳再哭，我就不給妳買童裝了。」駱冰拼命控制著自己心頭的怒火；同時，內心也升起了一道陰影：這孩子不但刁鑽古怪，而且還相當孤僻，卓雨桐的不良基因恐怕已遺傳了不少在她的身上啊！

（十）

駱冰任職的出版公司裡一個年輕的男同事高起超結婚，一向跟同事們相處融洽的駱冰當然也盛妝赴宴。她平日上班不施脂粉，但是在吃喜酒卻是另一回事。

於是，她去做了頭髮，然後對鏡敷粉、擦胭紅、塗眼影、描眼線、點唇膏，雖然只是淡妝，但是鏡裡的她，倒也顯得風姿楚楚，宜笑宜顰。她微微嘆了一口氣，穿上一件新買的時裝，踏上細跟高跟鞋，握著一個穿珠的小錢包就出門去。長安羨慕地望著打扮入時的媽媽，直嚷：「媽媽好漂亮！」

她開車準時到達喜宴的飯店，簽了名進去，只見賀客家家無幾，她的同事都還沒有來哩！她正躊躇不知該坐那一桌時，卻看見孫景文向她走過來。今天的他，穿戴整齊，一身深色西服，繫著一條橘紅色調的領帶，雖然略顯矮胖，倒也是一副富態祥和、雍容儒雅的樣子。

「駱小姐，真高興又遇到妳！」他滿面笑容的跟她握手。「到我們那桌去坐好嗎？我是新郎倌的老師，同桌的都是他的同學，挺熱鬧的！」

為了避免一個人獨坐的尷尬，駱冰別無選擇的就跟孫景文到他那一桌去。果然一桌全是卅以下的年輕人，他們青春的氣息、無拘的歡笑，使得跟他們有著十年差距的她覺得自己很老。還好，真正老的是孫景文，從他的體型和稀疏的頭髮看來，應該是五十以上的人。

在酒席上，孫景文對她照顧得十分周到；每一道菜都替她挾，看見她杯中的飲料少了，立刻又為她斟滿。從前，她和卓雨桐偶然也有雙雙出外應酬的機會，但是他從來不照顧她，只是自顧自的喝酒。一旦有人這樣殷勤為自己服務，也微微滿足了她的虛榮心。

孫景文很健談，也很風趣。他一面殷勤的照顧駱冰，一面不忘跟他的學生們逗笑。他的學生們也很愛戴這個老師，從他們之間沒大沒小的談話中，就知道師生關係的密切。

駱冰看了，禁不住羨慕的說：「還是當老師好，可以桃李滿天下。孫教授，你的學生們都可愛得很哩！」

「駱小姐，妳有所不知，他們之所以對我好，是因為當年我常常在考試時給他們放水的原故啊！」孫景文一本正經的說。

他的話才說完，就引起哄堂大笑。

其中一個青年說：「駱小姐，我告訴妳一個秘密，孫老師為甚麼會給我們放水，是因為『有酒食，先生饌』，我們常常用食物來賄賂他的呀！」

這一回，大家更是笑得全彎了腰。

經過了這兩笑，駱冰彷彿更窺見了孫景文的內心世界，那是何等一個光風霽月的境界！人人像他那樣笑口常開，這世界上那裡還會有憂愁？她不自覺的撤銷了防備他的藩籬，也拋開了自己的一切煩惱，盡情地跟著大家一起歡笑。

席散時，孫景文表示要送駱冰回家，駱冰因為自己有車，婉拒了他。孫景文把她送上車，站在車旁依依不捨地問：「我以後是不是有榮幸請駱小姐吃一餐飯？」

「你也想賄賂我是不是？我審稿可是鐵面無私的啊！」駱冰也學會了幽默了。「不過我好像還欠你一頓哩！」

兩個人一起哈哈大笑，開心地分了手。

過了幾天，孫景文果然打電話來約駱冰星期日一起去看金像獎名片《阿瑪迪斯》，散場後再一起吃晚飯。電話中，孫景文這樣說：「妳已知道看電影是我的嗜好之一，而欣賞古典音樂也是我的嗜好。看過這部片子的人都說好，我不想錯過，也不希望妳錯過。看了，我相信妳會享受到一次愉快的星期天的。」

在學生時代，駱冰也是個影迷；但是，卓雨桐對電影並不特別熱衷，跟他談戀愛以後，她也就很少上電影院去。父親去世後，她挑起了生活的擔子，更是忙得連電影廣告都不遑一顧；算一算，她跟電影院竟已絕緣將近二十年，這對一個住在大都市中的現代青年而言，寧非奇蹟？她沒有多說話，爽快地答應了他。到了那天，略略打扮了一下，向母親說明原委，還答應了要帶牛肉乾回來給女兒，這才出門赴約。

她和孫景文在影院門前碰了頭，孫景文早已買好了樓上第一排正中的座位。駱冰雖然多年沒有看電影；但是，研究西洋文學的她，對這部以奧國宮廷為背景的莫紮特傳記片，依然很感興趣。加以音樂的美妙，雖則影片長達三個多小時，卻一點也不覺得冗長。

散場時，走出影院，天色已完全暗了。走在行人摩肩接踵的電影街上，駱冰頻頻為莫紮特的英年早逝嘆息，孫景文卻說：「天妒英才嘛！幸虧我是個庸才，大概可以活到一百歲的。我今年五十二歲，應該還有四十八年好混，為甚麼不快快活活的去過呢？現在，駱小姐，我已經餓得前胸貼後背了，妳替我選擇一家飯館好嗎？」

由於兩人都是北方人，口味相同，駱冰挑了一家看起來相當清爽的北方館，並且聲明她要作東，孫景文一口答應了。兩人進去坐下，他身強體壯，胃口極大；既點了蒸餃，又點了夾肉燒餅，又點了菜，又點了湯。而駱冰卻只想啜飲一碗小米稀飯。

孫景文既健啖又健談，一頓飯吃下來，居然已靠近九時。駱冰恐怕長安等她，就表示要回去，而且，答應好的牛肉乾還沒有買哩！

她這樣一表示，孫景文就識趣地把談鋒止住，坦然讓她作東，又陪她去買牛肉乾。在她買牛肉乾的時候，他也買了一盒白木耳和一包糖蓮子。等送她到她停車的地方，這才交給她請她帶回去代他送給母親和女兒。他對她的家人這樣關懷，使她感到自己的被重視。

開車回到家裡已將近九時半，客廳裡沒有人，母親房間的燈光卻仍亮著。她輕輕推開半掩的門走進去，只見母親靠著床欄坐著，長安熟睡在她的旁邊。「媽，妳怎麼還不睡？」駱冰放下手中的食物，走到床邊。

「妳還沒回來，我怎睡得著啊？」

「我已經這麼大了，又不是小孩子，妳何苦操這份心呢？」駱冰心中生平第一次泛起了對母親的微微不滿。

「我的心臟又不對勁了，噗噗亂跳，我不敢睡，怕睡下去就醒不過來。」路老太太有氣無力的說。今年才不過六十整的她，此刻灰髮蓬亂，臉色發青，看來衰老不堪，年輕時的姣好容顏不知何處去了。

「媽，不要胡思亂想。妳要是不舒服，我明天請假陪妳去看醫生好不好？妳現在餓不餓？我去燉糖蓮子湯給妳喝，糖蓮子是孫教授，送給妳的。」

「妳兩點就出去，看電影又花不了那麼多的時間，這大半天妳都跟孫教授在一起？你們到那裡去了？」一提起孫景文，老太太的精神忽然來了，她把音調提高，一句一句的像是在審問。

駱冰的不滿之情，漲滿了胸臆。「媽，妳真的是把我當作十七八歲的小姑娘？我今年三十八歲，轉眼就四十歲了；跟男朋友出去玩大半天又怎麼樣？妳知道不知道今天的電影有多長？就算電影不長，以我這個年紀，又是自由之身，我高興到那裡去玩就可以到那裡去玩，應該不須要受人管束了吧？」她一口氣說完了這些話，吃力地把熟睡中的女兒抱回她自己的房間去，然後去洗澡。

這一夜，她失眠了，因為她發現了一個新的隱憂。

那就是她母親的問題。在她父親還沒去世以前，母親是一位典型的賢妻良母。她柔順而慈愛，全心全意的伺候丈夫，撫育女兒，其他的事情，概不過問。丈夫去世後，她把全副心力都集中在女兒身上，兩人相依為命，這當然是最自然不過的發展。駱冰嫁給卓雨桐，她的內心多少是有點不滿；不過，她只是默默忍受著，從不表露出來。駱冰離婚後，為了補償自己對母親的歉疚，有五年之久，除了上班，她不跟任何人來往，母女祖孫三人長相廝守。這一段長長的歲月，在她母親的心中是甜蜜而歡樂的，她覺得她擁有了女兒和孫女的完整的愛。

然而，駱冰的年齡和生活天地都跟母親不同。太過濃鬱的母愛有時使她感到窒息，沒有朋友的日子也使她感到自己孤陋寡聞，不合潮流。自從結婚後，她本來就是除了同事之外沒有朋友，因為她的同學們一個個都已出國（她最要好的同學張玲玲早在畢業後就到美國去深造，現在已在彼邦落地生根了），在臺灣的已剩下寥寥無幾。有時，她真是想找個人說說知心話都找不到哩！長安進入國小以後，駱冰稍稍恢復一點社交生活。下了班，也像初進出版公司時那樣偶然會跟同事們一起出去玩。她想：現在沒有丈夫管她，女兒也大了，她再不多玩玩，難道要等到七老八十？

可是，說也奇怪，她每次出去玩，回來總是發現母親身體不適，不是頭痛，就是胸痛，要不然就是心臟不舒服。起初，駱冰只以為是巧合；後來，次數太多，駱冰雖不敢懷疑母親裝病，也免不了認為是心理上的作用。

她帶母親去看醫生，除了心律不整以外，其他並沒有甚麼毛病。醫生在瞭解她們的家庭狀況後，悄悄的告訴酪冰：「令堂患的是身心性精神慮病症，是由心理作用而起。她怕失去妳，妳要善體親心啊！」五十幾歲的醫生慈藹地拍拍駱冰的肩膀，使她感動得幾乎掉下淚來。

啊！善體親心？難道我做得還不夠？除了物質上豐富的供應不算，她給了母親五年完整的時光。這兩三年她雖然稍稍恢復了一點自我的生活，可是她對母親晨昏省視、噓寒問暖，從無缺失。母親的身體狀況，她比自己的瞭解得還要清楚。母親喜歡吃甚麼，愛看甚麼節目，她無不盡量使她滿足。她和母親之間的親情本來就很濃鬱，失去了父親以後，一種相依為命的感情，更使她們緊緊的結合在一起，不可分離。

母親，女兒是深深愛著妳的；但是，妳的愛為何會使人感到窒息？妳為甚麼不想想女兒是個成熟的婦人，是個知識分子，是社會中堅，她需要朋友，也需要社交生活，她不能一輩子被拴在母親的裙邊的啊！

母親，妳才不過六十歲，年紀一點也不老，有許多跟妳同年齡甚或更大的婦女還活躍在社會上。妳為甚麼不想辦法去拓寬自己的生活圈子，跟鄰居的太太去爬山，去學土風舞，去學烹飪，去學插花呢？須知長安不久就會長大，長大了就有她自己的小天地，不會再整天膩在外婆身邊；到時候，妳怎麼辦？為甚麼不未雨綢繆？

一個意念忽然閃過駱冰的腦際：對了，我離婚以後，母親為何從來不跟我談及我再婚的問題？難道她不關心我的婚姻生活，要我三十歲就守活寡？守活寡？算算母親是幾歲守寡的？父親去世那年我廿二歲，母親大我廿二年，才不過四十四歲，還年輕得很。她沒有再嫁（我知道她是連想都不會去想的）；那麼，她大概也認為年將不惑的我也不應該再結婚了，是嗎？

駱冰一整夜考慮了許多問題，可是都是沒有辦法解決的糾纏的結，越想越頭痛。到了天快亮時，這才因為太累了而模模糊糊地睡去。

（十一）

駱冰和孫景文的友情很自然地發展下去。在交往中，孫景文很識趣地從不過問駱冰過去的婚姻（他早就從他的學生高起超——駱冰的同事口中知道了她的身世），也很少談到自己去世的妻子。他們是一雙自由的單身男女，這就夠了，他們做朋友，跟誰都不發生關聯，對不對？

但是，駱冰的情形卻沒這樣簡單。她以前在星期日都要帶母親和女兒出去玩的；現在，假使她跟孫景文約會，把一老一小丟在家裡，良心又有點不安。孫景文知道她為難，表示願意請老太太和小妹妹一起去玩；可是，當駱冰回家徵求她們的意見時，一老一小居然都協調得很好的一起搖頭，斬釘截鐵地說：「不想去！」

「那麼，我上妳們家去玩！」孫景文一副犧牲到底的樣子。

星期天，他興致勃勃地買了吃的、玩的一大堆來到駱家。老太太病懨懨地躺在床上不出來，也不讓客人進來探視；長安關在自己房間裡說是在做功課，除了被駱冰逼著出來跟客人打了一下招呼外，又躲進房間裡。客廳裡就剩一賓一主，無聊相對，說話也覺不方便。孫景文勉強坐了半個鐘頭，就尷尬的站起來告辭。駱冰原來準備好要留他吃飯的，如今也意興闌珊，起身送客。

以後，他們不再在星期天或星期六約會，而改為利用平日的中午。駱冰每天中午有兩小時休息，孫景文要是下午沒有第一節課，就約她到她出版社附近的西餐廳一起吃飯聊天。可是，次數多了，駱老太太也會生疑：

「妳今天又不帶飯？到那裡去吃呀？」平常，駱冰帶去出版社的飯盒都由老太太代她裝，她怕女兒愛漂亮不肯多帶，會吃不飽。女兒雖然快四十歲了，她還是把她當作小孩子看待。

「跟同事看電影去！」駱冰含含糊糊的回答。

有時則說是同事慶生、到外面開會等等。謊言說得多了，連自己也覺得厭煩，有一次就乾脆說：

「跟朋友一起吃飯。」

「誰呀？」

「孫教授。」

「駱冰，妳以為我不知道？我早就知道妳常常跟孫教授在一起。近來，妳的眉梢眼角都帶著笑意，每天又都打扮得漂漂亮亮的，妳是在戀愛了，是不是？」駱老太太捉住女兒的一隻手，瞇著眼睛在審視女兒。

「媽，我們都是中年人了，這不叫談戀愛，叫交朋友？」行徑被母親識破了，駱冰竟感到有點嬌羞。

「妳不嫌他太老？他只小我八歲都幾乎可以做長安的翁爺了。」老太太說。

「我們還沒有談到婚嫁。不過，以我的年齡，以及離過婚又有孩子的情況看來，大個十幾歲是算不了甚麼的？」

「阿冰，妳已經有過一次失敗的經驗，這次可要小心點啊！」

「當然！媽，妳的看法呢？妳覺得孫景文這個人怎麼樣？」

「我？我對他認識不多，說不上來。」

母女們正說到這裡，長安忽然從外面衝進外婆的房間裡，大聲的說：「我不喜歡他！他太老了，也太胖了！」

「長安，妳說甚麼？」駱冰驚得一手摀住胸口。

「妳們說的話我都聽見了。媽媽，妳是不是要跟孫伯伯結婚？」長安一屁股坐在外婆身邊？用一隻手臂摟著外婆，大眼睛望著母親滴溜溜的轉。

「長安，不管媽媽是不是要跟孫伯伯結婚，妳都不能夠在背後說人家壞話，那是不禮貌的行為，知道嗎？」

「人家不喜歡他嘛！」長安小嘴一扁，就想哭。

「妳敢哭？妳哭我就打死妳！」駱冰的心情窩囊已極，一向好性情的她，竟忍不住爆發起來，大聲的向女兒嚮嘯。她也第一次後悔自己生下了卓雨桐的骨肉，要是沒有這孩子，她的人生豈不順利得多？

不，我怎麼可以這樣想？她是我的命根子啊！駱冰撲向女兒，連同母親，三個人摟在一起。她淚眼模糊的喃喃地說：「媽，女兒，我永遠不會離開妳們的，妳們就是我的一切！」

那年的秋天，駱冰得到一個機會，到倫敦去出席一個為期四天的比較文學會議，而孫景文也是出席代表之一。既然到了英國，怎可以四天便回來？代表們大家商量的結果，決定大會結束後再到歐陸去觀光十天再返臺。駱冰早年失去了出國留學的機會，一想起來便痛不欲生。這些年，觀光事業發達，稍稍拿得出幾萬元的人都會出國去旅遊一番，而駱冰卻因母老女幼，始終未出國門一步，如今得到這個機會，怎不驚喜若狂？何況，去的又是人文薈萃、西方文明發源地的歐洲？她先向母親報備（略去了孫景文也同行一節），取得她的同意（老太太當然不便阻撓，她是代表她的雜誌去的呀！）；又賄賂女兒，說要買好多好多的玩具和漂亮的衣服回來給她。然後，她又拜託她的助手陶靖君，請她代為照顧一老一小。陶靖君是位三十多歲還沒結婚的單身女子，生性樂觀，辦事能幹，跟駱冰情同姊妹，無所不談。她主動答應駱冰，她會每天打電話給長安，跟她聊天；禮拜天就上駱家去陪陪祖孫兩人。駱冰向她千謝萬謝，那才放心出國去。

一上飛機，駱冰的一顆心也快樂得直想飛翔，她覺得自己有如一隻久錮樊籠中的小鳥，此刻，重獲自由，正在振翼高飛。在辦理登機手續時，孫景文把兩個人的座位劃在一起，因此兩人得以比鄰而坐。迢遙雲天路，他們將可以有靠近二十小時的「單獨」相處，也可以有太多喁喁細語的良機。

也許有好友在側，也許是心境愉悅，雖然第一次飛行，駱冰卻毫無不適之感，相反地她覺得這是她有生以來最自由最逍遙的日子。可不是，平日煩人的公務和永遠做不完的家事，早已把她壓迫得喘不過氣來；而現在，她可以下公務和家事，純粹去遊玩，那豈不是人生一大樂事？

他們在多霧的倫敦開了三天的比較文學會議，第四天，順便參觀了嚮往已久的劍橋、牛津和莎士比亞故鄉史特拉福，然後轉往歐陸。一行作家、主編和教授十幾人，先遊覽巴黎：羅浮宮、凡爾賽宮、聖母院、埃菲爾鐵塔、蒙馬特區、賽納河……，凡是他們在書本上和電影上看過的花都名勝，此刻都變成真的，豈不令人興奮、雀躍？再來，他們到了世界公園瑞士的日內瓦，然後南下義大利。米蘭、維羅納、熱那亞、翡冷翠的文物和美景，水城威尼斯的「貢多拉」，羅馬的新舊文明兼收並養，在在都使人著迷。然後，奧大利的明媚風光、西德的整潔和充滿朝氣，還有荷蘭的風車和小人國，也都使他們永遠難忘。以十天的短促行程，自然是走馬看花，不過，畢竟他們是來過了。尤其是駱冰，既然是第一次出國，又是對歐洲文化最嚮往的一個。在十日之中，她貪婪地欣賞美景，一秒鐘也不錯過。她帶了相機，準備了五卷底片，竟全都拍完了。

不過，駱冰這次歐遊最大的收穫卻是和孫景文感情的增進。在臺北時的交往，雖然也很談得來，但那只限於普通朋友的談心。現在，遠遠離開了臺北的熟人（一同來開會的只有兩三個是「相識者」）和種種障礙，他們都敞開了胸懷，互訴衷曲。

孫景文告訴她：他在第一次看到她時，已為她高雅大方的氣質而傾心。他曾經向他的學生高起超打聽過她，目的是為兒子找媳婦。他的兒子二十六歲了，他以為她也不過是這個年紀。高起超把駱冰的身世告訴了他，叫老師不妨為自己展開攻勢，他因為自漸形穢，自傷老大而不敢採取行動。直到，他在飯店裡遇到她們一家。

「我看妳們三代都只有一個女生，怪可憐的，真需要有男生來保護妳們，於是，就死皮賴臉的要跟妳們坐在一起。可惜，妳們老太太和小妹妹都不喜歡我。不過，我的臉皮可厚得很，不怕碰釘子，我會磨到她們喜歡我為止的。」

駱冰也坦然承認：假使她現在只有二十歲，是絕對不會跟他這種體型的人交朋友的，但是，我就是因為吃過「以貌取人」的虧；因此，他略為矮胖而不起眼的外形，反而給予她以穩重可靠的感覺；年齡稍大，也正可以彌補她對父愛的渴求。

聽了駱冰這番坦白而誠懇的話，孫景文感動得幾乎落淚。這天，是他們歐遊第五天，他們正坐在巴黎一條馬路旁邊的咖啡座上。路上的西方青年男女一對對攬腰而過，咖啡座上也有不少情侶正在熱情擁吻；但是，孫景文只用他肥厚的大手緊緊握了一下駱冰擱在桌上的纖手，兩人相視含情一笑，一切便盡在不言中。他們是生長在禮義之邦的中年人，必須以禮自持，這是老祖宗們的教訓。

駱冰忽然想起了從前跟卓雨桐談戀愛的日子，那感受跟現在是何等不一樣呀！跟卓雨桐在一起，她得像個大姐姐般照顧他，遷就他，甚至討好他，希望博取他的歡心。而現在，孫景文侍候她、寵她，處處把她奉承得像個女王（這一輩子她還沒有嘗過這種滋味哩！）。原來這就是愛人與被愛的不同之處，怪不得有人說被愛比較幸福，真是不無道理！

十四天的行程短促得彷彿只有十四小時，轉眼又得賦歸。在荷京阿姆斯特丹，他們搭乘華航返國。飛機起飛時，駱冰靠著窗口，依依不捨地揮別了歐洲，也依依不捨地開始收拾起玩樂的心情。她知道，回到臺北以後她將不會再享受到這種逍遙的日子。

當然，她也沒有忘記出門前的諾言，為長安買了不少精巧可愛的玩具和幾件童裝；也在瑞士為母親買了一個名錶。至於她自己，倒沒有買甚麼。她覺得：吃的、穿的、用的，無論那一國的產品，在臺灣全買得到，又何必找麻煩遠路帶回來呢？不過，為了酬謝陶靖君幫忙照顧家人，她還是帶了一件輕軟的義大利羊毛衫給她。

（十二）

從中正機場回到臺北，走下計程車，駱冰抱著一大一小兩件沉重的行李走進了公寓的大門，坐在櫃臺後的老李就站起來對她說：

「駱小姐，妳可回來啦！我來幫妳拿吧！」說著，他就一手一件的把駱冰的行李提起來，走到電梯下來時，老李說：

「駱小姐，妳知道不知道？長安摔了一跤，現在住在醫院裡。老太太也生病了。」

「甚麼？老李，你說甚麼？」駱冰才走下飛機，頭腦有點昏沉沉的，一時還沒聽清楚他的話。

「我說：長安摔傷了腿骨，老太太因此急出心臟病來，兩個人都住在醫院裡了，沒有人寫信告訴妳嗎？」

老李說著，電梯來了，他提著行李走進電梯裡，送駱冰上樓。

「甚麼時候的事？我在旅行，收不到信的。她們現在在那一家醫院？」駱冰的腦袋裡轟然作響，若不是靠在電梯壁上，她恐怕會支持不住的。我的天呀！我做錯了甚麼？好不容易享受到有生以來第一次最愉快的出國旅遊；家中兩個最親愛的人卻發生了這樣的事。這不但是樂極生悲，而且簡直是在懲罰我啊！媽媽，長安，妳們千萬不能出事，否則我就成為罪人了。

老李把醫院名字告訴了她，幫忙她把行李送進屋裡就告退。駱冰環視分別了十四天的家，倒也井然有序，不像臨時發生意外的樣子，這才放了心。

她發現客廳中央的茶几上壓著一張紙條，拿起來一看，是陶靖君留給她的，上面寫著幾行字：

駱冰：

長安在學校不小心摔傷了腿，因為妳不在家，伯母緊張過度，引發了心臟病，我只好把她們兩人都送到醫院裡。大約妳過兩天就會回來，見字請到醫院去看看她們吧！

靖君留上

看看日期，果然是兩天前的日子，現在，母親和長安不知道怎樣了？一想到這裡，駱冰心頭亂跳，手心冒汗，差點就要昏過去。她勉強支撐著，用顫抖的手撥出版公司的電話找陶靖君。接電話的人告訴她陶靖君請了假，然後，聽出了駱冰的聲音，便告訴她，陶靖君現在正在醫院裡陪她的母親和女兒。

於是，駱冰就這樣又出門去，僱了一部計程車直奔醫院。到了醫院，只考慮了一秒鐘，就先打聽外科病房，查到了長安房間的號碼，三步併作兩步的，用跑百米的速度，找到了長安的病房。

她輕輕推開了門，首先看見一條上了石膏的小小大腿高高吊在床架上，她的寶貝女兒，閉著眼睛躺著，美麗的小臉蒼白而無血色，看得駱冰心都碎了。

躡手躡腳走到床邊，正想伸手把長安臉上的兩根髮絲撥開，長安卻睜開了眼睛。「媽媽！」意外看見媽媽坐在身邊，長安驚喜交集，大叫了一聲，就向媽媽伸出雙臂。

「長安，媽媽對不起妳！」駱冰俯下身去，緊緊抱著女兒，大滴大滴的眼淚不斷流出，濡濕了女兒的面頰。

「媽媽，我好想妳！我的腿很痛，我會不會死？」長安也哭了。

「不會的，長安，妳很快就會好起來的！告訴媽媽，妳的大腿怎麼樣了？」

「我那天在學校裡盪鞦韆，看見有一個很像媽媽的女人走過來，我以為是媽媽回來了，一高興，手一鬆，就摔到地上，昏了過去。後來，老師打電話到家裡告訴外婆，外婆跟陶阿姨就送我到這裡來。醫生說，我的腿骨摔斷了。」

「長安好可憐！還好媽媽回來了，妳一定很快就會好的。外婆呢？妳知道她現在在那裡嗎？」駱冰說。她心疼女兒之餘，忽然想起該去看母親了。

「我也不知道，我聽陶阿姨說，外婆也生病了？」

「長安，妳乖乖的睡一會兒，媽媽先去看看外婆再來陪妳好嗎？」

「好的，媽媽，再見！」長安向媽媽愛嬌地揮著手，樣子又乖巧又可愛。駱冰匆匆走出去，正想去打聽內科病房在那裡時，在走道上卻跟一個人幾乎碰上了。

「哎喲！駱冰，妳可回來了，我都快急死啦！」原來，那個人正是陶靖君。

「我媽怎樣了？靖君。」駱冰急急地問。

「我看她是沒病，她是被長安斷腿嚇壞，同時也想念妳，這才病倒的。伯母剛睡著，我們先去看長安好嗎？妳知道嗎？我已經兩天沒有上班，也沒有回家，就這樣奔跑於兩個病房間，老太太睡了，我來陪長安，長安睡了，就去陪老太太。妳再不回來，我自己也要病了。」

駱冰端詳了陶靖君一下，果然滿臉疲倦意味，跟平日那種活力充沛的樣子，判若兩人。

「靖君，太對不起妳了，這次假使沒有妳，我真的不知怎麼辦？」她緊緊地握住了陶靖君的手。

「誰叫我是妳的好朋友呢？走吧！長安的房間就在那邊。」

「我已經先去看過她了，我現在要去看母親。靖君，長安的腿不是真的斷了吧？」

「差一點點。醫生說，她年紀小，骨頭軟，經過治療，很快就會恢復的。」

「啊！真是謝天謝地！」駱冰捏了陶靖君的手一下，然後飛快走到母親的病房。

駱老太太也是正在閉目假寐，聽見開門的聲音，睜開眼睛看見是女兒，嘴唇蠕動了一下，竟然說不出話來，眼淚卻流滿了臉頰。

酪冰衝上前去，擁住了母親瘦削的肩背，還沒開口，也忍不住嗚的一聲哭了出來，她們分別了才不過十四天，為何竟像一個世紀那麼久？

「阿冰，妳回來了！長安她……」還是老太太先開了口。

「媽，我回來了！長安的腿會好的。妳呢？妳那裡不舒服？」駱冰坐在母親身旁，彎下身子，用自己的臉貼著母親的臉，就像小時候向母親撒橋那樣。

「心臟。那天，長安出事，我的心臟就開始亂跳。不，自從妳出國，我的心臟就開始不對勁了，氣人的是，醫生卻檢查不出毛病來。不過，妳回來了，我的病也就好了一大半了。」略老太太用手緊緊握住女兒的一雙手，彷彿怕她又離開自己似的。

陶靖君說得對，母親沒有病，有的只是老毛病——戀女情結。母親啊！我怎麼辦？難道我真的一輩子都要像小女孩一樣，在母親身邊嗎？

「媽，是我對不起妳們！從來沒有離開過妳們一天，真想不到，第一次離開，就出了這樣事。媽，妳知道嗎？我一下飛機，回到家裡，看見靖君留下的字條，就嚇得魂飛魄散的連臉也沒有洗就來了，這兩天，一定苦了靖君，她現在在長安房間裡，媽，我想讓她回去休息，今晚由我來陪妳跟長安。」

老太太無言的點了點頭，放開了握住女兒的手。駱冰坐起來，在母親臉上輕輕啄了一下，就開門出去，回到長安的房間裡。這時，陶靖君正坐在床側替長安削蘋果哩！

駱冰找一張椅子坐下，忽然覺得有點孤零無告，就不自禁地長長呼了一口氣。

「媽媽，妳是不是看過外婆了？」長安問。

「對！外婆很好，她也在掛念著妳哩！」

「駱冰，不是我多事，我看妳明天就給伯母辦出院吧！醫生說她根本沒有病。妳不在的時候我不敢作主，現在，妳回來了，這筆住院費是不是可以省省呢？」陶靖君說。

「等一下我跟母親商量過說。靖君，這兩天辛苦妳了，現在我來接班，妳回家去休息吧！」

「休息甚麼？在這裡陪陪病人又不會累。今天晚上我跟妳一人陪一個，明天，不管伯母是不是出院，我也要回公司去看看；要不然，這個月雜誌出不來，我們都要吃不完兜著走的。」

「唉！我真是不知道自己何德何能，會遇到妳這個好人，在公私兩方面都幫了我大忙，我該怎樣報答妳啊？」

「少說這些酸腐的話好不好？碰到妳這種上司，大概是我遇人不淑吧！」陶靖君說著，輕輕搥了駱冰一下，她的幽默，引得心事重重的駱冰也忍不住的噗嗤的笑了起來。

看著眼前這個高眺、時髦、活潑、風趣而又熱心助人的女郎，駱冰不禁感到上蒼的不公平，這樣一個可愛的女子，為甚麼到現在還找不到她的另一半？像一般少婦那樣擁有一個溫馨的家呢？難道人生總是充滿著種種不如意和無奈？

駱冰是下午兩點多回到臺北的，經過這樣一番折騰，天色現在已經入黑，該是平常吃晚飯的時間了。可是，她一點也不餓，一點也不累，整個人就像麻木了似的。

陶靖君建議駱冰先回家洗澡、吃飯，然後再回醫院，兩個人好作長夜之談。「不過，妳剛下飛機，也許會覺得很睏，要是妳想睡，妳可以隨時躺下，我不會那樣不通達情理的。」

「那妳呢？妳難道不要洗澡吃飯？」

「我在這裡洗，我甚麼東西都帶來了。至於吃飯嘛，長安那份我們兩個人吃剛剛好。」陶靖君揮揮手說。「妳快點回去吧！不要囉嗦了！」

駱冰回到家裡，也沒有時間整理行李了，正準備進浴室洗澡時，電話鈴忽然大響。她有點膽顫心驚的怕是醫院裡有甚麼變化，一聽卻原來是孫景文的聲音。

「啊！駱冰，急死我了，我從六點鐘一直打電話給妳都沒有人接。我想，妳不可能出去，妳家裡也應該有人才對。我差一點就要到府上來打聽了。」孫景文急促地說。

「景文……」駱冰一聽見他的聲音，勉強撐持了幾個鐘頭的精力和體力都一下消失了，她忽然難過得說不出話來。

「妳怎麼啦？駱冰，是不是那裡不舒服？」

「我很好，我沒有事。只是，我母親和女兒都住在醫院裡去了，幾分鐘前，我才從醫院裡回來。」駱冰強忍著快要流出來的淚水，簡單地把母親和女兒的病況告訴了他。

「原來出了這樣的事，真難為妳了！」孫景文心疼的說。「我馬上到醫院裡來，我陪妳好不好？」

「不，你千萬不要來，你來反而壞事，人在病中的脾氣都比較壞，她們不會歡迎你的。你也不要打電話去，我會隨時跟你聯絡。」

「既然這樣，我就不來打攪了。小冰，妳要自己保重啊！我想妳！再見了！」

孫景文一番情意綿綿的電話，使得駱冰的眼淚再也無法忍住。反正家裡只有她一個人，就讓它流個痛快。

洗過澡，滌去了一身僕僕的風塵，卻洗不去心頭沉重的煩憂。她毫無胃口，甚麼東西都沒有吃，又回到醫院去。她守候到母親入睡以後，偷偷溜到女兒房間。長安也早已入睡了，陶靖君坐在沙發上打盹。看見她來，問她要不要睡覺，駱冰說不要，兩人就坐下來，壓低聲音，開始聊了起來。駱冰先約略問了些公事方面的問題，陶靖君知道駱冰和孫景文一起到歐洲去，就打趣地問道：

「怎麼樣？妳跟老孫應該很有進展了吧？」

望著女兒在熟睡中純潔無邪得像天使一般的臉，駱冰幽幽地嘆了一口氣：「不瞞妳說，我們是很有進展；但是，我直覺的感到我和他之間不會有甚麼結果的。我是個福薄的人，甚麼事到了我的手中都不會圓滿。」她說。

「我不許妳說這種喪氣的話！妳甚麼時候變得這樣迷信的？」陶靖君忍不住提高了聲音。

「噓！小聲一點！我不是迷信，這是事實。妳看，我盼了半輩子好不容易得到一趟歐洲之行，回來就遇到這樣的事，不是天罰我是甚麼？」

「好了！好了！別胡思亂想啦！看妳的雙眼都已累得凹進去了，咱們不要再說話，睡吧！」陶靖君說著也呵欠連連，於是，她說她要到老太太的病房去睡，叫駱冰在這裡陪女兒。

這一夜，駱冰睡得像一截木頭似的，甚麼知覺也沒有。等她一覺醒來，病房中已灑滿了玫瑰金色的朝陽，一位護士小姐正站在病床前，給長安量體溫。

她不好意思地從躺床上爬起來，等長安量過體溫，就去摸她的臉問：

「長安，妳昨晚睡得好嗎？腿還痛不痛？」

「睡得很好，媽媽來了我都不知道。剛才醒過來看見媽媽在這裡，我好高興！腿也不痛了！」

駱冰吻了女兒一下，告訴她自己要去看外婆，等一下再來陪她。然後，她上樓到母親的房間去，叫陶靖君下樓去陪長安。

老太太今天的氣色好多了，她說，她已經病好了；等一會兒就辦出院手續，長安那邊由她陪著，讓駱冰和陶靖君好去上班。

這真是駱冰求之不得的好消息，她遵從母親的吩咐，得到醫生批准後，就為母親辦了出院，讓母親到長安房間裡休息，這才放心和陶靖君回公司去。離開半個月，當然會有一大批公私郵件和公事堆積在辦公桌上；不過，陶靖君不讓她去碰，只讓她把私人函件取走，就要她回家去。

家裡，也有很多事情等待她處理：打開行李，分配禮物，洗滌旅行帶回來的衣服等瑣事，也花去了她不少時間；同時，她也要和孫景文通個電話，然後，還要去醫院陪母親和女兒。

還好，長安的骨折癒合得很快，十天後就可以出院，駱冰這才恢復了正常的生活。

長安回到家裡的第二天，駱冰忽然想起還沒有給母親和女兒看她旅行時所拍的照片哩！那些照片裡有不少是跟孫景文一起拍的，她事先都小心地抽了出來，放在辦公桌的抽屜裡；不過，能夠給她們看的，還有很大一疊。

祖孫兩人看得好起勁，長安還不斷地說她將來也要到歐洲去玩。忽地駱冰看見女兒指著一張照片，把嘴巴湊到外婆身邊低聲在說甚麼，正感到莫名其妙，老太太開口了：

「阿冰，妳這趟在歐洲都跟些甚麼人去呀？」

「我不是說過了嗎？都是些主編、作家、教授。」駱冰微微有些不滿，母親變得又嚕囌又愛管我了。

「是不是孫教授也一同去？」老太太又問。

駱冰一聽，馬上感到一陣暈眩。完了，百密一疏，長安眼尖，一定是在全體合照中找到他了。

「是呀！」駱冰裝作若無其事的回答。

「我怎麼沒聽妳提起呢？」老太太摟著孫女坐著，長安的一雙大眼正骨碌骨碌地盯著母親轉。

「我為什麼要提他？妳們不是不喜歡他嗎？」

「我看妳是不想我們知道，對不對？」母親說。

「媽媽，妳是不是很喜歡孫伯伯？是不是要跟他結婚？可是，我不想他做我的爸爸，我喜歡年輕的人做我爸爸，最好是高高的、英俊的。」一直沉默著在觀察大人的長安這時也說話了。

駱冰氣得快要爆炸了；不過，她不願意在自己心愛的人面前發脾氣，就按捺著說了一句：「我現在不想談這個問題。」然後躲進自己的房間裡，把門反鎖著在裡面生悶氣。

她知道，她對自己和孫景文的戀愛不會有結果這個預測是正確的，不如及早回頭，以免越陷越深，徒增痛苦。然而，她又感覺到，她已陷得夠深了，如今恐怕已難以自拔，該怎麼辦？而母親和長安也沒有錯，她們之所以阻撓她的婚事，無非是不願意有第三者來分享她們骨肉之間的愛罷了，我能怪她們嗎？

（十三）

那個星期天，駱冰找了個藉口，暫時丟下母親和女兒，約了孫景文到野柳去看海。他們雙雙站在一岩石上，眺望著遼闊無垠的大海，只見海天相接，分不出那裡是海的邊沿，那裡是天的極限，對大自然景色的瑰麗奇妙，不禁都產生了懾服之心。

她把母親和女兒看照片時所說的話委婉地告訴了他，並且說既然他們之間橫亙著這份阻力，不如及早分手算了。

誰知孫景文聽了卻哈哈大笑：

「我不是跟妳說過我的面皮很厚嗎？我會磨！而且我很有耐性，我可以等。長安今年八歲，我不信她十年之後不交男朋友，她有了男朋友，大約就不會阻撓妳的婚事了吧？至於令堂，十年之後的想法也會變的。所以，妳何必灰心呢？」

「再等十年？我的天！那時我已變成老太婆，而你也早就是老頭子了，還會有心情談戀愛，談婚嫁？」

「妳的想法太悲觀了！人生七十才開始，十年後妳四十八，我六十二，妳還在盛年，我也不到退休年齡，老什麼？」

「我沒有你這樣樂觀，要我等十年，我真的笑不出來。」駱冰搖搖頭，心中仍然充滿了淒楚。忽然，她想起了什麼，又接著說：「景文，有一件事我忘記告訴你，長安還住在醫院裡時，有一天，我大學時的同學張國明打電話到辦公室找我，說卓雨桐因酗酒得很厲害，早已被那飯館的老闆娘趕出來。他已患了酒精中毒，沒有辦法謀生，幾乎流落街頭，後來，只好回到繼父那裡。但是，他還是戒不了酒，喝醉了就弄得一家雞犬不寧，他繼父不願意再收容他，就把他送到戒酒所去了。聽說他還患了肝硬化的病，已病得不輕，現在住在醫院裡。景文，這個人雖然曾經對我不起，但是他到底是長安的生父，假使我去看他一次，給他送點錢，你會反對嗎？」

「不！我怎麼會反對？妳能夠不念舊惡，這正是妳的美德，我以妳為榮都來不及啊！」海水在他們的腳下洶湧奔騰，恍如千軍萬馬。駱冰向孫景文投以感激的一瞥，她的心情也洶湧有如大海，一提起卓雨桐，從少女時代開始的往事又一幕幕上心頭：他們的第一次雨中共傘而行；他第一次到她家參加她的生日茶會；他們的第一次約會；他們的第一次爭吵；父親的去世；他們的新婚；婚後的無數次齟齬；女兒的出生；還有卓雨桐的墮落到離婚。二十年的往事，竟有如夢如幻之感，似乎已很遙遠，又似還在目前。

「怎麼了？還在傷感？」孫景文輕輕用手攬住了她的肩。

「沒有！」她微微搖了搖頭。

「不要再去想那些傷感的事或者傷腦筋的問題好嗎？記著：兩情若是久長時，又豈在朝朝暮暮？世間上一切的事情，只要妳去做，是永遠不嫌太遲的，妳要有信心哦！小冰！」孫景文緊緊地握著駱冰的手，彷彿要傳給她以信心和力量。

啊！兩情若是久長時，又豈在朝朝暮暮？這不是我以前對卓雨桐說過的話？事到如今，除等待還有什麼別的辦法？只希望自己的運氣不太壞，不用等太久，那就謝天謝地了，不是嗎？

秋歌

在炎熱的陽光下，一個矮胖、留著短短直髮的中年婦人，一手捧著一包書，一手撐著傘，肩上掛著皮包，正吃力而蹣跚地走回家去。

回到她那間小小而整潔的公寓裡，她把手中的東西放下，從冰箱中倒了一杯冰水，一口喝了下去，便把那包書解開，取出其中一本，坐在沙發上，鄭重地開始一頁頁的細讀。

那本書名叫《秋歌》，封面是幾片飄零的落葉，雅淡的設計，顯得不流凡俗。作者的名字是易水寒。此刻，婦人的目光正注視著封底一張作者的小照。這是個清癯的中年人，留著小平頭，一雙大眼睛流露出睿智的光輝。照片下面是作者的小傳：易水寒，本名容亦，河北人、北京大學肄業。著有：《荊門舊事》、《飲馬黃河》、《西山夜話》、《噤》等三十餘種。

女人用手輕輕地撫摸那幅照片，她的小眼中含著無限情意。易水寒的小傳她早已可以倒背，不須要再看。她把目光投向靠牆的那個玻璃書櫥，裡面，整整齊齊地擺放著的全是易水寒的：《荊門舊事》、《飲馬黃河》……每種十本，凡是他的書，她都有。今天，她又買回了十本他的新著《秋歌》。書櫥的抽屜裡，還放著十幾本剪貼簿，只要她在報上或者雜誌上看到易水寒的作品，她一定剪下來貼在簿子裡。她收藏他的作品已有二十多年。

她從來不曾見過他。從報上和雜誌上所報導的消息裡，她知道他是天生跛足的，獨身未婚，沒有固定工作，只是以寫作為職業。他寫得很多，也寫得很好。她在少女時代對他就十分崇拜，尤其沉迷他的小說。他的小說剛中帶柔，在豪邁中又有著浪漫的氣息，每一本都使她看得廢寢忘餐。

現在，她又開始沉迷在易水寒的《秋歌》裡，才看了兩頁多，電話鈴忽然響了起來。她放下書，走過去接電話。電話那頭傳過來一陣清脆的女高音：

「吳炎嗎？我是江蘊如，妳今天下午要不要到中山堂開會呀？」

「江大姐，妳是知道的，我這副樣子見不得人，還是藏拙為妙。」「妳真是太固執了！文藝界的聚會，又不是選美大會，要怎樣才見得人呀？很多人都問我吳炎是誰，人家都想見見妳哩！」

「算了吧！江大姐，我吳炎在文藝界算老幾，有誰想見我？我何必出去拋頭露面，給人以不良印象？」

江蘊如在電話那邊喃喃地罵了吳炎幾句，吳炎沒有答腔，江蘊如知道無法說服她，就把電話掛了。

放下電話，吳炎搖搖頭，走到浴室裡，對鏡端詳自己。鏡中人有一張方方的大臉，短髮粗硬而枯黃，已有部分變成灰白。一雙眼睛小得像象眼，鼻子太大，嘴巴太闊，整張臉都一無是處。她又傷心地搖搖頭，自己年輕時沒有這樣醜的。那時她很瘦，臉龐比較秀氣，頭髮也柔軟而烏黑；所以，她也談過戀愛，有過一次短暫的婚姻生活。後來，因為丈夫有了外遇，她自知爭不過那個貌美而比她更年輕的女人，就毅然的了斷了那段並不愉快的婚姻。離婚以後，她在一間私立的職業學校找到一份國文教員的工作，課餘之暇偶然也寫寫文章投稿。她寫得不多，一直沒有受到注意，而她也從來不曾以「作家」自居。近年，文藝圈中開始知道有這個人，可是她從不出席任何集會，也不跟任何人交往，只除了江蘊如。江蘊如是一份副刊的主編，對吳炎非常看重，常常刊登她的稿子。吳炎在感激之餘，知道江蘊如是女的，到報社去拜會，兩人從此結為好友。易水寒也常有文章在江蘊如的副刊發表，偶然，江蘊如也會向她談起易水寒的近況。她知道易水寒一個人住在郊外一間小小的平房裡，生活相當拮据；因此，她對他除了崇拜之外，又多了一份同情。

有一天，她在報上看到一則短短的消息，標題是「作家易水寒車禍受傷」，她馬上驚得冷汗涔涔而下。細看內容是：「昨日下午七時許，一跛足中年男子在馬路時，被一急駛而來之重型機車撞倒。機車傷人後即逃逸無蹤，該男子被路人送往醫院急救，但右臂已折斷，右眼亦受重傷。經查該男子名容亦，現年五十六歲，亦即名作家易水寒。」

「我的天！怎會是他呢？」吳炎驚叫了起來。她沒有多作考慮，抓起皮包，就往外跑。

她匆匆趕到報上所登的那家醫院，查到易水寒所住病房的號碼。她走到那間外科三等病房，只見房間裡對面排著兩列四張病床，八張床上都躺著紮滿繃帶的病人，到底那一個是易水寒呢？她一張張地審視掛在床後的名牌，到了第六張，終於看到了容亦的名字。她看見床上的人，一隻眼睛被紗布蓋著，一隻閉著，臉上露出了痛苦的表情。唇邊和下巴的鬍子似乎已有兩三天沒有剃，全身都被白布遮蓋住。啊！這是我所崇拜的作家易水寒麼？為何我們要在這種悲慘的場合中相見？她傷心地細看了床上的人一眼，就退了出去。今天，她不打算讓他知道自己來過，她到醫院來是另有目的的。

她下樓來到住院處的櫃臺邊，向裡面的職員查問容亦的醫藥費有沒有問題。那位女職員告訴她：住院本來是要保證金的，因為是急診，所以先讓他住進來。他們在他的口袋中找到一本通訊簿，根據其中的號碼找了他兩個朋友，結果他們只湊了五千元給醫院，這當然不夠。

吳炎沒有說話，馬上回家，帶了存摺到郵局提了一萬元送到醫院，說是容亦的一個讀者無名氏捐贈的。最後，她還加了一句：「容亦就是名作家易水寒，請你們好好照顧他。醫藥費不夠時，請再隨時通知我。」她把家裡的電話號碼留下，然後離去。

離婚多年的吳炎，由於一直有一份固定的工作，而她除了買書之外又沒有別的嗜好，所以已經薄有積蓄。她自己既然不大用錢，那麼，把這一筆錢用來救助一個人的生命豈不是最適當不過？何況，那個又是自己所崇拜的作家？

易水寒遭遇車禍昏迷後醒過來，除了因為發現自己瞎了一隻眼睛，又失去了一條手臂而悲痛不已外，因為撞他的機車騎士已經逃逸，沒有人負責賠償，又不免為一筆龐大的醫藥費擔憂。他的幾個比較接近的文友圍在他床邊，勸他放心，他們一定會替他設法的。事實上，他的那幾個朋友都沒有錢，他們正想向有關機關請求幫助時，院方卻告訴他們，有人捐贈了一萬元，以後還要繼續資助。啊！是一名女讀者！她漂亮嗎？不，她是個長得不好看的中年胖婦。他們把這個好消息告訴易水寒，說你有一個這麼關心的讀者，真不枉寫作一場哩！易水寒當然也很感激有人雪中送炭，可是他又覺得受之有愧。他請求他的朋友：一定要找到這位讀者，讓他將來出院以後可以有機會謝她，並且要想辦法償還這筆錢。

然而，易水寒的朋友沒有辦法見到吳炎。她在院方打電話給她說一萬元已經用完以後，她立刻又送去兩萬元，然後，就暫時「消失」了。其實，她還是天天到易水寒的病房去走一轉。在那間三等病房裡，出出進進的人那麼多，誰會注意到她呢？就算易水寒的朋友看見她，也不會聯想到她就是那位女讀者呀！

受傷後的易水寒變得非常悲觀、消極，他覺得自己的前途已經完了。一個靠賣文為生的人最重要的是一雙眼睛，再來就是右手。現在，他只剩下一隻左眼和一隻左手，將來怎樣執筆呢？當然他的朋友安慰他可以裝義手，他還是固執地認為自己完了。有一次，他竟然鬆開了正在注射食鹽水中的手臂，企圖自殺，幸而護士發現得早，給救了回來。

有一天的下午，易水寒獨自躺在病床上，睜開他的獨眼瞪視著天花板，胸臆充滿了悲憤與苦悶。自從那次自殺不成，他又想絕食以求解脫；但是，醫院每天給他注射營養針，他還是沒有辦法達到餓死的目的。

一個矮矮胖胖的女人走到他的床前，先看了看掛在床欄的牌子，然後又端詳著他的臉，再拿起手中的一本書的封底來對照，然後驚叫著：

「易水寒先生，你為什麼變得這樣瘦？你看，跟照片完全不一樣嘛！」她手中拿著的正是易水寒的新著《秋歌》。

「請問您是——」易水寒問，滿臉驚訝之色。

「我姓伍，是您的忠實讀者。我在報上看到您自殺未遂的消息，就急急忙忙的趕來了。易先生，您可不能死，您死了我就沒有小說看了。」

「還有許多其他的小說可看呀！」女人的誇張，使得易水寒忍不住微笑起來。

「可是我只愛看您的，別人那有您寫的好看？」

這句話適當的恭維了易水寒，他覺得這個女人雖然有點十三點，可是卻爽朗得可愛，而且還是個知音哩！他想到自己以後也許不能寫作了，就不禁閉目廢然長嘆。伍姓女讀者看見他這個情形，不敢多打擾他，留下一籃水果，悄悄離去。

以後，這位伍女士就天天都在沒有人陪伴易水寒的時候到醫院來。每次都像冬天的陽光那樣給易水寒帶來溫暖與歡樂。她替易水寒削水果、讀報紙、講笑話，使得他解除了不少寂寞。

易水寒出院以後，伍女士又天天到他的家裡去，照料他的起居生活。易水寒不安地說：「我這次車禍住院，有一位匿名女讀者捐贈了好幾萬元醫藥費，我到現在還沒有辦法找到她來答謝。現在，妳又天天來服侍我，妳們兩位的恩情，我怎樣來報答呢？」

「施恩勿望報，古有明訓。我相信那位讀者跟我一樣，對您所做的，完全是出於崇拜與同情，並不希望您的回報的。」伍女士一本正經地說。

說也奇怪，自從易水寒回家以後，伍女士就不再是病房中逗笑的十三點女子，而變成了一個相當拘謹的女人。她向易水寒解釋：在醫院中那樣做，只是因為看見他愁眉苦臉，想引他發笑而已。

有一天，易水寒嘆息著自己只剩下左眼左手，無法寫作，快要變成廢人了。伍女士立刻表示可以做他義務的秘書，他口授，她替他筆錄。

易水寒試了一下，只見她不但下筆如飛，而且字跡娟秀，一看就知道她的國文基礎甚佳。本來，從她的外貌看來，還以為是個庸碌的婦人！真是人不可貌相！

從此，易水寒又恢復「寫作」生涯了，而文藝界也都知道他有一名義務秘書。他的友人知道伍女士也是單身，就暗中慫恿易水寒向她求婚，兩人要是結為夫婦，必定更能合作無間。

易水寒對伍女士在感激之餘，也已滋生了愛情，有一天，他正準備等伍女士前來就要鼓勇開口了，突然，在一份副刊的文壇零訊中他看到這樣的一則：

「名作家易水寒自車禍受傷後，一直由女作家吳炎代為照料生活起居，並擔任他的義務秘書。現兩人感情日增，已傳出喜訊。卿須憐我我憐卿，可稱文壇佳話。」

易水寒嚇了一跳，立刻打電話給編者查詢，知道吳炎本名伍志貞，也就是每天來照料自己的「女讀者」。這件事，吳炎的好友江蘊如知道得很清楚，是她不小心洩漏出去的。

伍志貞再來的時候，易水寒的態度就變得很不自然而且非常客氣，伍志貞覺得不對勁問他，易水寒只好說出實情。

「是不是嫌我長得太醜，感到失望？」伍志貞問。

「不是，是殘疾之人不敢高攀而已。」易水寒惶恐地說。

伍志貞不再跟他辯，就說：「你現在身體已經康復了，明天，我在家裡做些小菜，請到舍下參觀我的藏書好嗎？」

易水寒答應了她。第二天到了她家，看見玻璃櫥中自己的著作，還有那十幾本完整的剪貼簿這才明白吳炎對自己的一往情深，不覺感激而跪在地上。他用一隻手臂擁著吳炎說：「我已經離不開妳了。沒有了妳，我將失去創作的生命，而我的生命也將完全失去意義，假使妳不嫌我是個殘廢的人，妳願意跟我在這條坎坷的人生之道上攜手同行嗎？」

吳炎含淚點頭。「我以為自己這麼醜，再也沒有人要我了。」

「對了，我問妳，妳為甚麼要用這麼男性化的筆名？」

「吳炎，就是無鹽，這豈不是我這個醜八怪最適當的名字？」吳炎哈哈大笑起來。

「不，請不要這樣說，妳的內心比誰都美哩！」

易水寒的新著《秋歌》，寫的就是一對中年男女動人的夕陽之戀，當然，那個故事是虛構的。他真是做夢也想不到，在他自已夕陽無限好的向晚之年，竟然也有機會嚐到戀愛的滋味。

他用獨眼斜睨著吳炎，只見她低垂著頭，兩頰泛出紅暈，倒也有幾分少女的嬌羞，不禁大樂，他把嘴巴湊近她的耳邊，柔聲地說：「是《秋歌》替我們作的媒，現在，讓我們譜出自己的秋歌吧！」

瞞

雷志潔挽著她的丈夫孟哲明，走進了瓊樓餐廳的貴賓室，房間裡立刻響起了熱烈的掌聲。雷志潔盈盈含笑，趨前跟每一個人握手，孟哲明也緊緊跟在她的身邊。

「妳一定是劉玲，妳還是老樣子呀！」雷志潔指著一個瘦瘦的、頭髮剪得短短的中年婦人說。

「老樣子？不可能吧？咱們分開二十多年了。」劉玲說。

她彼此介紹了自己的丈夫以後，劉玲又說：「雷志潔，妳才是駐顏有術，妳看起來還像一個三十多歲的少婦。還有妳的先生，簡直像個大學生哩！」

「得了，劉玲，別一見面就灌迷湯啦！」雷志潔笑著輕輕打了她的老同學一下，又繼續再跟別的同學打招呼。

除了劉玲因為瘦小、不打扮，所以覺得沒有什麼變化之外，其他在座的同學絕大多數變成了水桶型的婦人。雖然她們大都是職業婦女，比較懂得裝扮，不怎麼顯老，但是一看仍然是中年婦人的模樣。唯有自己，由於沒有生育過而身段依舊苗條；皮膚又白皙，加以善於修飾，怪不得劉玲說她像三十許人啦！在美國的時候，還常常被人誤認為小女孩哩！想到這裡，雷志潔不禁因為開心而暗暗微笑起來，同時也把她的丈夫挽得更緊。大家入席坐定以後，雷志潔環視在座的老同學，個個衣香鬢影，打扮入時；而她們的丈夫也都西裝革履，作紳士狀，不禁興起了「同學少年多不賤，五陵裘馬自輕肥」之感。可惜，大家都已不再年少，而且已經步入哀樂中年了。

這一頓飯大家都吃得很開心，二十五年未見的老同學又笑又鬧的，每個人都返老還童起來。先生們卻是比較拘謹，因為他們多數是第一次見面——他們是陪太座來參加這個歡迎雷志潔和孟哲明的餐會的。孟哲明尤其是相當沉默。他生長在香港，在美國居留了多年；粵語是他的母語，英語也說得呱呱叫，國語卻是「識聽唔識講」。他這次陪雷志遠回來省親，本來聲明不陪她參加任何應酬，以免當啞巴的。但是雷志潔告訴他，今天是她的大學同學歡迎她，她們的先生也都是高級的知識分子，都可以用英語交談。每個人都帶丈夫出席，我一個人去怎好意思？

現在，孟哲明默默坐在妻子的身邊，默默地吃著菜、抽著煙，也默默地觀察同桌其他的男人。他們也不大跟他交談，因為他們對自己的英語會話沒有信心。孟哲明發現這些人年紀都已很大，有些人頭髮已經斑白；有些人已經禿了頭。跟他們一比，自己好像是低一輩的人（怪不得雷志潔的那個同學說我像個大學生）。其實，自己也不年輕了，四十又加一；要是早結婚而又命好的話，都可以做大學生的爸爸了。恨的是志潔竟然不肯生孩子，想害孟家絕後。不過，話又得說回來，誰又叫自己當年娶個「老婆姐」呢？結婚的時候，志潔已經快三十歲了，比自己大兩歲。她說她本來想抱獨身主義的，所以拖到現在才結婚。年紀大了生頭胎危險性大，而她也不怎麼愛孩子，他必須答應她永遠不要孩子。否則的話，趁早一刀兩斷。

他惑於她的美色，也崇拜她的博士頭銜。他們孟家，在香港雖然是鼎鼎大名的富商，可是他的父親和哥哥、姐姐都只是書院畢業，他是家中唯一能夠到海外去深造的人，然而一個碩士學位竟讀了三年都拿不到，要是能夠娶到一個博士妻子，也未嘗不可以光耀門楣一番呀！更湊巧的是，她童年時在香港住過幾年，也說得一口流利的粵語，因此兩個中國人才不必用英語談戀愛；要不然，真是太彆扭了。

他們終於結了婚，那年，他二十七，她二十九。嬌小的雷志潔，一點也看不出比他大。他的父母遠從香港飛到洛杉磯替他們主持婚禮，對這位博士媳婦都很滿意，直誇她既能幹而又美麗。婚後第二年，他才拿到了碩士學位。然後，生而具有商業細胞的他，就在洛杉磯的郊區經營了一家超級市場，採取薄利多銷的政策，不久生意就蒸蒸日上。這一來，他竟然忙得十幾年都沒有辦法離開一下。也就是說，他連香港的老家都沒有空回去一趟。而她，似乎很滿意她的異國生涯，她學的是藥物學，在一家藥廠工作，待遇很好。十幾年來，也沒有想到要回臺灣去，直至最近她收到母親的信，叫她回國為父親慶祝八十大壽為止。

「妳的父親已經這麼老了？」孟哲明聽說她父親已是八十高齡，一想到自己的父親才六十多歲，不免顯得很誇異。

「我父親很晚才結婚，在我出生之前又夭折了兩三個孩子。」雷志潔淡淡地說，對這個問題似乎不感興趣。

回到臺灣來，孟哲明看到他的岳父母都老得像他的祖父母一樣（他的祖父母都還健在），更令他吃驚的是，志潔的妹妹志清竟已做了外祖母。

「妳妹妹幾歲了，怎會做了外婆的？」他偏頭地問妻子。

「她跟你同年，她十九歲就結婚，為甚麼不能做外婆？」她白了他一眼。

志清的小外孫女管志潔叫姨婆，管孟哲明叫丈公。而孟哲明自己又還是別人的孫子。他覺得這種人際關係滑稽極了。

散席後，雷志潔和孟哲明叫了一部計程車回家。在車上，雷志潔用英語問她的丈夫：「你剛才為甚麼一直不說話？」

「有甚麼好說的？他們講的我不會講，我講的他們又不懂。而且，他們一個個都是老頭子，又是第一次見面，叫我跟他們談甚麼嘛？」孟哲明雙手一攤，做了一個十分洋氣的表情。

「說的也是，我也不知道我的同學們都嫁了老頭子。還是我運氣好，嫁了一個英俊的少年郎。」雷志潔一面說一面緊緊地摟住丈夫的臂膀，也不管那個司機從反射鏡裡向她投以一個邪氣的笑。

回到雷志潔的娘家，客廳中除了二老之外還多了一個六十多歲的男人。那個人一看見了雷志潔進來，就連忙站了起來，恭謹地一欠身，露出了一口黃牙諂笑著說。

「大小姐，您可回來啦？這位敢情一定是姑爺。」

但是，雷志潔理也不理他，昂著頭就走進房間去。在孟哲明的錯愕中，雷老先生說：「哲明，這是馬弼京，我的老部下。老馬，他就是我的女婿孟哲明。」

馬弼京連忙趨前彎腰和孟哲明握手，孟哲明因為妻子剛才的舉動太不像話，所以只好忍耐著對這個面目可憎的人陪笑。然而，握過手以後，他就告退回到房間裡。

「那個姓馬的是甚麼人？妳為甚麼不理他？」一走進房間，孟哲明就急急地問他的妻子。

雷志潔正在對鏡卸裝，臉上塗了厚厚的一層冷霜，一開口，就顯得牙齒好黃。

「那個人是個討厭鬼！從前爸爸的秘書。爸爸退休以後，他也失業了，就常常來向爸爸借錢。爸爸不知道為什麼那麼喜歡他，每次都有求必應，但是媽媽和我都見了他就討厭。你知道嗎？我們回來第二天他就打電話向我借錢，又叫我介紹他到教育部工作。他說：大小姐，您現在是回國學人了，幫幫忙嘛！那有人這樣會鑽門路的？你說我為甚麼要理他？」

雷志潔說著，還是氣呼呼的。她雙手在臉上揉著、按摩著，孟哲明從鏡中望著她，忽然覺得她此刻真像個可怕的老巫婆。「不過，做人也不可太過分，起碼的禮貌總是要維持的啊！」

他喃喃地說著，就走進浴室去放水洗澡。

孟哲明雖然聲明到臺灣來不陪妻子去參加應酬，可是臺灣是個人情味特別濃的地方，有時，也難免盛情難卻。他陪她出席了大學同學的歡宴，接著，親戚、同鄉、中學同學、小學同學也紛紛的為他們接風洗塵。這些人之中，有些是雷老先生的關係，有些是雷老太太娘家的人，他們都不好意思拒絕。而雷志潔的同學又都聲明先生要一道來的？她們都為了孟哲明而把自己的丈夫帶去，他又怎能不出席？他不是怕應酬，怕的是言語不通，大家無法溝通，像個啞巴似地坐在那裡，那種滋味的確不好受。

在跟雷志潔的親屬、朋友和同學們見了面之後，孟哲明覺得很奇怪，為甚麼她的長輩和平輩年紀都已十分老大。不過，這也使得他夫妻倆在他們之間顯得特別年輕。

這一天，是雷志潔的小學同學為他們接風，就在其中一位的家裡，人數也不多，連他們才一共四對。那三個小學同學，她們的氣質跟大學裡的同學又完全不同。雷志潔告訴他：她們小學是在大陸唸的，這三個同學，有一個小學畢業就沒有升學。另外兩個也不過是高中畢業。雖然如此，三十多年的童年好友，大家能夠在臺灣重聚，是很不容易的啊！我不會輕視她們，我還是很珍惜她們的友誼的。

於是，那四個女人——嬌小的雷志潔和三個大腹便便的中年胖婦就聊得特別起勁。她們大談在南京上小學的往事：老師和同學的綽號，當年頑皮的行為通通從塵封的記憶中翻出來，又說又笑的，開心極了。相反地，四個男人都是面面相覷，想不出話來交談，情形非常尷尬。正在這個時候，主人的一個幾乎有十歲的孫兒咚咚地跑出來，在他爺爺身邊說了幾句話，然後又害羞地咚咚咚地跑進房間裡去。

這時，男主人有了話題了。他笑呵呵地對客人說：「我的孫兒剛剛提醒我，明天不要忘了帶他去看電影。」

說完了他又轉向素昧生平的孟哲明，隨隨便便就問：「孟先生，你們有孫了沒有？我們都是祖字輩的人哩！」

他的話孟哲明聽得懂，但是因為從來沒有人這樣問過他，所以他也就一愣，答不出話來。男主人的話被女主人聽見了，做太太的就狠狠地訓了他幾句：「你這個老糊塗，人家雷小姐喜歡清靜，他們不打算要孩子，那來的孫子嘛？」

男主人被訓，不好意思地不斷地抓耳搔腮的，只好連忙向孟哲明說了一聲「Sorry」。

在回家的路上，孟哲明忍不住懷疑地問：「妳的同學怎麼會是老太婆？妳們是不是同班的呢？」

「是——是同班的呀！不過，我上學上得早，才四歲半就進小學，所以要比她們小一點。」雷志潔回答。

「可是，我看她們起碼比妳大十歲。要不然，四十多歲的人為甚麼通通都做祖母了？」

「那是因為她們不升學，早結婚的關係嘛！」

「也許是我的老婆駐顏有術哩！」他望著她美好的側影，輕輕地握了握她的手。

她卻有意無意地把臉藏到陰影裡。

一個月的臺灣假期轉眼就要過去，他們接受了所有親友的歡宴，也遊遍了寶島的名勝，就在賦歸的前夕，孟哲明接到了一封匿名信，寥寥幾行，這樣寫著：「孟哲明：你不要以為你娶了一個才貌雙全的女人，其實，這個女人早已是個人老珠黃的老太婆，她嫁給你時已經三十六歲了，足足比你大了九歲，現在呢，剛好是半百老嫗一名，請你在她沒有化妝時看看她的尊容吧！包你倒盡胃口。」

誰會寫這種信？雷志潔真的向他瞞了歲數嗎？自從陪她回到臺灣，看見了她的家人和親友，他就覺得有點不對勁，但是又想不出那是甚麼。現在他明白了，他娶了一個比自己大了九歲的女人，兩個人在一起的時候感覺不出，一旦來到她原來的世界裡，便彷彿跟她回到時光隧道中。

他不動聲色，把那封匿名信藏好。那個晚上，在半夜裡，知道雷志潔熟睡了，他偷偷起床，把電燈打開。

雷志潔被燈光照醒了，朦朧地睜開了雙眼。就在這一剎那之間，孟哲明看到了她的本來面目：浮腫的眼皮、臘黃的面孔、鬆弛的雙頰；而脫下了假牙的嘴巴也凹了進去，的確是個十足十的老婦，跟化了妝的她完全判若兩人。平日，她總是等他上了床才熄燈就寢，原來就是怕他看見自己的老態，此刻，可真是原形畢露啦！

雷志潔完全清醒過來以後，發現丈夫正站在床前不遠的地方怔怔地望著自己，不禁驚叫起來，而且下意識地用雙手掩著臉。

「你在做甚麼？」

「怎麼？不敢讓我看是不是？」孟哲明大踏步走上前，用力把她的雙手扳開。

「你到底要做甚麼嘛？三更半夜把人吵醒。」他一放手，她的雙手又掩住了臉。

「不把這件事弄明白，妳別想睡。」孟哲明氣沖沖的把妻子從床上一把拖起來。嚇得臉色發青的雷志潔，被他拖著站了起來，立刻又像一袋麵粉似的軟綿綿地倒向一張沙發上。

「妳今年到底幾歲？」孟哲明惡狠狠地用手指著她。

「別開玩笑啦！兇巴巴地把人吵醒，就為了問這句話？」雷志潔讓一頭長髮把一張臉遮了一半，而她的臉又剛好在陰影裡，此刻不再用手掩住了。

「我就是要問：妳到底是四十三還是五十？」

「你瘋了？我幾歲你難道不知道？」她的臉變得發白，但是他沒有看到。

「我就是不知道！快說呀！」

「當然是四十三嘛！」她的聲音軟弱無力。

「哼！那麼妳看看這封信。」他從睡衣口袋中掏出那封匿名信，遞給她。

她從床頭櫃上摸到了她的老花眼鏡（她已經戴了好幾年）戴上，把頭湊到有光線的地方看信。看完了，激動地用顫抖的聲音說：「原來是這個傢夥在搗鬼！而你居然相信這種小人，真是氣死我了！」

「妳知道是誰寫的？」

「當然知道，這是那個馬屁精的字跡嘛！」

「馬屁精是誰？」

「就是爸爸從前的秘書馬弼京。他向我借錢，我不是告訴過你嗎？我不答應，他就說：妳等著瞧好了。原來他竟用這種手段想破壞我們的感情，真是小人之尤。」

「不過？我倒有點感謝他，因為他驚醒了夢中人。」

「驚醒了你甚麼？」雷志潔緊張地望著她的丈夫，手心都已沁出汗來。

「妳的護照上明明寫著妳是一九三〇年出生的，妳卻告訴我那是一項錯誤，妳說妳身分證上的年齡被戶籍人員填錯，一直沒有機會去更改，妳實在是一九三七年生的。這次回來，從妳的家人和同學身上，我已看得出有點不對。現在，馬屁精一點醒我，我就知道妳護照上的年齡才是真的，可憐我竟然被妳瞞騙了十多年。」

「哲明，你怎麼可以聽那無恥小人的話？我沒有騙你呀！」雷志潔情急地叫著。

「有沒有騙我，妳的良心知道，妳的鏡子知道。現在，請妳照照鏡子，還問問妳自己為甚麼在沒有化妝的時候從來不敢面對我。」孟哲明從梳妝臺上拿起一柄手鏡丟給她。

這時，雷志潔知道已經沒有辦法再瞞下去了，她再度以手掩面（再美的女人在哭的時候還是難看的），一面抽咽一面說：「哲明，請你原諒我，我是怕失去你才這樣做的，你不知道我有多愛你。」

雷志潔在年輕時因為自恃貌美而眼高於頂，拒絕了不少追求者，等到在美國遇到英俊的孟哲明時已經年華老大，因而只好出此下策，可是紙包不住火，如今終於揭穿了，他會跟我離婚嗎？一想到這一點，就忍不住哀哀痛哭起來。

「不要哭了，哭也沒有用，上床去睡吧！」孟哲明走過去輕輕地按著妻子的肩膀。「我想，後天我一個人先回美國去，妳編一個理由，暫時留下來，我會替妳向藥廠請假的。我們需要分開一個時期，大家冷靜地考慮一下。」

雷志潔的眼淚像大開的水龍頭那樣洶湧地流出，再也無法遏止。她知道：孟哲明是個很現實的人，被騙了多年，他是絕對不會甘心的。現在，她不但面臨失去丈夫的危機，而且那份高收入的藥廠工作可能也要失去了。因為假使他要跟她離婚，她是不是還願意回到美國那個城市去呢？

暮情

一手挽著皮包，一手拎著一盒點心，吃力地爬上了四樓，吳老太太早已累得氣喘咻咻的。走在她身旁的老伴也提著一袋沉重的蘋果，可是卻若無其事，依然一副清健的樣子。

「累死了，真討厭！他們為甚麼不去住有電梯的公寓，或者住一樓呢？」吳老太太一面拿出手帕來擦汗，一面嘟噥著。

「這不是正好給妳做減胖運動嗎？埋怨什麼？」吳老先生說著已從褲袋中掏出鑰匙來開門。門一打開，他就直著喉嚨大喊：「盈盈，盛盛，爺爺奶奶來了！」

脫了鞋子走進屋內，沒有童稚歡笑相迎的聲音，相反地，接待兩位老人家的卻是一室的空寂。

「咦！奇怪！人呢？都跑到哪兒去了？」吳老太太疲乏地倒在一張沙發上，便已不想再動彈。雖然口渴，也懶得站起來去倒一杯水。

吳老先生到每一間房間都巡視了一遍後，也皺著眉頭說：「他們這個時間怎會不在的？明知我們會來的嘛！」

從新店坐了兩趟公車才來到內湖，路上便已花了一個半鐘頭，雖然身體還算健朗，到底是上了年紀的人，他也累了，此刻也在妻子對面的一張沙發上坐下。他那兩道已經冒出了長長壽眉的眉毛緊緊交纏在一起，禁不住滿腹狐疑。

「老伴，你說，會不會是那個小孩得了急病，他們帶他去看醫生去了？」吳老太太心裡一緊張，身上的汗就冒得更多，她一坐下來就不停地拭著汗，一塊小手帕都快濕透了。「老頭子，拜託開開電風扇好不好？熱死了！真是的，他們甚麼錢都捨得花，卻捨不得買一臺冷氣機！」

吳老先生站起來把電風扇打開，又去給妻子和自己各倒了一杯冷開水，然後再坐下來慢條斯理地說：「妳不要窮緊張好不好？說不定他們臨時有事走開，或者只是帶孩子在附近散步哩！」

「臨時有事可以打電話或者留條子。要是明知我們每次都是這個時間來，卻跑出去散步，那就太不應該了。兩個人都這麼不懂事，還不都是你給慣壞的？哼！」

「老伴，我又沒冒犯妳，妳怎麼把箭頭指向我啦？他們又不一定是去散步，我只不過隨便說說罷了。我們才到了不到五分鐘，也許馬上就回來也說不定呀！」

吳老太太低頭看了看手錶，十點四十八分。不對！我們今天來遲了，那是因為搭公車不順利的關係。往常，他們都是在十點半以前就來到的。這個時間而不在家，要不是出了事，就無論如何都說不過去了。想著，她的心裡不禁發毛，額上的汗水更是恣意淌個不停。

就在這個時候，電話鈴聲響了起來。吳老先生一面喃喃說著：「可能是他們的電話哦！」一面站起身走到電話機前。

「喂！」他迅速地拿起話筒。

「請問吳紹德在不在？」對方傳來的是年輕男子的聲音。

「啊！他現在不在，不過馬上就會回來的。請問那裡找他？」

「我是他的同學，我等一下再打來好了！」

放下話筒，吳老先生也開始感到失望與不安；不過，他並沒有表露出來，還裝出一副笑嘻嘻的表情，安慰妻子說：「別急！別急！遲早總會有電話的。」

汗水被電風扇吹乾，吳老太太的怒氣漸漸消失。但是隨著時針的慢慢爬行，她的心情也開始變為焦灼與憂慮。她已展開了種種可怕的幻想：會不會是可愛的盈盈被歹徒拐走了，所以紹德和金枝抱了盛盛去報案？要不然就是頑皮的小盛盛摔破了頭，他們送他到醫院去療傷？還是紹德騎機車出了車禍？早就叫他不要再冒險騎那種玩藝兒，他偏偏不聽，唉！真是！

十一點十五分了。「老頭子，我受不了啦！你說他們是不是出事了？」吳老太太的聲音簡直像是在呻吟。

「不會有事的，妳放心好啦！」吳老先生親切地拍了拍妻子的肩膀。「這裡的開水有藥味，好難喝！我想沏杯茶，妳要不要？」

「我不想喝茶，燙死了！要是有果汁甚麼的，我倒想要一杯。」

「妳老是喜歡喝那種摻了色素和香料的糖水，又有甚麼辦法不胖呢？我覺得妳的嗜好真像小孩子一樣。」

吳老先生找遍了冰箱、食物櫥以及廚房裡的儲物櫃，都找不到茶葉，這時，電話又響了。他衝過去接，這次，是一個稚嫩的小孩的聲音，起初還以為是盈盈，卻原來是盈盈的小朋友，要來找盈盈玩兒的。

放下電話，吳老先生的手心微微沁著汗，腳步也有點踉蹌，嘴裡一面嘟噥著：「真不像話！家裡連茶葉都沒有！」一面走回冰箱那裡取出一瓶可樂，給妻子倒了一杯。

老太太骨碌骨碌的喝了幾口可樂，冰涼的飲料並沒有減輕她內心的焦慮。「老伴，快十一點半了，怎會一點消息都沒有的？我們打電話去報警好不好？」她壓低了自己的大嗓門，帶著畏怯的表情囁嚅地問。

「妳別這樣神經過敏好不好？才四十幾分鐘沒有消息就去報案，也不怕笑掉別人的大牙？等到十二點不見他們回來，再問問隔壁人家吧！嗯！」

「哦！對了！我到廚房看看他們有沒有做中飯的準備，就知道他們是不是馬上會回來？」休息了這麼久，吳老太太的精神和體力都已恢復，說著就站起身邁著肥胖的雙腿走進廚房一看，心都涼了。

水槽裡亂七八糟地堆著早餐的杯盤，電鍋裡空空如也，電子燉鍋裡也沒有東西。她心裡又急又氣，同時也看不過水槽裡的邋遢樣子，就心不甘情不願地打開水龍頭動手去洗滌那些黏搭搭的杯盤。

才拿起那隻小盛盛使用的、上面印著米老鼠圖案的美耐皿杯子，想起小盛盛那圓鼓鼓紅潤潤的小臉，還有他姊姊盈盈那雙慧黠的大眼睛，吳老太太的眼淚竟然不自覺地沿著面頰流了下來。不，我不能失去他們，他們是我的命根子啊！

她三十一歲那年才生紹德，那時她已結婚十年之久。她本來以為自己得了不孕症，想不到來到臺灣卻老蚌生珠，對孩子的疼愛自不在話下，而將近不惑之年才做父親的吳先生更是高興得如獲至寶。這孩子在父母細心呵護之下平安地長成，他們相當的溺愛他，也還好沒有寵壞。他身心正常，按部就班地一級級的升學，倒也沒有讓父母操心。進的大學是末流的，也總算混到一紙文憑。然後，服兵役、就業，一切都一帆風順。二十七歲結婚，媳婦金枝是他自己認識的。吳老太太不怎麼滿意這門婚事，她認為生意人的女兒配不起他們書香門第的兒子。可是吳老先生卻不以為然，他自己雖然勉強算得起是個讀書人，紹德又算甚麼？大學畢業又怎樣？他對讀書哪有興趣？如今在私人的公司裡工作，還不是等於置身商場？他自己喜歡的人，妳最好少干涉，免得日後傷了母子感情，婆媳也不好相處。

不好相處又怎樣？我可不要跟他們住在一起啊！當然金枝也不願意跟公婆同住，這也就註定了吳家二老以後一個星期才看得到兩個孫兒一次的命運，而且，有時還連這次機會都會失去，就像今天。

紹德結婚之前，表示要找房子，自己組織小家庭。吳老先生主張他在他們附近找，住得近，彼此好有個照應。然而紹德卻把目標放在內湖，理由是在所有郊區中，內湖距離他上班的地點最近。結婚以後，還沒有孩子以前，小兩口倒是每個星期天都回家一次，雖則往往只是午前十一時半以後才到，吃過飯揩揩嘴就走，做媳婦的更從來不曾向婆婆表示過她要替老人家洗碗盤。盈盈出生以後，兩老體念小兩口抱著孩子長途跋涉的辛勞，自動改為每逢星期天親自出馬。平日他們去也沒有用，因為小兩口都要上班，小孩則交給鄰居的太太代帶。吳老太太表示她也可以帶，可是兩家距離太遠了，因而每天可以含飴弄孫的希望也就落空。自立門戶以後，紹德交給父母一份鑰匙，意思是歡迎他們隨時去。然而，他們每個星期去一次，也在兒子家吃了幾次中飯以後，吳老太太就發現金枝的臉色不大好看，也沉默得過了分。直到有一次紹德提出了到外面吃，說金枝忙了一個禮拜，他想讓她在星期日多多休息，兩老乃恍然大悟：媳婦不願意燒飯給他們吃。

那麼以後還是你們回來吧？紹德又覺得帶著孩子跑來跑去太麻煩，於是就折衷為一來一往，從盈盈幾個月大到盛盛的出生，這個辦法已行了五年以上。兩老是固定去的，不過像今天這樣撲個空，還是第一次。至於那小兩口，有時是夫妻一同來，吃過飯就把兩個孩子放下，兩個人去看一場電影或逛百貨公司，到黃昏才回來把孩子接走。有時則一來就把孩子交給兩老，兩個人外出應酬去了。也有時是紹德一個人帶孩子來，說金枝回南部娘家去。二老對這三種情形都很歡迎，因為這樣他們可以跟孫兒更親近，也省得看金枝那副冷漠的臉色。紹德成年後跟父母好像也沒有很多話可說，來了之後不是用報紙、雜誌遮住臉，就是一雙眼睛只顧盯在螢光幕上。不過兩老對此並不在乎，只要他肯回來就好了，反正是自己兒子，說不說話有甚麼關係。

這時，老太太就整個上午待在廚房裡，忙著做兒子喜歡吃的紅燒蹄膀、滷牛肉、茄汁明蝦，也忙著做兩個孫兒愛吃的蝦肉水餃。忙完以後，一身油煙一身臭汗的還得餵盛盛吃，下午又得哄兩個小娃娃午睡。每一次，等到他們一家離去，屋裡就亂七八糟的像個大戰後的戰場，已經累得腰酸背痛的二老，還得從頭收拾一番。儘管如此，這跟兒孫們相處的一天還是他們生命中唯一的寄託，他們可是盼望了六天，寂寞了六天才等到這勞累而熱鬧的一天的啊！在其餘的六天裡他們唯一的話題總是環繞在兩個孩子身上：「盈盈居然已有點像個小姑娘的模樣了，她跳舞的姿勢多美妙呀！」「哈！小盛盛越來越頑皮了，居然一口氣就爬上我的床？」

「……」那兩個可愛的小人兒可是他們唯一的安慰，是他們寂寞晚年中的開心果啊！然而，今天他們卻見不到這兩個小寶貝，下一個星期叫他們怎樣過？假如有甚麼不測，他們活著還有甚麼意義？

門鈴突然大響起來，在沉寂中，這驟然發生的響聲把兩老都嚇了一大跳。不過，吳老先生馬上就鎮定下來，他一面喃喃說著「一定是他們回來了！一定是他們忘記了帶鑰匙！」一面就衝到對講機前面，抓起對講機：「喂！誰呀？」

「先生，要不要買去油靈，是我們的新產品，又便宜又好用啊！」樓下傳過來一陣高亢的女聲。

「去你的！」吳老先生用力地狠狠把話筒掛上，忍不住說出了這句他平常極少使用的話。再十分鐘就十二點了，還沒有任何消息，一向鎮靜的吳老先生也感到快要崩潰。他歪倒在一張沙發上，渾身無力，不知如何是好。吳老太太更是蒼白著臉，眼中含淚，一副倉皇失色的樣子。她平常沒有任何宗教信仰，此刻竟也在心裡不停地唸著如來佛、觀世音菩薩、玉皇大帝、上帝、耶穌……諸天神佛的名字，祈求祂們保佑她的兒孫平安無事。

差五分十二點，電話鈴又響了。吳老先生想，一定是紹德的那個同學再打來的，就不怎麼帶勁兒的，慢慢站起來去接。

「喂！」他低低說了一聲。

「爸！你們來多久了？」老先生一聽見這熟稔的聲音，繃緊了一個多鐘頭的神經這才一下子鬆弛下來。

「金枝，你們到底跑到那裡去了？」他這一嚷，吳老太太也立刻坐直了身子，豎起了耳朵，她依然緊張得雙膝微微發抖。

她聽不見對方說甚麼，只見丈夫的眉頭越皺越緊，等了很久，才拋下一句：「妳怎可以這樣糊塗的？害得我和媽媽白白緊張了半天。算了，我們也不等了，我們馬上就回去！」說完了就把話筒掛上。

「老伴，到底是怎麼一回事呀？他們到底在那裡？」吳老太太迫不及待的問。

「哼！別提了！金枝帶著孩子現在在大王飯店，說她的父母陪她的叔公到臺北來玩，臨時通知她去會面。她出門前打過電話給我們，可是我們已經離開家。她打算到了飯店再打回來，結果見了父母，一高興，就把這回事忘了，現在因為他們大夥兒要一起出去吃飯，這才想起了要打電話回來。」吳老先生一口氣的把媳婦的話告訴了妻子，卻隱瞞了後面幾句：「還好你們有鑰匙進去。我們巷口那家四川小館的牛肉麵很好吃，你們可以下樓去吃過麵回來午睡等我們回來呀！」媳婦居然完全沒有歉疚的意思，老先生心裡也很不痛快，他只是沒有表露出來。

「那麼，紹德呢？他為甚麼也不打電話？真可惡！」老太太忽然想起了兒子，又問。

「金枝說他一早就到機場去接國外來的客戶，還要陪客戶吃飯，說好了不回來的。」

「氣死人了！曉得紹德不在，我們何必來？金枝這個人到底是真糊塗，還是假糊塗呀？難道想害我們兩個老家夥得心臟病不成？」吳老太太果然立刻氣得咬牙切齒。

「算了，知道他們平安無事，不就得了嗎？還氣甚麼？也許我們真的太緊張了。窮緊張，也是老的現象之一呀！老伴，走吧！我肚子餓了，我們到城裡好好吃一頓去！」說著，老先生就站了起來。

「你今天想吃甚麼？」老太太也吃力地從沙發上站起來。坐了這麼久，一站起來她的膝蓋就隱隱作痛。

「我還是吃我的雙冬麵。妳呢？」

「你已經夠瘦了，還要吃素，想練仙呀？不管，我要吃一大碗排骨麵，還加一籠小籠包。」

「妳不怕明天又增加一公斤就儘管吃吧！我可沒有意見。」

兩老攙扶著走下陡峭的四層樓，頂著大太陽走出巷子，站在馬路旁的公車站上等候公車。吳老太太忽然仰著頭問她身旁的丈夫：

「老伴，有一天假如我先走了，那你怎麼辨？是不是要去跟紹德他們住？」

「別問這種傻問題好不好？妳比我年輕得多，而且女人的平均壽命也比較長，當然是我先走哪！」吳老先生低下頭看著他的妻子，眼神裡注滿著溫存與柔情。

「不，我一定要你說。我這個高血壓的胖子說不定那一天就會倒下來，而你卻仙風道骨，很可能活到一百歲啊！」

「我才不要活到一百歲，老得不能動，坐著等死，那多沒有意思！」吳老先生故意顧左右而言他。

「欸！你怎麼不回答我的問題？」老太太卻沒有放鬆的意思。

「不會有那麼一天的，我從來就沒考慮過，叫我怎麼回答妳？」其實，吳老先生腦子中早就有一個答案：去住老人院，不過，他不會說出來的。

「你這個老糊塗，這種事情怎可以不先考慮。要是你真的不知道怎麼辦，讓我先告訴你吧！去住老人院！我已經打聽過有一間辦得很不錯的。過幾年，我們要是都還健在，我們兩個都住進去算了，還省得自己燒飯洗衣服哩！」

老伴的想法跟自己不謀而合，吳老先生不禁感動得緊緊握住了她肥胖多肉的手。

但是他不知道，妻子也咽下了幾句話：假使你先走，我是不想獨自進老人院的，那我怎麼辦？

晚家南山陲

中歲頗好道，晚家南山陲。興來每獨往，勝事空自知。

王維〈終南別業〉

他，在父母嚴格的管教下，從小就是個聽話、乖巧的好孩子。進了學校，又是個品學兼優、規規矩矩的模範學生。長大成人以後，更是個標準的公務員，他每天準時上下班，奉公守法；在辦公時間內絕不做私人的事，從來不浪費公家一張紙。在私生活方面，也是有板有眼，一絲不苟，起居定時，煙酒不沾的今之君子。在他數十年近乎清教徒式的生涯中，唯一勉強稱得上「享受」的，大概是吃了。他出身富家，父親是一位美食家，母親則是烹飪能手，從小他就嚐遍了山珍海味；婚後，娶的又是廚中巧婦，他的口福，自是不淺。然而，自從這些年，他——趙啟元機關裡老是有同事死於癌症，不是肺癌，就是胃癌；不是腸癌，就是鼻咽癌。一年之中，總有兩三個人中「彩」。而那些人也不一定是老年的；死者之中，三四十歲的青壯年也有，直把趙啟元嚇得心驚膽顫，變得有點神經衰弱起來，整天疑神疑鬼的，生怕自己也得了這種可怕的病。

退休以後，以為眼前可以清靜了，誰知道相識者的訃聞還是經常出現在他家的信箱中。有時，小孫子拿著那白色的大型的「死亡通告」，跳跳蹦蹦，興沖沖地獻寶似的送給他說：「爺爺，你的信！」

他竟會不能控制地大吼一聲：「不要胡說！這不是信！」

「為甚麼不是信嘛？是媽媽從信箱裡拿出來的呀！」小孫子被他吼得一愣一愣的，滿懷委屈。

「小孩子那懂得甚麼？你別向小孩子亂發脾氣好不好？」於是，做奶奶的只好趕緊出來打圓場，把小孫子哄住，一場風暴，才不至於發生。

吼歸吼，趙啟元還不是得扯開那封「信」的書針，看看又是那一位老友或者老同事離開這囂喧的人間？訃聞上的死因往往只寫「病逝」或「壽終正寢」；然而，一到了公祭的時候，大家交換情報的結果，「病逝」的，十之八九又是得了那可怕的「砍殺爾」，不然，就是那種使人可以「安樂死」的心臟一病。

以後，為了怕觸目驚心，趙啟元就很少到殯儀館去了，接到白帖子，就來個禮到人不到。

就在那個時候，趙啟元的一個表弟也病倒了。他到醫院看他，病人已消瘦得剩下皮包骨，整張臉變了形，說話有氣無力，聲若遊絲。想到這個正在受病魔折磨的人曾是自己童年的玩伴，也是在臺灣少數的幾個親人之一，趙啟元傷心欲絕，沒有多逗留就匆匆離開病房。

表弟媳送他出來，蒼白著一張臉，幽幽地告訴他，她的丈夫得了胰臟癌和胃癌，都已經是末期了。

「他呀！就是勸不聽，天天喝五六杯濃咖啡，不加糖不加奶，又專門愛吃煎、炸、烤的食物和鹹辣等口味，胃本來就不好，還要那麼糟蹋自己。大哥，醫生說他沒有多少日子了，你叫我以後怎麼辦？」說到傷心處，表弟媳忍不住就抽抽咽咽地哭了起來。

他也不知道怎樣安慰她，只是不著邊際地說了些甚麼吉人自有天相等廢話，就逃也似地離開了醫院。

表弟那張蠟黃的像骷髏般的臉一直停留在他的腦海裡，揮之不去，直到他出殯後的好久好久。表弟嘛！他的喪禮當然要去；只是，這對他可是一次很嚴重的折磨。

事實上，去看過表弟的病以後，他就作了一次重大的決定：他要放棄他的口福了，「病從口入」，古有明訓；他雖然不像表弟那樣漫無節制地喝濃咖啡；可是，他那些講究的、精緻的飲食，又安知是否暗伏危機呢？

他和兒子、媳婦同住，三代同堂，相處得頗為融洽。兒子得自他的遺傳，也愛美食；老媽既喜烹調，媳婦也燒得一手好菜，他們趙府的飲食，又那輸於名廚？從前，趙啟元認為吃是人生！

大享受，自然食而樂之；但是，自從他領悟那些可怕的時代病是從口而入的，對滿桌佳餚，便有食不下嚥的感覺。過去他所愛吃的明蝦、蟹黃、墨魚、鴨肫、牛肉、鹹蛋黃……，自從知道了它都是含有很高膽固醇的食物；如今，即使經過了老伴或兒媳的精心烹製，色香味俱全的盛在細緻的瓷盤上擺在他面前，他也像看到了毒藥一般，連筷子也不動一下。此外，油炸的、燒的、烤的、人工染色的、傳說加了硼砂的，也敬謝不敏。他怕胖，怕血糖高，從不吃甜食；醬油中恐怕有防腐劑，紅燒的菜他也不吃；花生米和花生製品聽說含有黃麴素，也忍痛割愛。

要是全家上館子，吃甚麼都會遭到他的否決。飲廣東茶，他嫌點心的餡全是肉類沒有蔬菜，營養不能平衡；川菜、湘菜太鹹太辣；江浙菜太油膩；吃海鮮怕膽固醇高和海、河水污染；吃西餐味同嚼蠟；……。挑來挑去，老爸總是提議吃素菜，可是年輕人又不願意。不能協調的結果，一家人漸漸就很少一起上館子而各走各路：兩老上素食館，小兩口帶著孩子去吃牛排或者炸雞。

有一天，趙老從外面回來，兒子媳婦都還沒有下班，老伴正坐在客廳裡編織毛衣，兩個孫兒坐在地板上玩，撒滿了一屋子的玩具，連個踩腳的地方都沒有。

他也顧不了那麼多，踮著腳尖走到老伴身邊，用幾分神秘的表情瞅著妻子說：

「阿秋，我們要搬家了。」

「搬家？搬到那裡去？」老太太抬頭愕然地問，一根竹織針差一點刺到了手指。

「搬到一個很好的地方去。阿秋，告訴妳，我買房子了。」老人臉上的笑意一圈一圈的漾了開來。

「甚麼？你又買了房子？那麼，這一間呢？」老太太驚得把手上的編織物啪的一聲放了下來。

「給兒子他們住呀！」

「你的意思是說我們搬出去？」老太太的嘴巴張得大大的。

「正是這個意思！」老人點點頭，滿臉得意。

「我不搬！我捨不得小孩子。你買了房子，你自己搬好了！」一向百依百順的老太太居然反抗起來；同時，一雙眼睛也直勾勾地盯著兩個孫兒不放。

「唉！我又何嘗捨得他們？他們可是我的命根子啊！可是，為了我們這兩條老命，又不得不搬呀！阿秋。」

「為了我們的老命？你這是甚麼意思呀？」老太太駭然了。

「妳還不明白？他們每餐不離大塊肉，口味既重，用油又多，這種伙食怎適合我們老年人？再吃下去，老命都要送掉的！」

「那我來燒菜就是，用不著搬出去嘛！」

「不，妳燒也沒有用，伙食是他們負責，他們還是會買他們愛吃的菜的。何況，他們吃慣了鹹辣的口味，妳燒他們會不愛吃，我們何苦因此而傷了和氣呢？再說，搬出去以後我們還是可以常常回來看這兩個小傢夥，也用不著太難過。」

「我們搬出去以後，誰替他們照顧小孩呀？」

「兒孫自有兒孫福，不要替他們操太多的心了。他們可以送到托兒所去，也可以送到那些家庭托嬰的鄰居那裡嘛！」

「那你怎樣跟兒子說？等下他還以為我們對他們有甚麼不滿哩！」

「這也不要妳瞎操心，我會很委婉地向他解釋的。」

在搬家之前，趙老的確挖空心思，失眠了好幾夜，才想出一個冠冕堂皇的理由向兒子交代。他以買房子可以保值為理由，告訴兒子他已把身邊的一點錢在新店的一處山腳下買了一幢新蓋公寓的樓下。他年老愛清靜，也想有塊空地自己種種花草，所以打算跟媽媽搬過去住。

「好呀！爸媽跟我們住也太委屈了，一定被兩個小鬼吵昏了吧？本來老人家就是應該多享清福的。」想不到，兒子毫無「挽留」之意，一口就答應下來。

「可是，那樣我們就沒辦法給你們帶小孩了。」丟下兒孫自己去「享清福」，趙老心中不無歉意。

「爸爸！您不要想得那麼多，我們會想辦法的。您那一天搬？只要告訴我，我就請假幫你們搬。」兒子倒也表現出適當的孝心，使他頗為安慰。

趙老的新居背山面水，環境還挺清幽的。房屋很小，他只隔成兩房兩廳，老夫婦一人一間臥室，正好彼此不會被對方的鼾聲打擾。搬來以後，他們就開始吃素，除了一星期吃兩三個鷄蛋以外，葷菜一律不吃。為了吃新鮮，老夫婦倆每天都以散步的心情到菜市場買當天的菜。由於老太太善烹飪，即使沒有肉類，也不用味精，還是可以調理出很可口的三餐來。

只是，趙老為了怕醬油中含有防腐劑，不准太太使用，所以她做出來的菜總保持著原色。有一次，當他們正在吃飯時有一位鄰居太太過來借醬油，趙老太太很不好意思地訥訥告訴她，她家從來不買醬油的。

那位鄰居太太意味深長地「哦」了一聲，然後特地走到他們的飯桌前瞄了一眼：「哎喲！老先生，老太太，我說呀！你們幹嗎這樣省？煎豆腐、涼拌海帶、炒青菜，完全沒有葷腥，又都是白白的，怎樣下飯呀？再說，這樣營養也不夠嘛！」

從不對人疾言厲色、態度一向溫文爾雅的趙老，忍不住站了起來，板著臉對那位鄰居太太說：「太太，吃甚麼，營養夠不夠，那是我們自己的事。對不起！我們沒有醬油借給妳，請妳回去好嗎？」

那婦人噘著嘴走了。從此以後，鄰居之間都知道了新搬來的趙老頭對人兇得很；而且還有個不孝的兒子，因為他們連肉也吃不起。不過，這也是報應是不是？一定是他對兒子太兇了，所以兒子才不奉養他們的。

除了鄰居不大跟他們往來以外，他們在新居的生活還是相當愜意的。他們可以自由自在地吃素食，而不至影響別人。他們再也不上館子，為的是怕染到肝炎；他們從不上電影院和百貨公司，也很少上街，因為怕空氣污染；他們連電視都不大看，因為沒有合意的節目。他也不去找朋友，因為朋友碰面，少不免要上館子，中國人原來是個重吃的民族啊！偶然也會收到紅白帖子，白的他當然還是禮到人不到；紅帖呢，也請不動他，現在，他已視筵席菜如毒藥了。漸漸，在認識他的人中間就流傳著「趙啟元是個怪老頭兒，一點人情味也沒有。」這句話。

這句話也許永遠傳不到他耳朵裡，因為他根本不跟別人來往。即使聽到，他也一定不以為意。過去六十多年來，一向循規蹈矩，為別人而活；如今活到了這把年紀，他可不再那樣傻，他要好好地為自己而活了。

趙老的日子過得倒不愁寂寞。早上起來，先在院子裡來一套八段錦，然後到溪邊去散步。當他在不怎麼清澈的新店溪畔慢慢地踱著方步時，抬頭望向屋後的青山，倒也有著悠然見南山之感。同時也往往會想到王維那首詩：「中歲頗好道，晚家南山陲；興來每獨往，勝事空自知。……」他不好道，新店卻正好在臺北市之南，而他果然在晚年搬到南山陲來住，而且也獨往獨來，只不過談不上有什麼勝事罷了！

在家裡，讀書、練字是他多年來的業餘消遣；如今，也就更加可以「深入研究」。院子裡，他把一半闢為花圃，一半闢作菜畦；每天，一件汗衫一條短褲，居然當起老農。他自己種了小白菜、韮菜、絲瓜和番茄。當他第一次看到自己親手種植、綠油油的嫩韮菜從泥土中冒出來，竟流下了喜悅的眼淚，更開心的是，有了自己栽種的蔬菜，連農藥的遺毒都不必擔憂了。

至於他的老伴，有一貓一狗和一籠鳥相伴，也不至無聊。

為了怕市區的空氣污染、噪音以及亂七八糟的交通秩序，他極少到兒子家裡去，想念孫子時，就掛一個電話，一老一小閒扯一番。倒是兒子媳婦每隔一兩個星期一定帶著孩子前來省親，讓二老享享弄孫之樂。每次，兒子一定也會帶些食物給老人家吃。兒子知道兩老吃素，早已不敢帶肉類來；可是，老爸還是這樣不吃那樣不吃。蛋捲、蛋糕之類，怕膽固醇高；餅乾，甜的絕對不要；蜜餞類，不衛生；一些新產品的零食，他也不肯嘗試，只有茶葉和水果他是接受的，不過，他還是要喃咕兩句，「茶葉、水果，新店也買得到呀！何苦老遠拎著來？」

「老爸！您好難伺候啊！」兒子忍不住愁眉苦臉的抱怨起來。趙老自己也不禁哈哈大笑。

畢璞全集・小說02　PG1324

明日又天涯

作　　者　　畢　璞
責任編輯　　陳佳怡
圖文排版　　周妤靜
封面設計　　楊廣榕

出版策劃　　釀出版
製作發行　　秀威資訊科技股份有限公司
114 台北市內湖區瑞光路76巷65號1樓
電話：+886-2-2796-3638　傳真：+886-2-2796-1377
服務信箱：service@showwe.com.tw
http://www.showwe.com.tw
郵政劃撥　　19563868　戶名：秀威資訊科技股份有限公司
展售門市　　國家書店【松江門市】
104 台北市中山區松江路209號1樓
電話：+886-2-2518-0207　傳真：+886-2-2518-0778
網路訂購　　秀威網路書店：http://www.bodbooks.com.tw
國家網路書店：http://www.govbooks.com.tw
法律顧問　　毛國樑　律師
總 經 銷　　聯合發行股份有限公司
231新北市新店區寶橋路235巷6弄6號4F
電話：+886-2-2917-8022　傳真：+886-2-2915-6275

出版日期　　2015年4月　BOD一版
定　　價　　320元

Printed in Taiwan

國家圖書館出版品預行編目

明日又天涯 / 畢璞著. -- 一版. -- 臺北市 : 釀出版,
2015.04
面； 公分. -- (畢璞全集. 小說 ; 2)
BOD版
ISBN 978-986-5696-88-7 (平裝)

857.63 104002921

讀者回函卡

感謝您購買本書，為提升服務品質，請填妥以下資料，將讀者回函卡直接寄回或傳真本公司，收到您的寶貴意見後，我們會收藏記錄及檢討，謝謝！

如您需要了解本公司最新出版書目、購書優惠或企劃活動，歡迎您上網查詢或下載相關資料：http:// www.showwe.com.tw

您購買的書名：____________________

出生日期：______年______月______日

學歷：□高中（含）以下　□大專　□研究所（含）以上

職業：□製造業　□金融業　□資訊業　□軍警　□傳播業　□自由業

□服務業　□公務員　□教職　□學生　□家管　□其它______

購書地點：□網路書店　□實體書店　□書展　□郵購　□贈閱　□其他

您從何得知本書的消息？

□網路書店　□實體書店　□網路搜尋　□電子報　□書訊　□雜誌

□傳播媒體　□親友推薦　□網站推薦　□部落格　□其他______

您對本書的評價：（請填代號　1.非常滿意　2.滿意　3.尚可　4.再改進）

封面設計____　版面編排____　內容____　文／譯筆____　價格____

讀完書後您覺得：

□很有收穫　□有收穫　□收穫不多　□沒收穫

對我們的建議：____________________

請貼
郵票

11466
台北市內湖區瑞光路 76 巷 65 號 1 樓
秀威資訊科技股份有限公司 收
BOD 數位出版事業部

（請沿線對折寄回，謝謝！）

姓　　名：＿＿＿＿＿＿＿＿＿＿　年齡：＿＿＿＿　性別：□女　□男

郵遞區號：□□□□□

地　　址：＿＿＿＿＿＿＿＿＿＿＿＿＿＿＿＿＿＿＿＿＿＿

聯絡電話：（日）＿＿＿＿＿＿＿＿＿＿（夜）＿＿＿＿＿＿＿＿＿＿

E-mail：＿＿＿＿＿＿＿＿＿＿＿＿＿＿＿＿＿＿＿＿＿＿